崖上花

姜东霞 著

YA

SHANG

HUA

作家出版社

——献给我的父母，献给D.A.S

目 录
Contents

第一部　1968

桂花树

1

即使是在睡梦中，也能听到奶牛的叫声，还有奶牛场外面那条河的声音。喧腾，寂寥，空阔，辽远。尤其在雨天，河水上涨，人就深陷其中难以分辨梦境和现实。

黄昏太阳落在水里，成群的奶牛顺着河岸，扑踏踏走来，影子映在河里，河水暗下来，水流像慢了。奶牛身体里扑散出来的热气，带着一股浓浓的臊气，逆着风也能闻到。

穿过那条河，爬上一座小土山，就能看到大片开花的果树映在日落的暮霭里。奶牛"哞哞"的叫声，嵌入黄昏寂静的农场。

土坡上飞跑的我们迎着风，朝天吐气。河水上涨了，我们想跑过河堤，爬上对面的山坡，汹涌的水声，让我们停下脚步。天边飘浮着的云彩被风吹散之后，<u>丝丝的红色</u>，像绣上去的一样。

猫三哥哥，快来救我，狐狸拖着我，已经翻过了第三座山坡……

这是不听话的公鸡的呼救。

妈妈踩着缝纫机，呜哧！呜哧……这让我总是想到故事里有一种声音。妈妈讲故事的目的是告诉我们人要长记性。可怜的公鸡，不长记性的公鸡，它在荒山野岭中就要被吃掉了。它就要被吃掉了，多么悲伤。

我把瓢虫塞进电插孔，让电通过它们的身体。没有人告诉我虫子该不该死，我只知道公鸡不该死。故事里的公鸡多么不听话，多么傻。我把手指插进电插座的插孔里，我以为我多么聪明。电流过了我的手指，流到手臂上，一直麻到我的嘴唇。我无法感觉到自己的手，却能感到全身膨胀了，像一个轮胎那样。

我哭起来，连哭声也听不到。门哐啷地开了。我跪在桌子上，张开麻木的嘴。爸爸出现在门口，我的眼前一片模糊。三妹从爸爸的手中飞到了床上。她重重地落下去，弹了一下，撞到墙上。爸爸红着脸站在那里，上下地喘着气，然后他看到了我。三妹的哭声过了很久，才突地发出来。那一瞬间我以为她不会哭了，以为她被摔死了。

我们家每一个人身体里都像要燃烧似的，一触即燃的不只是爸爸一个人，还有妈妈，更主要的是奶奶。她燃起来妈妈就要去道歉，小心翼翼地端水送饭。奶奶不愿留在贵州，这里不是她的家乡，她每天念念不忘的都是她的村庄。妈妈总是背过身说奶奶的村庄只是她一个人的村庄，她孤家寡人地住在破草屋里。而奶奶嘴巴里的村庄是辽阔的，所以我们知道奶奶不会留下来。所以三妹的哭声也是一触即燃，让人厌恶恼火，像火上浇油一样，她一哭我们家屋子都要燃起来了。

奶奶是小脚，她走起路来东倒西歪，即使拄着棍子也满屋地摇晃。妈妈给她在门后面挂了块干肉皮，供她出门时往头发和嘴巴上抹。这个习惯支撑了奶奶的整个生活，她在人前这样体面地活了一辈子。奶奶会把流出来的油裹进嘴巴里，我们歪着头看她，她回过头冲着我们笑一笑，露出一口缺牙。

桃树开花了，花枝从我们家开着的窗户伸进来。阳光照在飘落在桌子上的花瓣上，风吹来，花瓣又掉到地上。妈妈和奶奶都不忙于扫走地上的花，有时候蜜蜂飞进来，感觉像在野地上。

不要带着刘三上桌子。妈妈出门前总是这样说。我点头答应，她一出门我们就爬到了桌子上，拉着桃树枝，摇落花瓣。奶奶说摇落花瓣，就不结桃子了。我们就又慌张地跳下桌子朝外面跑。

屋檐下的蜂巢那么大、那么密集，蜂王嗡嗡地飞。我告诉爸爸蜂窝不是我捅的，可是它们飞来叮住我。刘三的爸爸不会相信，刘三能够捅得到那么高的蜂巢。我把竹竿交给刘三，刘三朝后退了一步，举起竹竿朝蜂巢捅了几下。马蜂像开了锅一样，密密麻麻扑出来，黑密密满天都是，无论我们逃往哪里，都在它们的包围之中。

带着被蜂王蜇痛乌云遮天的记忆入睡，噩梦不会醒来。耳朵里嗡嗡的声音不会消失。妈妈说我八个月时，发高烧从床上摔下来，住在医院打吊针。我说我能记得那个情形，我真的能记得。没有人会相信我的记忆，他们只会相信我被蜂王蜇了，我的眼睛被肿起来的眼泡遮蔽了，我看不见路。刘三的爸爸来看过我几次，他已经道过歉了。每一次都沉郁着脸，像我是被他伤着的。我问他刘三呢，他说刘三跟我一样，眼泡都肿得发亮了。

2

狐狸不会拖着公鸡往开满野花的山坡上跑，我们唱着，以为它们会跑过远处我们看得见的山坡。

昨天夜里的大雨打断了树枝，电线垮掉下来。刘三的爸爸站在一棵树枝上，他正在把电线往上拉扯。电不会打着他的，他是电工。我们跑过他的脚下，踩踏着细碎的树叶，鲜嫩的树叶还透着雨水的气味，就被我们踩进泥巴里。我不喜欢刘三的爸爸，他的脸永远是阴沉沉的，甚至让人怀疑连雨水也许都是他带来的。农场的就业人员很多（特指刑满释放强制留场就业的人），除了他我就知道冯驼背。留场就业就是种地挖土看果林，再不就是挤牛奶，可是他偏偏是个电工，还新安装了我们家电插座的位置。他把电灯开关的拉线用黑色的电工胶粘到墙上，这样我们就拉不到了。

大人们总是千方百计地限制我们的行为，不让我们干这干那。当然如果公鸡能记住猫三出门前说的话，不靠近狐狸，它就不会被狐狸拖走。如果我听大人的话，不把手插进电插孔，大人就不会改变线路了。

我们朝着冯驼背的工棚跑，太阳快下山了。晚风吹来，冯驼背的牛车停在一棵树下，牛在土泥断墙后面吃草。风吹得工棚屋顶上掉下来的半截塑料袋哗啦啦响。刘三绕着牛打石头，山坡上开满野花，她的影子映在太阳的光亮里。

冯驼背的牛车在葡萄成熟的季节，常常被太阳暴晒得开了裂，歪斜在他住的窝棚外的棚瓜架下。他正在用去年冬天砍下来的苹果树枝撑住棚顶，扯下油毛毡往屋上盖草。棚子低矮，大人站在棚子里面要埋头弯腰。棚子里有一张石头垒出来的床，两垛稻草编打的座凳，还有一个冬天用来取暖的烧火坑。火坑就在进门的地方，人一不小心，就会一脚踩进去。

我就踩进去过，我的脚陷进冬天燃尽了的灰堆里，回家被妈妈责打，整个夏天我的脚上，都有一股燃尽了的烟熏味。

我们挤进棚子，因为我们总想着葡萄。冯驼背揭开棚顶的挡布，一束光就从那儿透进来，昏暗阴湿的棚子一下子就亮了，感觉光"哗"地掉进来，屋子里的气味变得刺鼻难忍。

妈妈不准我吃冯驼背的葡萄，她说他会用毒药毒死我们。我怕死，刘三不怕死。我不知道她为什么不怕死，整天跑进冯驼背的工棚里去吃葡萄。那些葡萄布满了农药，在阳光下透着晶莹的光，在昏暗的工棚里什么也看不见。

我在外面的小路上飞快地跑。云淡风轻，我把装着瓢虫的纸盒高高地举起来，打开，让长着五彩颜色的七星瓢虫飞出去。死里逃生该是多么的幸运，它们应该知道。刘三和那几个挤在工棚里吃葡萄的都不知道，不知道他们要被毒药毒死，不知道冯驼背就是专门投毒的，我感到多么庆幸。

我跑过菜地，掀开长满茅草的乱石堆，几只蝈蝈和叫不出名字的小虫，慌乱地从石头的缝隙里爬出来，无头无脑地奔逃。我用一根棍子截住它们，看它们东逃西窜，乐此不疲。

妈妈不仅讲了猫三哥哥和公鸡的故事，妈妈还讲了大人国和小人国的故事。小人国在地底下，大人国在天上。我相信会钻洞的虫，一定与地底下的小人国有着某种我们不知道的秘密联系。所以我总是想把它们堵在洞里，让它们暴露出秘密。

刘三也跟着我趴在乱石上，用石头、土块和木棍拦截那些虫子。在她狠命压住一只虫的时候，我站起来从后面踢她一脚，给她来个狗抢屎的样子扑下去。

刘三扑下去，趴在地上装几分钟的死，屏住呼吸不出气。我埋头看她，以为她真的死了，把手放在她的鼻子下面。她憋得满脸通红，然后我们哈哈大笑。

她有时还会故意那样地扑下去，换来我们的疯笑。我们在地上打滚，眯缝着眼睛看天，想象住在天上的人是不是也和我们一样，将身体埋进草丛，像我们想象他们那样想象着我们。

收工的人群走出果园，大地回到一种凉幽幽的安静里，天和地是多么广阔。所有的果子花草都安静下来，它们在晚风中发出香味。我们疯跑呼叫，跳起来拉下苹果树的花枝，把那些花插进头发里，把可以吃的草籽、叶子，都采下来放进嘴巴里。虫四处跳跃穿行，风把草的气味吹过来，还混着泥土。太阳沉进水里，太阳也染上了荒草中燃烧的气味，沉郁缭绕的烟尘包裹着我们。

奶牛绵长的叫声也沉入河水，我们将青草扔进河里，让它们顺着河水漂到很远很远的地方。那儿就是天边了，天边就在水里。

所有的声音都消散了，沿着果园外的小路跑，青草在脚下软软地、暖暖地延伸。我们放慢速度，踩碎的花草，散出一股新鲜的湿味，被双脚裹挟进土里，形成一种奇异的笼罩，罩住我们每天跑过的土路，就像雾总要笼罩着山丘和树丛。

我放慢速度的时候，上天入地的想法，就会在脑子里散开。那条通向天上的路，我相信，就在太阳落下去的地方，在那座染了黛青色的山背面。有一天，我会不会去到那里，我从来不敢想，觉得那是偏离了地球的地方。即使是狐狸也不会把公鸡拖到那里，谁会到那里去呢？

我停了下来。河面上黯淡的波光是在每一次风过之后，一点一点地沉下去的。奶牛的声音、飞鸟的声音和影子，也沉进河里，河水变得沉郁厚重。

奶牛挤挤挨挨进了圈。它们的叫声拉近了大地跟天的距离。

土地将太阳的光芒一下子吸光了，天突然间暗下来，就连天边那抹红云都染上了墨色，山风中带来的寂静，让王家院沉入暮色。

冯驼背来了，冯驼背有毒药，他要毒死我们，快跑！我们朝着土坎下面的路跑，野草挡住了视线，他赶着牛车，从土坡后面的小路上来了。我们重又跑起来，在晚风中，朝着奶牛场跑。

奶牛场孤零零地立在河的对岸，泥沙路面上被牛踏出的凹坑里，总是有雨天留下的印痕，或者牛粪。入口被场内清理出来堆积如山的粪料隔断，远看奶牛场，只能看到灰色的瓦房、稀松的屋檐，黑压压的草粪遮挡住了奶牛场的坝子。

两条大狗趴在高高的草粪上，它们正张着嘴看我们。我们停下来，如果我们继续跑，它们一定会冲下来，狂叫着拦截我们的去路。

奶牛场里全是水，奶牛站在湿漉漉的地上，有人提着桶挨个挤奶。它们在外放了一天了，它们的身体里散发出一股腥臊难耐的气味。挤奶的人穿着深筒雨鞋，围着塑料围腰，蹲在奶牛的肚子下面。我倒是喜欢看他们提着桶，将挤出来的鲜奶倒进大池子里做消毒处理。那么多的奶，白花花地从桶里翻倒出来，倒满了池子，总是有一种无穷的腥臊气，其实是一种油香气弥漫在我的喉咙里。

不要走近它们，它们会踢打我们的。有些牛的脚没有被绑定，倘若它被挤痛了，忍受不住狂怒起来，就会乱踢乱动。

刘三被奶牛踢倒，坐在地上哇哇大哭。谁让你们进来的！谁让你们进来的！哭！还敢在这里面哭？还不快滚出去，奶牛踹死你们活该。

刘三边哭边跑，我也跑。她用手背擦眼泪，她的手总是红通通的，长满了红斑狼疮，冬天开裂流水。我问她喝过牛奶没有，她摇头晃脑抽抽咽咽。我也没有喝过，但是如果她问我喝过没有，我会告诉她我喝过了。可是刘三不懂得要反问我，她只知道跑只知道哭，抡起衣袖憋鼻涕。

每次奶奶烧过牛奶，锅底会残留一层奶皮。我总想用舌头舔一下。可是当我将头埋进锅里的时候，舌头还没有沾到奶，奶奶就一把夺出锅，丢进有水的盆子里浸泡。奶皮浮在水面上，我舔进嘴里，淡淡的只有一股快被稀释尽的奶腥味。

3

妈妈在果园里挖土。她脱掉外衣，露出一件白色的已经包裹不住她肚子的汗衫。地里劳动的人影，像河面上漂浮的光斑。

她用锄头敲打着土坷。新翻出来的泥土，有一股腥湿的特别的香气。苹果树上的花瓣飘下来，落在刚刚翻出来的新土上，像绣在麻布上的粉色斑块粗糙而美丽。

我喜欢新土潮湿的气味，总是嗅着鼻子故意将它吸进去。那时葡萄藤正顺着架子伸枝展叶。我边跑边摘下葡萄藤上的软须，放进嘴里酸涩涩的。我张开嘴仰起脸来，太阳的光芒隐藏在一片暗沉的瓦蓝里。

　　我朝着妈妈跑，石头绊了我的脚，我摔到地里。无头无脑地站起来，身上全是泥坷和碎草，想哭却忍住了。土地那么大那么宽，哭是没有用的，风很快就把你的声音带得很远很远，风还会灌进你的肚子，你会肚子痛，肠子也会被绞起来。你会死的。摔痛了只要不死就得爬起来，跑啊，谁让你那样不小心。

　　妈妈的肚子里怀着孩子，她整天说肚子饿。我们也饿。我们饿了就在土坎上扯茅草根，抖掉泥巴放嘴巴里，有一股泥的味道。妈妈饿了不是啃萝卜，就是吃大葱，对着天眯缝眼，像一只母山羊。

　　她站在苹果树下看着我。她抬起手来抹了一把汗，一只手挂着锄头，另一只手撑在腰上。风一吹，苹果树上的花瓣就飘起来。妈妈的头发上沾了瓣花。

　　我捂住鼻子跳进麦地，趴在草丛里找虫子，扒开石洞，希望能发现地底下的秘密。让那些奄奄一息的虫子顺着我的手臂爬，然后又爬到葡萄架下。我坚信它能够将心里的想法，隐秘地带到地底下，它们会知道地上有个我。

　　马车拉着重物，在园子外面的土路上走着，一步三摇地走着。有时候天刚下过雨，马走在路上就会一路打滑。四五匹马挤在一起，嘎吱嘎吱地走着。

　　我没有坐过马车，不知道马跑起来，人坐在上面会是什么样子。

　　马叫的时候，鸟就会从苹果树丛里飞出来，急急地飞过果园，往远处的山坡上飞去。马车夫站在空了的车上，将鞭子在空中高高地扬起，然后他回转直下，鞭子在空中发出"叭叭"的脆响。

地里干活的人放下锄头，抖动着刚刚从地里挖出来的萝卜，去掉叶秧和泥，在锄头的刃上"咔嚓"一破两截。然后用手顺着外皮剥开，眯缝着眼，面对着天啃起来。

阳光暖暖地照在他们的脸上。

妈妈一边啃着萝卜，一边从地里刨出一根大葱，去了外皮站在苹果树下，一口萝卜一口葱地吃着。

妈妈将外衣搭在肩上，穿过密密丛丛的果树，走到了土路上。她顺着弯曲的土路走着，自从她怀了孕之后，肚子还没有凸出来，她就喜欢用一只手撑在腰上，像要支住她一摇一晃时的重量。

每天接近十一点的时候，趁着劳动小憩妈妈都要回家，顺便带几根大葱或白菜，好让奶奶做午饭。

我从另一条路跑到一片麦地里，麦地里有一种叫肥田草的植物，开出一串串紫色的花。肥田草里的蝴蝶总是很小，白色的紫色的浅黄色的，停在紫花上。无论有没有飞过很远的路，它们都显出孱弱的样子。

我捏着鼻子去抓它，姐姐说蝴蝶翅膀上有一层灰粉，如果扑进鼻子，鼻子就会烂掉。可是蝴蝶太小了，我的手刚一捏下去，它的翅膀就碎了。

我松开手，看它破碎地飞到另一丛花上，就不再敢去碰它。我知道夜晚的露水或湿气一来，它就会死去。一只残破了翅膀的蝴蝶不会活得太久。

我也时常担忧着有一天，大人国的人在野外遇着我，他的手轻轻一捏，我的胳膊会不会也像蝴蝶一样破裂。

4

天上有一棵桂花树，一树的桂花开在月光下。无论春夏秋冬，满地的落花多么香多么晶莹。

天上的奶奶们，会不会也有区分？就像刘奶奶，天上的刘奶奶会不会还是就业人员的家属？还会不会低人一等？天上的我看得到我吗？天上的我知道不知道，我想跑到天边，想上到天上去？

地上的桂花树总是要到八月才开花，月光下的桂花被风吹落在地上，奶奶的小脚踩上去，花的香味是被踩出来的。真是香啊，飘得很远很远。我们绕着桂花树跑，奶奶们坐在树下聊天。刘奶奶给我做的鞋穿在脚上，大了一个指头，妈妈说来年正好。我趿着鞋跑，不小心绊着石头，摔在地上，爬起来忍着痛又跑。

林奶奶只要站在桂花树下，她就要对着奶奶们指指点点。她不愿意跟刘奶奶坐在一起。她的儿子是队长。是队长就高人一等，她不让刘奶奶坐在桂花树下。刘奶奶不听她的，她不在的时候，刘奶奶就会跑来跟我的奶奶坐在桂花树下。刘奶奶不来我的奶奶也要让姐姐去把她叫来。奶奶才不管什么阶级斗不斗争，她只想有个人听她说话。

姐姐绕着奶奶跑，还有林队长家孩子。他们在奶奶们的背上画下太阳和月亮，他们拍着手欢叫着，他们还想画下大树和鸟的时候，奶奶生气了，她叫着妈妈的名字说你看你生的伢，坏死了！奶奶用棍子戳着地，她一生气声音就会拖得老长，尾音里还有颤音。

妈妈从屋子里出来，在地上捡起一根树棍，朝着姐姐挥舞。姐姐转身就跑，她跑得飞快，跑上高高的长满果树的土坡，爬上石坎。不远处是就业人员住的房子，用果树搭出来的，盖着油毛毡东倒西歪的房子，在那个午后的阳光里是那样的低矮。几个就业人员家的孩子站在树下，咧着嘴看姐姐和妈妈赛跑。妈妈边跑边叫着姐姐的名字，叫她停下来。妈妈越叫，姐姐越跑得快。看热闹的孩子一起鼓掌喊着冬麦加油、冬麦加油！

姐姐来了劲儿，就像加了油一样，飞快地跳过刺蓬、跳过土沟。妈妈只顾着追打姐姐，没有看到脚下有沟，她扑进沟里。姐姐跑出了很远，看热闹的人看到妈妈摔进沟里了，哈哈地笑着，天空飘着他们笑碎了的声音。声音掉在姐姐头上，她回过头来，她看见妈妈从沟里爬了几次，妈妈好像受了伤，她几次都没能爬起来。

姐姐心虚了胆怯了，她向回跑。跑到妈妈跟前伸手拉妈妈，妈妈一把拽住她，吼叫着站起来，她的声音在风中传得很远，像燃烧着一样的声音，让人胆寒心跳。

躲在柜子后面，听着姐姐发出来的尖叫声，我吓得浑身哆嗦。生怕棍子落在自己的头上，颤抖着身体走出来，凳子本来不歪，我把它扶歪，地上本来没有垃圾，我用扫把划过来划过去。妈妈大概是快被火烧尽了，她冲着我大吼起来叫我住手，她还说你这个叛徒、胆小鬼。

姐姐朝着我，她边哭边看着我，哭得越委屈声音就越大。不是我，真的不是我，我没有出卖她。可是谁信呢？妈妈打姐姐是惧怕得罪奶奶，怕奶奶离开我们回老家去。姐姐恨我，她以为挨了打是我出卖了她。

爸爸在太阳下山的时候，带着我和姐姐去游泳，姐姐一直不跟我说话。我跟在他们身后叫她，她不理我，她的长辫子在风中甩来甩去的。爸爸提着篮子走在前面，篮子里面是妈妈在家抹了肥皂、没有清洗的衣服。姐姐一路唱着歌，把她的长辫子故意甩得高高的。她的头发乌黑，辫子很长，长到了她的膝关节下面去了。

晚风中，姐姐的歌声和远处的奶牛的叫声混在一起，在黄昏空旷的景色里延伸。

爸爸将篮子放在水里，抖出衣服上下地提拉，很快他就将一篮子衣服清洗干净了。他摆好衣服，示意我坐在长满杂草的乱石堆上。我抬头看天，鸟飞得很高。

爸爸问姐姐想不想下水去，姐姐说想。他就从篮子里挑出一件湿衣服让姐姐换上。

我抱着姐姐换下来的衣服，重新坐到离水更近的一块石头上。

爸爸说："你就站在水里的这块石头上玩一下，不要以为自己会游泳。"

爸爸脱了衣服，"扑通"跳进水里。他游泳的姿势很难看，游的是那种狗刨式的，他打水打得啪嗒啪嗒响，水花溅得很高。我却很佩服爸爸，他将头埋伏进水里，朝着河的下游游去，很快我们就看不见他了。

姐姐换上爸爸刚洗的湿衣服。我看她哆嗦着身子，一只脚踩在水里爸爸指定的那块石头上，然后她弯腰下去往身上拍水。这是爸爸教给她的，说是这样下水，脚不会抽筋。她的长辫子掉进水里时，她将辫子绕到脖子上，用一只手压着，小心地将另一只脚也踩进水里的那块石头，可是她就那样沉进了水里。

她慢慢下沉，她的长长的辫子在水里绕着转，盘旋在头顶。她身上穿了一件粉底起蓝花的衬衣，衬衫被水撑了起来。她像一只鼓满风的小帆船，在水里摇摇晃晃地下沉，她越沉越深，我快要看不见她了。

我坐在那里没有动，也没有喊叫，我以为她过一会儿就会浮上来。可是她没有浮上来，她离我越来越远了。

我等了一会儿，感到了一种从未有过的恐惧。我站起来朝前走了几步，浑身开始哆嗦起来，我死死地盯着水面。水面上冒出的水泡，一圈儿一圈儿地扩散开来。死，这个想法第一次跳进我的脑子，把我裹进了黑暗。

然后我张开嘴巴，开始对着河面哭喊。

河对岸的牛群黑麻麻地走着，它们的身体挡住了河水的光亮。走在牛群后面的人听到我的哭声，他停了下来。我急了跳着脚用手指着河面，他大概明白了，脱掉外衣跳进河里。他游得很快，头埋在水面上两只手奋力地划着。无论他游得多快，都赶不上姐姐下沉的速度。我完全看不见她了。那个人在距离姐姐沉下去不远的地方，一个猛子扎下去，很快他冒出水面，长吸了一口气，又扎下去。

他再次冒出来的时候，我看到了姐姐。他的手抓住姐姐的头发，将她拎出水面。

这时爸爸从远处游过来，靠近我们之前他潜进水里，他以为一切跟他离开时一样。爸爸是突然从水里冒出来的，他把水花溅得老高。他看见姐姐正被人倒着往外吐水，脸色一下子变了，狼狈地爬上岸来。

姐姐喝了一肚子的水，往外每吐一口，都会不停地抽搐。爸爸说快去队里要马车，孩子要送医院。那个人跑得飞快。

那夜姐姐一直打吊针，脸色慢慢地由灰变白。我以为她死了，她躺在床上僵硬得没有一丝气息，身体冰凉。

我趴在她的病床边，听着妈妈的抽泣。妈妈大概是太累了，她的声音像蚊虫飞扑在亮光之中，扑朔迷离地闪动。

而我只想告诉姐姐我不是叛徒。

5

天上的刘三会不会比地上的刘三聪明一些，不吃手指不吸溜鼻涕。她笑着对我说小龙要过河，不让它过去，让它回到洞里。她不知道那个样子很傻，把手放在嘴巴里，拼命地吮吸。她的另一只手在肛门上，妈妈抽打她。

她张开嘴巴哭着跑到桂花树下，扑到刘奶奶身上。妈妈拿着鸡毛掸说吓唬吓唬她。刘奶奶埋下头对妈妈说对不起。为什么要说对不起？为什么她们总是要对人说对不起？

为什么妈妈总是生女孩？我们家已经有三个女孩了，如果妈妈肚子里生下来的还是女孩，该说对不起的是不是就是妈妈了？

这个是不是阶级斗争？如果妈妈再生一个女孩，奶奶就会回老家去。对她肚子里的孩子，妈妈到底是心虚，整天在笔记本上，用彩色画粉画下一个又一个的孩子，都是男孩子的头和笑脸，正面的侧面的，他们的背后是蓝色的大海，妈妈用蓝色勾出波浪。海是蓝色的，沙滩是黄色的，太阳是粉色的。她的画粉里只有粉色，太阳就变成粉色的了。粉色的太阳比红色的太阳好看。所以我长大上学后一说太阳是粉色的，别人就会嘲笑我。

生长在海边的妈妈，她不会忘记大海，她满脑子都是海。每年到了过年的时候，我的大舅就会寄来海货。虾米、乌贼、鱿鱼这些生长在海里的东西，比河里的好吃。海和天一样没有界线，不像河水窄小。妈妈夸我聪明知道海很大。我问妈妈为什么海上没有船，妈妈神情黯然。妈妈说海浪很大，渔民在海上出生入死。

妈妈将笔记本藏进箱子里，她画的一切就成了秘密。同时藏进我心里的，还有一个痛，那是我的二舅，在妈妈的故事里，那一年海风在大年三十刮走了养殖海带的渔船，二舅舍命救渔船，身葬大海。所以我的妈妈，她不会在海里画下船。甚至我们吃完饭的筷子也不能放在碗上，只能放在桌面上。

姐姐不知道妈妈画的东西是不能拿出来的，所以她把它拿到太阳底下去看。我们家的秘密经过太阳光的照射，就不再是秘密。暴露了的秘密定然要朝着与心愿相反的方向发生。

妈妈果然又给我们生了个妹妹。她是多么想生一个男孩，我们家是多么的需要有一个男孩子，这不仅仅是因为奶奶吹了牛，说我们净是男孩子。

夜晚下过一阵雨，窗外桃花落了一地。天一亮太阳就出来了，桃树上的雨水被太阳光映照得闪刺得人睁不开眼睛。地里劳动的人群正在给黄瓜、豆角插杆子，让它们牵藤顺势而长。我顺着葡萄架寻找着一种满身花纹的瓢虫。一只红壳壳长着黑点的瓢虫，在一片刚刚张开的葡萄叶上急急地爬着。我俯下身看它，鼻子里全是植物和湿泥的气味。我伸出手，希望它能顺着我的手爬，希望它把我的手臂当成一条路。然后在它爬上另一片叶子或者藤蔓时，将它捉住，放进纸盒子。

听到马车的声音，我飞快地朝着园子外的马路上跑。每天早上送菜到场部食堂的那辆马车，这天送完菜会顺便到医院接刚刚生完妹妹的妈妈。马车出发前，爸爸将被子扎好，用油布裹了丢在马车的菜堆上。我目送着马车，心里想着一路颠簸的马车，会不会将被子颠出来掉到马路上。

马车从山路上冒出来，大老远就听到马蹄叩在石子路上的声音。下坡时，车速快了起来，前面的马跑了起来，马车夫拉着缰绳喊着：喃！喃！

马跑累了，它不断地向外吐气，打着响鼻。

我也向外吐气，马车从我眼前跑了过去。妈妈抱着刚刚出生的四妹坐在车尾。由于她是坐在一床被子上，所以她的身体高出车厢很多。妈妈在头上盖了一块毛巾，用来遮挡太阳和风。

看见我的时候，她笑了，是那种有气无力对着谁都可以的笑。所以我并不认为那个笑是给我的，相反倒更像她对着自己笑了一下。

奶奶问爸爸到底造了什么孽？爸爸语塞，面红耳赤。他说："娘，女伢也是你的孙孩。"奶奶不置可否，她的拐杖在我们家的泥地上戳出好深的坑。奶奶来贵州前，早已让村子里的人知道我们家个个是男孩。爸爸说："娘，谁让你吹这样的牛。"奶奶说："吹牛？我不是以为她生了一个女伢，接着就会生男伢吗？可是她倒是好，一抬腿一个女伢。"

生了那么多女孩，妈妈哪里还会有底气。她给奶奶说话总是低三下四的，她对奶奶说，娘，门后的肉皮时间久了，过两天给你换新的。奶奶笑，反唇相讥地笑。妈妈是真诚的，妈妈难道不明白奶奶的笑吗？食堂不杀猪你去哪里弄肉皮？是的，你去哪里弄肉皮？办不到的事情为什么要说出来。

我每天立着耳朵，希望听到猪的叫声响彻天空。那些杀猪的早晨，猪把云层叫破了。它们的血它们的肠子流在地上，我们绕着它们的声音跑。边跑边唱：

又哭又笑，黄狗飙尿，飘到金沙坡，捡得个猪耳朵，煮也煮不熟，抱起尿罐哭……

我们跳我们闹，从清晨到黄昏。

抱着尿罐哭……

每次唱到这一句，我都会联想到我的奶奶。这句话像专门唱我的奶奶的，可是我的奶奶怎么会知道呢？她在门后挂一块肉皮，出门前先用手抹了嘴巴，我看见她往嘴巴里面吧嗒了一下，她真的把手上的油舔进嘴巴里了，然后将手上剩下的油往头上抹，边抹边往外走。她的头发乌黑发亮，嘴巴也油润有光。不屈不挠地走在人前，奶奶身上的光彩是她自己想出来的。

她的儿子在外做官，也是她想出来的，守寡的漫长岁月，给奶奶涂抹了一层厚厚的如同茧上了釉，任凭雨雪风霜颠扑不破。

"小土地出租"到底有多少土地？妈妈问爸爸，爸爸每次都只张了张嘴，没有说出来。不知道是不是爸爸离家时只有十五岁，他无法形容"小土地"这样的面积，还是他不愿回忆那些土地留给他的记忆。

不管土地有多大，拄着手杖在田地里来回奔走，都是让我无法想象的。奶奶的脚那么小，她怎样在泥湿的路上跨过沟坎？偶尔我的脑子里会出现一些弯弯曲曲的小路，我问奶奶是不是要走那样的小路。奶奶笑着说田间小路，踩进水里去湿了脚，我就不再问了。也许我的奶奶，把自己想象成一个大地主是对的。

奶奶说家门前是一片湖水。妈妈说那只是个小鱼塘，水脏得鱼也不可能活。爸爸问妈妈为什么要跟奶奶较劲，他小时候塘很大，大得快要跟村外的湖连在一起了，这是真的。

妈妈就不再说什么。

奶奶沉着冷静威严，一举一动都让妈妈在她面前小心翼翼，妈妈一边踩着缝纫机，一边跟奶奶说话。她们的声音，从缝纫机呜哧呜哧的间隙里落下来，像石头落在水面上。奶奶说人活着就是为了要个脸面。我的爷爷死得早，没能够予给我的奶奶足够的荣华富贵，所有的荣华富贵体面人生，就只能靠我的奶奶自己想象了。

奶奶在爷爷去世以后几十年的岁月中，过着她想象的体面生活。不管村里人相不相信，反正只要她自己相信就行。她吃香的喝辣的，天天大肉大酒地吃着，油光满面地吃着，她的嘴唇沾满了油，她的头发锃亮发光，这些都是为证明她过得好，是村人望尘莫及的。

如果我的奶奶不那么好面子，村人也不会寻了机会把她吊起来。这个让我感觉难过和害怕的事，在奶奶嘴里似乎也变成了另外一种荣耀。妈妈说奶奶的不屈不挠，让她受了许多不该受的苦。村里人明明知道奶奶没有她说的那么富有，却真把她当成大地主吊起来，就是为了解恨而已，故意将计就计让她受罪。即便是绑了她的双手，吊到一棵树上，她依然不嘴软。

妈妈说："娘，难道你真不怕受罪吗，那样吹牛？"

奶奶说："我不就是为了争一口气吗？"

奶奶的声音以及她的脸上，有一种我无法明白的，像与黑夜有关的物体，幽暗中透出一丝悲凉。

妈妈说："麻雀从天上飞过，拉了一泡屎在米面里，就把一簸箕米面全倒了。"

奶奶说："我就是要倒了，倒了也不给他们。"

奶奶说这些话的时候，妈妈还没有生四妹。她和奶奶都期待着，我们家能有一个男孩，所以那些日子她们相处得小心和睦。妈妈总是附会着说："真可惜，然后呢？"

奶奶说然后她就站在屋门口前，喊叫着让大家来看，鸟粪污了我的米面，我把它全倒掉了。奶奶很得意，满口的牙都掉光了，露出来笑得东倒西歪的。妈妈想戳穿她，但是妈妈她不敢直接说出来。我的奶奶说的故事漏洞百出，妈妈就假装不解地问："娘你住的屋子，四面漏风，连一块像样的瓦片也没有，他们怎么相信你说的话？"

这个时候我的奶奶会显示出几分惭愧和羞涩。她之前也许没有认真想过，一个人连住的地方都破烂不堪，谁还会相信她有粮食可以倒掉。即使不相信，奶奶也为此付出了代价。

妈妈更进一步地讨好我的奶奶说："娘，你真的倒掉那些米面？"

奶奶很高兴听了这样的问话，至少在这个世界上，还有一个人相信她说的。相信她有那么多米面可以倒掉，相信她真的很富有。我就是闭上眼睛，也能想象出妈妈的样子和笑，她咯咯地笑，用手捂着嘴巴。我不喜欢她那样笑，就像一只下假蛋的母鸡，自欺欺人地咯嗒咯嗒咯嗒地叫着。

奶奶说："哪能啊？我又不傻。"

可是有时候，我的奶奶会在问话里沉默，她低下头看着自己的一双小脚，这让我难以分清，她们之间对话的真假。

四妹出生后，她们之间的对话便停止了。像曾经所有发生过的她们都感兴趣的事情，可以让我的妈妈讨好奶奶的事情都消散了。她们之间空出大片的空白，让她们无话可说。

妈妈在爸爸面前抱怨奶奶这样那样，抱怨奶奶重男轻女。

爸爸说："娘老了，她糊涂了。"

妈妈说："她才不糊涂，我月子都坐满了，鸡蛋还剩下大半坛。"

爸爸不说话，他正在往报纸上画着横线，那些内容是他晚间学习时，要求就业人员掌握的内容。

妈妈把一坛子鸡蛋抱到爸爸跟前说："你自己看看你的娘。"

爸爸不说话，继续认真地看报纸，妈妈觉得爸爸不给她撑腰，就提高了声音说："你的娘真是狠心肠。"

爸爸漫不经心地扫了一眼妈妈说的鸡蛋，继续一边看着报纸，一边说："你没完没了的做什么？你说娘狠，她怎么你了？她杀人了还是放火了？"

"杀人？放火？你以为她做不出来吗？将孩子活活闷死。"

爸爸抬起头来看着妈妈，他的样子有点摸不着天地地看着妈妈。他的嘴张开着，眼光呆滞在昏暗的灯光底下，像一缕幽暗的灵火。他半天才缓过一口气来问我的妈妈胡说什么，他叫妈妈再说一遍。妈妈也被自己说出那样的话吓住了，她的脸憋得通红，她的手放下鸡蛋时在发抖。

爸爸像突然听明白妈妈说了什么，他扔掉手中的报纸站起来，他的声音如雷贯耳，他是在咆哮。他冲着后退的妈妈走过去，将她提起来之前，一脚踢翻了坛子。

我吓坏了，蜷缩在门后面。妈妈也吓坏了，她连说道歉的话，也在打战。爸爸的脚踩在那些流出来的鸡蛋上。鸡蛋流了一地，多么可惜。妈妈抱怨奶奶不给她吃鸡蛋，这回好了，谁也吃不上了。爸爸把鸡蛋摔在妈妈的身上。妈妈不该说那样的话，可是妈妈说了，挽不回来了。

爸爸说妈妈找死。妈妈就真的去找死，晚上她哭了很久，抽抽噎噎像下雨。第二天爸爸出门去了，她拿一根绳子吊在房梁上。奶奶进屋去看见妈妈时，她才刚刚蹬倒脚下的凳子。奶奶抱住妈妈的脚，她还想站在凳子上去解开妈妈脖子上的绳子。可是她太矮小了，她用挂手棍去挑了几次，无济于事。我看见妈妈红肿的眼睛里全是泪水。我哭起来喊着妈妈。奶奶叫我去找爸爸，爸爸在工地上。奶奶特意告诉我不准哭着跑出去，不能让邻居知道这件事。三妹趴在地上拉着奶奶的脚，她以为死的是奶奶。她哭着喊叫的是奶奶。她还以为是我的奶奶在大木盆里洗澡那么简单，说是淹死了，奶奶从盆里面出来就不会死了。

刘奶奶坐在桂花树下，她看见我哭着跑出来，我从她的身边跑过去。奶奶不许我哭，我还是忍不住边哭边跑。我听见奶奶在我的身后叫刘奶奶的声音里像揉进了沙子。刘三跟在我的后面跑，她还以为像平常那样跑着玩。爸爸在哪里呢？我迎着风跑，跑过弯弯曲曲长满茅草的小路，跑过菜地，跑过池塘，青蛙从我的脚边跳进水里，扑通！扑通！风里夹着新翻出来的泥巴的味道。

可是满山移动的人头，我看不见我的爸爸。我问刘三看见我的爸爸没有，刘三摇头。

姐姐跟几个伙伴在草丛里捉蚂蚱，她们说话的声音飞扬在晴朗的天空中，悠远绵长地回荡着。我的姐姐她看到了我，看到了满头大汗的我。我喘着气朝着马车过来的方向跑，我哭着跑过那些劳动的人群，跑过冯驼背的工棚。我哭着心里想着我们的妈妈就要死了，我回到家看到的是死了的妈妈。我听到了我的哭声，沙哑地飘向远处的田野。

我没有找到我的爸爸，我沿路返回时我的眼泪哭干了，但是我还是呜呜地哭着。捉蚂蚱的人隐没在草丛里，我的姐姐跟在我的身后往家跑，她问我哭什么，我不想告诉她我们的妈妈死了，我无法将那样的话说出来，她回家就会看到的。

刘奶奶坐在桂花树下，她认真地纳着鞋底。我哆嗦着推开半掩着的门，妈妈斜倚在被子上，她的脸上还留着哭过的痕迹。

6

我们家只有三石谷子。我不知道这是个什么数字，我们家的成分是"小土地出租"。当地主就是被整死，也比当穷人穷死光荣。我的奶奶一生都是这样想的。可是我们家连地主都不是，奶奶非把自己形容成大地主。她一个人带着我的爸爸和我的伯父，即使是天灾人祸的逃荒，她也不会想到自己是贫穷的。

奶奶端正地坐在我们家祖屋的破门前，她的身后站着我的妈妈。十八岁的妈妈，第一次从山东独自去到了爸爸的家乡。妈妈在爸爸的村庄跟着奶奶生活了半年之久，学会了缝纫，听来了不少关于奶奶的闲话。这张黑白照片一直挂在我们家的墙上，妈妈逢人就讲。尽管做个地主是多么的不光荣，可是我的奶奶觉得光荣。

妈妈告诉别人我的奶奶这个小脚老太太，有着多么坚强的意志。我的爷爷死后，她一个人管理着可以生产三石谷子的农田，坐在太阳地下，屁股下面放着一把刀，面对说媒的人她抽出刀就地在石头上哗啦哗啦地磨，以示她不想再嫁人的态度。

妈妈没有敢再提奶奶狠毒的事，哪怕半句她都不敢再提。她跟爸爸好长时间不说话，她每天把缝纫机踩得呜呜响，像要把我们家踩进深渊一般，像要把她自己踩进黑暗里融化掉。

下雨天，空气中的湿气，让我们家像一块烂泥地，阴霾笼罩让我们永无宁日。奶奶和妈妈之间，就如同这地里的两株带刺的植物，混乱而没有缝隙，就算是静止也会相互扎伤。

爸爸说："娘，女孩也是你的孙孩。"

奶奶总是在爸爸跟她说话的时候，陷入黑沉沉的沉默之中。她不说话，慢慢悠悠地在屋子里走来走去。而爸爸很快就会像一个犯了错的孩子那样，小心翼翼地用余光跟着奶奶移动。

奶奶停下来。她说话的声音像被沙磨过了，带着委屈说："你们总得让我点脸面吧，村里人都知道我们生了三个男伢，这回四个了，我不说村里的人也会说四个了。好歹你们生一个，我也不至于这样啊。"

爸爸不说话。

缝纫机的声音，像妈妈抛出来的黑洞里巨大的石头，正朝着黑夜深处飞散。那些飞出去的石头，很快又会回到我们家来。我们一家就快要被击垮，陷进黑洞里去了。

咔嚓，针断了，缝纫机的声音戛然而止。妈妈在线盒里翻找新的针。在这个缝隙里，有一种天崩地裂的寂静，四处扩散。

我望着屋顶的灯，想着妈妈讲的故事。故事里走到天上去的人，他为什么还要千方百计地回来？他用玉米秆挂在一棵桃树上，让找他的女人看到的是他的死亡。

昏暗的灯挂在破篾席做的天花板上。为了聚光，爸爸还在灯泡上盖一张白纸，看着那张被灯照黄了的纸，让我感到我们家就是那张发黄的纸，迟早要燃起来。屋顶是用旧报纸糊过的，光影映上去形成明暗各异的图案。

风将树影送来映在窗玻璃上，透过天窗看着漆黑的夜晚，心随着树影游动，我感觉自己的心也在抖。现在那个让我讨厌的声音停止了，世界在我的脑子里漂移起来，奶奶的脚步声疏离了天上和地下的界线。

我沉浸在那棵玉米秆带来的死亡假象里。那个人怎么走到天上去的？他走到了天边，走到了天地相接的地方。他不知道自己到了天上，在一望无边玻璃一样的云彩上，走了几天几夜。他的脚踩在云上，是不是像踩在冰雪上会留下一些污渍？当我想到这儿，脑子里会出现一个一个的光斑。

他取下帽子干什么？你们猜。妈妈说。

故事讲了无数遍，她总会重复这个问题，我都不想听了。可是我还是立着耳朵，我多么希望故事有所改变。比如故事里的他能不能不肚子痛，如果他的肚子不痛，他就不会取下帽子拉屎。他不能老拿着个装了屎的帽子，在陌生的地方走啊，他得找地方扔了它。这样他遇到了那个女人，她把他引向自己的家。

没有地方扔掉，他就只能吃了。林奶奶说。

我不相信人会吃屎。妈妈接着讲故事的时候，她不再提那个人把帽子里的东西扔到哪里去了。她只说那个人在天上住下来了。他们的屋子四处堆满了茅草和玉米秆。我说不对，天上怎么可能有茅草和玉米秆。妈妈说有的，天上的是透明的我们看不见，到了天上就看见了。

他住在迷宫里？透明的迷宫，他走不出去。从他在寻找扔掉帽子开始，他的脚步就设置了迷宫的道路，一条永远也走不出去的路。我深陷在故事的迷宫里，为那个人感到胆寒。想象着他与天上的那个女人，并肩走在迷宫没有道路的道路上。他的手他的影子一半在外面，一半在迷宫的雾霾里，他们来来往往地走着，这样他们就成了阴阳各半的一个人了。

那不是他的家，总有一天他要离开。他每走一处，所有的门都是空的。他走在没有门没有路的路上，他是多么孤单。他想从女人那里获取的路线图，同样是一座布满蛛网的迷宫。最后他只能选择将自己变成一株玉米秆，挂在桃树上。他就这样轻易地死了，他死在了那个女人的眼睛里。

我跑过树丛，顺着河流跑，钻进玉米地认真端详它们抽穗飞花，嗡嗡的蜜蜂飞在午后的阳光下。哪一株是我呢？我将头仰得酸痛了，眼睛也被阳光刺得生疼，流出了眼泪。姐姐说你傻瓜，我们不可能是植物。我不相信姐姐说的那只是故事，我也想上天。要么变成一株植物，要么与天上的那个我相遇。这个世界上一定有一棵与我们相连的植物，或者那株植物就是我们本身，只有死了，才变成本来的样子。

7

　　林奶奶从远处走来，她不像我的奶奶要拄着棍子。她的儿子是队长，她走得理直气壮。我的奶奶脚太小了，在地上站不住，得借助棍子撑在地上的力。林奶奶是贵州人，她年轻的时候，无论脚有多么的大，都可以嫁人。我的奶奶不行，脚大了是件多么丢人的事。

　　奶奶总是体面地穿着黑底平绒布鞋，端正地坐在桂花树下。奶奶说起自己裹脚时的痛苦，总是带了一种死而复生的炫耀感，有如黑暗中透出来的光亮，在她的生命中虽无明却能闪耀，从幽暗里弯曲出来，成为奶奶举手投足的仪态。

　　我惧怕奶奶的小脚，它让我联想到一种叫五朵云的植物。那是一种全身充满毒液的植物，长在阴湿的杂草丛中，在太阳底下开黄色的花，卷曲着仰面朝天，向着太阳，像一下子张开的，带着某种残酷和预示，让我想到它隐藏和释放的毒液。

　　有一次姐姐的腿上长了麻子，刘奶奶采来五朵云。她折断五朵云，将淌出的白液滴在麻子上。姐姐腿上的疖子，先是变红变腐，几周后就长出了粉红的新肉。

　　奶奶引以为荣、可以傲视别的奶奶的小脚，状似五朵云，让我惧怕又厌恶。所以我从来不敢将目光停留在奶奶那双骄傲的小脚上，包括刘奶奶和林奶奶。

　　林奶奶高个儿，人大声音大，她的脚自然就会大，允许她再能忍受百炼成钢的痛苦，她也无法拥有奶奶那样精致体面的小脚，除非用刀劈斧砍。

　　桂花树开花的时候，一场雨水打下来，满地的桂花。奶奶们并不清扫，就像春天桃花飘落我们家一地那样。桃花落在我们的屋子里，粉色的花瓣引来蜜蜂，特别是在午后，在嗡嗡的声音里，让人昏昏欲睡。桂花落在地上，蜜蜂们就在我们的耳朵旁边飞来飞去。有林奶奶的时候，刘奶奶分明是走了过来，却绕过桂花树，远远地在路上站一会儿，然后朝着屋子背面的小路走过去。她一见到林奶奶，就像做了亏心事一样躲躲闪闪。有林奶奶在时的桂花树，像一有团火那样，周边的事物也点了火一样热烘烘的。

林队长批评爸爸说我们家不讲阶级斗争。大会上批小会上也批，回到家爸爸还是不提阶级斗争的事，奶奶仍然跟刘奶奶坐在桂花树下。

奶奶拄着拐杖走到门口那棵桂花树下，太阳也还没有升起来，风夹着植物抽芽的气味，湿呼呼地吹过。

她停下来时，双手支在拐杖上，整个身体的重心都落在拐杖上。她思想了片刻，大概觉得桂花树下并不是她能久留之地，就又朝着别的地方走。

显然她也不知道自己该做什么。

刘奶奶在她身后的桂花树下坐下时，奶奶已经走到了对面的路上去了。

两个老太太每天总是在太阳出来后，坐在树下纳鞋。

林奶奶走过桂花树，丢下一句话，或者一个脸色，嘟嘟囔囔地绕到冬青树的树影里，朝着弯曲的马路，用手挡着阳光。

她沉默的时候，跟她的儿子林队长很像。林队长个子高大，没有跟人说话的习惯，整天虎着脸走路。跟他的老婆朱姨走在一起，像一棵移动的树桩。而朱姨走在他身边，像被风带起的一颗泥石，因为她要用跑的速度才能跟得上他。

朱姨身上总有一股医务室里消毒液的气味。夏天穿凉鞋，那股气味就是从她的脚上那双假皮凉鞋上散出来的。朱姨在医务室做些给别人量体温、往别人破了的皮肤上抹红药水或紫药水的工作。即使是往人伤口上涂红药水，她做起来也心不在焉，全然没有她坐在窗前照镜子那般投入和专注。整天"磕汰磕汰"地走路，故意把钉了金属掌的鞋底踩在石头上，把消炎粉撒在伤口外面，却做足了医生的派头，整天穿着医生的白大褂，涂药水时戴着口罩，只露出一双冰冷的眼睛。说话的时候，声音被口罩挡住了，咿咿呀呀重三倒四，倒让人觉得她是个哑巴。这使得妈妈一说起她，就带着深深的妒意和贬义。

"朱肚子"是她的外号。妈妈在家里提起她，也用这个外号。妈妈还会撇撇嘴说："你看她一把捏着两头不露。"

看着妈妈举起来的手，就想着她被捏在手里的样子。想着一个人被捏在手里，心中就像长了茅草。朱姨是矮个子女人，身上的肉都长在肚子上，夏天衬衣盖不住，让她长期处在"身怀有孕"的状态里。

她每天穿着皮鞋，"磕汰磕汰"地经过桂花树。

月光下的桂花树，花朵如细碎的银子闪闪亮亮，它的香味带着夜色中的湿气漂移。桂花一直开到9月，枯萎的桂花是另一种气味。

奶奶们坐在桂花树下，月光明亮。我打开盒子，姐姐用棍子挑出盒子里面的瓢虫，它们都僵硬了身体，即使挑翻了它们也于事无补。它们死了，夏天一过它们就死了。任凭我们再唱：小包车开得快，里面坐个老太太，老太太爱吃萝卜和蔬菜，放个屁来真凉快……

小包车里面坐着的老太太，在我的心里就是林奶奶。我们的"小包车"没有了，要等到来年春天的时候，再让它们四处地开。放屁的老太太还在放屁，因为她吃了太多的红薯。林奶奶一打嗝就会放屁，臭气熏天她不知道。不是她喜欢吃红薯，他们家男孩太多，粮食不够吃。奶奶讥笑她说还是养姑娘好，起码不会让自己净吃红薯。林奶奶委屈不说话，独自走得远远的假装没有听见奶奶说什么。

月亮像镜子一样，可以清楚地看到里面的桂花树。月亮里的桂花树是地上的桂花树，是奶奶们经常坐在树下的桂花树映到了天上。可是月亮里怎么看不见奶奶？奶奶说她进屋取东西去了，所以月亮里看不见她。我信了，想要月亮把自己映进去，就不停地在月光下跑来跑去。

大人们在桂花树前说话，声音喊喊喳喳的像一些虫子在鸣叫。小孩子在那样热闹的夜晚跑来跑去。他们说到冯驼背，说到去工棚里吃葡萄的女孩子。月光照在他们紧绷着的脸上，他们说话的声音却热火朝天。他们叫住我问二妮有没有去工棚吃葡萄，我摇着头，沿着修剪整齐的冬青树丛跑。知道刘三她们被诱奸了，我问姐姐什么是诱奸。

姐姐她也不知道。我告诉她我知道，就是吃毒药。姐姐继续朝着屋角跑，她要躲起来，让我去找她。她躲在桃树后面，桃树上有毛毛虫，一不小心扎得她满手都是。三妹一直绕着奶奶哭，奶奶早已经习惯，她放下她的拄手棍，将两只小脚放平在石凳前面。她抬头看天上的月亮，用手指着叫三妹看："你看，月亮里面有仙女啊！"

三妹止住哭，跪在奶奶旁边看月亮。

这是一个很奇妙的夜晚，我们睡下了，爸爸和妈妈把我们叫起来。他们神色紧张，问我们到底去过冯驼背的工棚没有。我把头埋进被子说没有。妈妈问我为什么没有，我说他会毒死我们。妈妈问姐姐，姐姐说去过。爸爸和妈妈相互交换眼色，把姐姐叫到外面去。

我独自躺在床上，三妹缠着奶奶要喝牛奶。我听见爸爸在屋门外走来走去的声音。他的脚踩出一种焦虑，让我很不安。窗外的月光投下树影在窗玻璃上摇晃，刘三的样子，她哭着从远处走来的样子真是奇怪。她的腿上全是血，刘奶奶抱起她。她说痛，说冯驼背用棍子戳她。头发上嘴巴上全是泥。太阳的光芒落在她的哭声里，她的声音变成了红色。她跪在地上，跪在太阳红色的光芒里。

我感到害怕，身体发抖。大人们在院子里絮絮叨叨的话，像从天上落下来的雨点打在石头上，溅泼在我的脑子里，形成一团一团的泥混糊不清。刘三会不会死？她吃了冯驼背的毒药，她跟不听话的公鸡有了同样的下场。姐姐会不会也吃了冯驼背的毒药？难道妈妈没有告诉过她，冯驼背的葡萄里面有毒吗？冯驼背本身就是个投毒犯，他因为往公社的水井里投毒被劳改。妈妈是对的，妈妈相信他还会继续投毒的，他不会被改造成另外的样子。

你吃了冯驼背的毒药吗？

姐姐不理我，她拿来纸盒子放在门背后，我们钻进去。她用小刀在纸盒上戳出很多小洞。我们屏住呼吸躲在里面，没有人会发现我们。她说外面太危险了，躲起来会好。

我们的屋子前面本来是个长廊，队里派人给各家各户用篾席隔出来，然后上灰，再刮一道石灰。每家就多出来了一个过厅和一个大门，至少我们家是这样的。那是由两扇门构成的一个大门，关闭时要两面同时闭拢，再插上门闩。

过厅里没有灯，黑暗中的我感觉到世界上只剩下了纸箱和姐姐。

姐姐没有吃过冯驼背的毒药，她告诉我冯驼背不敢拿毒药给她吃，他只敢毒就业人员的子女。我问为什么，因为他也是就业人员。

世界上只有同类人才会对同类人好，可是他为什么要毒死他们。妈妈不准我再提冯驼背的事，更不准在外面说。

妈妈将一勺盐放进烧得火辣辣的油锅里，我们家油烟四起。妈妈在慌乱里歪着身体，一只手拿着炒菜的勺子，一只手将菜倒进锅里。我们在呛人的油烟中咳个不停。

我们家炒菜跟别家不同，妈妈总是先把盐放进锅里，还没等菜放进去，油锅"轰"地燃起来了。火焰蹿到半空就又落下来，变成烟雾再次燃烧。我们家像要崩塌了一样，乱七八糟砰里咣啷响成一片。妈妈哪里有心思谈论别人的事，她说泥菩萨过河自身难保，她忙得连吃饭的时间都要被占用了。

奶奶认为妈妈故意把家里搞得乌烟瘴气。每次吃饭的时候，她都要告诉我们她要回老家去了。她知道妈妈怕这个，像杀手锏。妈妈总是求她总是说尽好话。后来妈妈失去了耐心，说这是奶奶存心不想要她吃饭，这也是一种虐待。

爸爸不说话。他会猛地摔掉手里的杯子。屋子里就安静下来。妈妈将四妹抱在怀里，然后我就听见缝纫机的声音。这个可恶的声音让我们家陷进深渊。

8

场部是一座两屋楼的房子，面湖而立。爸爸把自行车停靠在一棵苹果树上，叫我站在那看好自行车，他进去办事。

飘落下来的树叶，盖住了通往湖边的小路。远处宽阔的土地，移动的人影在用犁铧地。

前面就是三大队，三大队监房外的铁丝网，像给蓝天画下的波纹闪耀在太阳光里。高墙上站着荷枪实弹的武装，他从碉堡里走出来，顺着铁丝网走，枪上了刺刀，太阳光落在上面很耀眼。

顺着围墙走过一段杂草丛生的小路，前面是宽阔的果树林。桃树、苹果树、梨树各成一片，果树林的地里套种了各种矮秆豆类、蔬菜，还有地萝卜。

从成片的长满地萝卜的土里穿过去，就可以到达靠近王家院的一座山脚下。地很平坦，爸爸完全可以推着自行车通过。倘若值岗的士兵不认识爸爸，我们就得走大路回去。走大路要比穿过果林相差半小时的路程。

爸爸一定要穿过工地。看工地的人是爸爸曾经管教过的人，他只要看到我们，就会迎着我们走来。绿叶开白花的地萝卜还没有完全成熟，成片成片地长在果树下。看工地的人用手，在坚硬的地里刨地萝卜。

爸爸的自行车上有个白色的小米袋子，平时垫在自行车后座上可以当垫子，遇到摘苹果或刨地萝卜，爸爸就张开口袋。

离开工地，我的脑子里面会现出血泥模糊的两根指头。那个看工地人的手指陷进泥巴里，一次又一次地抠开泥巴，为我们刨出地萝卜。他的手指颤抖着弯曲着抠进土里时，身体也在抖。

爸爸将地萝卜装进布袋子，搭在自行车的龙头上。弯过那座山，爸爸将自行车扛在肩上，踩过怪石嶙峋被荆棘覆盖的土坡，我们就走上了大路。爸爸放下自行车，长长地呼了口气，回过头将我抱到自行车的后座上，然后骑上自行车。

自行车在路面上颠来歪去地摇晃，我感到爸爸把握不住方向，就用两只脚本能地夹住后座的支架，将头埋到爸爸身上。他的身体左右摇摆着，刚刚铺过沙石的道路，只留出一溜儿人可以通过的土路。爸爸稍不留神，自行车的前轮就歪到沙石上，所以他总是把握不好龙头东歪西扭的。

太阳的光芒陷进山坡上的草丛里，草和花都被光抛了起来，山风里掺入了暗沉的气息，我感到逼近我们的是一种危险的宁静。

上坡时，其实也仅仅是个有些缓度的小坡，爸爸从自行车上跨着脚跳下来，车身歪倒下去，他迅捷地将一只脚踩过自行车的三角架，稳住了自行车，我才没有从上面摔下来。爸爸将我从车上抱下来，他面红耳赤地将自行车靠在路边，因为迎面来了一群人，一群排着队收工的女犯人。

那是一支几十人的队伍，我们一直站在路边，等着她们从我们身边经过，等她们的影子陷进天光里。

她们过去了很远，我们还能听见她们的脚踩在沙石路上的声音。我们站在那里，完全是因为爸爸骑车的技术不够好，而那支队伍却又很长。

囚服，我一直记得那个颜色。深蓝色。那天让我们颜面扫尽的颜色，她们就是那样在接近傍晚时，走进暮色之中。

我的爸爸不再骑上自行车，他一路推着车走。糟糕的是他让我跟在自行车后面走，我累了我不想走，两只脚一点劲儿也没有。可是我的爸爸怎么才会知道我累了，怎样才会让我重新坐到自行车上呢。我故意跟跟跄跄放慢脚步地走着，只想让爸爸将我放在自行车上。

接着我们迎来了第二支女犯队伍。她们扑踏扑踏地走来，还没有绕过山弯，就能感觉到她们的脚踩在沙石路上扬起的尘土，一定盖过了她们的脚踝。她们粗重的气息，通过脚下的沙石传到山的暗影里，然后消散在晚风中。

我实在不想再多走一步，故意摔到地上。

爸爸也许知道我是故意摔下去的，因为摔倒时，我朝前跑了几步，故意将脚绊到石头上，然后跪下去。

那时，她们刚好从山弯里拐出来，看到我摔到地上。爸爸狼狈不堪地将我抱起来，这一次，他不得不将我放到自行车的前架上，推着我走。我像挂在上面的一袋面粉。

9

枪毙冯驼背的宣判大会，是在四大队那个叫黑土坝的山坳里开的。

我们走到山脚下，就听见了喇叭发出刺耳的电流声。喇叭是架在一棵枯树枝上的，有人还在拉线。光秃秃的山上到处都是人，黑压压的一片，空气里有杂草和灌木折断的味道。大会主席台是由一张桌子形成的，一条横幅从两边的树杈上拉过来，东歪西扭的。

姐姐指着标语上的字说，她认识"压"字，爸爸就说前面那个字读"镇"。反正我都不知道是什么意思，我和姐姐就相互拉扯着，跟在爸爸的后面以防走散。

各大队选出来的就业人员代表，集中在正面对着死刑犯人的位置。他们密密麻麻地坐在地上，倒是很像山坡上长年累月形成的石头，因为他们全都穿着蓝色的衣服。

天空像被那么多的人影压低了，云层越来越厚。乌鸦成群地飞过天空，在人山人海的山坡上，投下的叫声像荒草一样。它们像黑暗中的影子，被人想象出来的影子，四分五裂地落在山坡的皱褶里。

天气闷热得就像整个山都密不透风一样。雨是一定要下的，那么多的人，一人出一把汗，大雨就会落下来。

我还不知道枪毙人是什么意思，挤在人群里，站在高处随着人群涌动。

远处，汽车的声音，轰隆隆传来，扬起的灰尘挡住了车身行进的逼仄的山路。车声越来越近了，是几辆解放牌军用汽车摇摇摆摆地开过来。汽车的喇叭声，像要让整个黑土坝陷入地动山摇的危险之中。

山坡上沸腾的人声，一下子沉静下来，人群朝前涌进了一米。

汽车没有直接开进会场，而是停在了距离会场不远的土路上。武装人员挎着枪从车上跳下来。他们拉开车厢的后挡板，被绳子捆绑着的囚犯现了出来，每个人背上都插着一块牌子，牌子上在毛笔写的黑体字上，赫然地打上了一个红色的"×"。武装人员将他们一个个操下车，一共五个人连滚带爬地试图站起来。

喇叭发出了声音，哇啦哇啦的声音四处飞溅。武装人员将囚犯们押到土沟前，背对我们站的地方跪下。他们的双膝跪在乱石堆上，荆棘和杂草盘绕而生。

武装人员站在他们身后，抬起枪口抵在他们的后颈上。也许是绳索的原因，使得囚犯们的身体缩小了许多，远远看去就是一团绑扎的棉布。

喇叭里的电流呜呜地响着，负责人宣读了死刑犯的罪行。当人们听到冯二民（冯驼背）诱奸幼女四人时，整个山坡像要沸腾了。

宣读者提高了声音，喇叭刺耳的电流声平息了人们的愤怒。

"判处死刑，立即执行！"

整个山谷像凝固在噪声里，人们安静下来。

一、二、三、四、五，姐姐数到十的时候，枪响了。

枪声一响，乌云突然就压了下来，接着是雨哗啦啦倾盆而来。人群也如同潮水一般四处乱涌。

我们跟在爸爸后面，挤在泥水和人群里往山下跑。对面山上的牛被枪声和人群吓得到处乱撞。

10

奶奶病了，她躺在床上不吃不喝，像一座空洞的坟墓。

妈妈小心翼翼熬粥煮汤，然后送到床边。妈妈每次都试图用汤匙喂奶奶，可是奶奶总是将头转过去面对着墙。

三妹像一头奔跑在坟墓边上的野驴。她的身上像捆绑着一种我说不清的危险品，随时都会把我们家炸掉。

爸爸的情绪似乎稳定下来，对于奶奶的罢工他听之任之，并不迁怒于妈妈，并且同意过些日子就送奶奶回老家。

我们的生活陡然间从一个深谷滑向了另一个深谷。深山挡住了外来的风，有一种安静并不是来自安静本身，而是来自一种无法把握的变化，是天崩塌前的安静，如同深渊看不见天光，听不到风吹草动。

我们的日子被封锁了。

刘奶奶闭门不出，我的奶奶整天躺在床上，林奶奶整天不说一句话。她的儿子现在是斗争的对象，天天反手绑着游街示众，前一天还跳进粪池子里去了。

妈妈托人把四妹送到附近的村子里请人照看。奶奶开始收拾回老家的东西，我们家里除了三妹的哭声，谁也不说话。

妈妈一边洗碗，一边向窗外看。她用竹帚刷着锅，"哗哧哗哧"地将水漾到灶台上。然后她抬着洗碗水走到屋外，狠狠地将水泼到坝子里的灯光下，像跟谁较着劲似的。

朱姨走路的声音消失了。她不再穿那种能把地上踩出声音的鞋。那曾经带来嫉妒和仇视的声音，的确有一种不同凡响的气势。没有了那个声音，朱姨每走一步都像踩进一个泥坑里，亦步亦趋胆怯退缩。她身体里的气，也陷进坑里埋没消散了。

下过雨之后，桂花树上残留的花飘落下来，林奶奶挎着个布包袱站在树下，仰着头不知道她是在看天还是看桂花。然后她看见了我，我第一次看到她的眼睛，像被树影遮蔽了的泥潭。

她叫了我一声。我远远地从桂花树下绕过去，她说二妮，你奶奶呢？我假装没有听见朝家里跑，她站在桂花树下看着我，我跑过门槛时被绊了一跤。

我告诉奶奶林奶奶叫她。奶奶从床上起身拄着棍子出来，桂花树下已经空无一人。奶奶问我人呢？

我们朝不远处的土路上望过去，林奶奶已经走出很远了，土路上行驶的一辆牛车，歪歪扭扭地朝着我们走来。

夜里雨一直滴滴答答地下个不停，天亮时，有人来敲我们家的门。来人说报告干事，有人上吊了。

爸爸从床上爬起来穿衣出门。

有人上吊了。我们也跑去看热闹。我们跑到就业人员住的土坡上时，刘奶奶已经被人从她家门前的桃树上放了下来。她僵直地躺在树下，我不敢看她紧闭的双眼，不敢在人群中停留。朝着另一条小路往家里跑，风吹着我的眼睛很痛，我不知道我的眼泪流到了脸上。

　　我想那只是一株玉米秆，挂在桃树上又被人取了下来，雨水打湿的是秋天堆放在刘奶奶房前屋后玉米秆，众多玉米秆中的一根。刘奶奶她不会死的，就像故事里走到天上的那个人一样。

　　桂花落了一地。有月光的夜晚，还能看见残留在叶片下的桂花飘落下来。捡起来放在鼻子下，使劲嗅还能闻到一股香味。

张开的苹果树

1

晚饭后，我跟在妈妈的身后，我们站在敞开窗户的那束光里。她在跟窗子里面的人说话，我看不见屋子里的人，我的头刚好到妈妈的大腿部位。她们说的是明天搬家的事，妈妈说马车已经派好了，一辆四匹马的大马车。窗子内的人说话像蚊虫，嘶呜嘶呜的声音很快就被寒风吹散了。

我们走在黑夜里。我就是这样知道我们要搬家的，并且可以坐马车了。我屁颠颠地跑在妈妈的身后，迎着夜晚夹着冻雨的冷风。

离开是什么意思，还有告别？妈妈去跟一些人告别，那么冷就只站在外面。我们家窗户外面伸出来的桃树枝，早在进入秋天的时候就被爸爸用果树剪刀剪掉了，说是关不了窗子，冬天的风太冷会冻坏我们。躺在床上透过玻璃，能隐约看到剪断了枝丫的树影。

四匹马的车，坐上去是什么样子？整个夜里我们乘着夜色飞奔，马飞过河流、高墙和开着花的果树林。家门口的桂花树映在月亮里，桂花像雨一样地飘落下来。刘三？刘三站在树下吃着指头，花瓣落下来盖住了她，一点一点变成了红色。是血！是刘三身上流出来的血，她死了吗？不，是她的奶奶死了。

天刚刚放亮，听到马车的声音，我们就起来了。马车就停在我们家大门外，几个人一齐往马车上搬东西。妈妈一只手抱着四妹，一只手提着锅碗瓢盆往马车上放。

我们坐上马车，房檐下的人朝着我们挥手：再见！一路顺风。他们目送着马车上了大路，妈妈抬起手朝他们挥了挥。

再见，再见！

姐姐坐在自行车的后座上，爸爸把自行车的速度控制在与马车相同的速度上。如果是下坡，四匹马即使跑起来，也不会有自行车的速度快，单轮沿着马路边上最平整的路面飞速地行驶。妈妈坐在棉被凹陷的间隙里，刚刚吃完奶睡去的四妹，她的脸被埋进衣服里。

我们家的全部家当，一个马车就装完了。我半躺在马车厢里望着天，灰暗的天有鸟不停地飞过。三妹跟我紧紧地挨着，她用手攥着反放在车上的一只凳子腿，生怕马车一颠簸，自己就被甩出去了。

马蹄叩在沙石路上，清冷肃飒。鸟远远地飞过树丛，灰蒙蒙的天空划过的鸟的声音，也如同冻结过的，冰冷坚硬而遥远。从王家院到四大队一路上的景象，都是我所熟悉的。果树林、葡萄园、土地、蔬菜，长在山上乱石丛中的红刺果，飒然于寒风中，还有天空和伸向天空的一排排树木。地里的白菜萝卜被凝冻过后，呈现出的绿色是僵死的透不过气的颜色。

我们坐上马车出发时，毫无下雨的征兆，走到半路上却下起雨来。是淅沥沥的冻雨。爸爸不再等我们，他加快了骑车的速度。

幸好出门前妈妈准备了塑料布，一张能盖住马车车厢那么大的塑料布，妈妈用它来顶在我们的头上。外面的树木天空，被雨水打湿了的房屋和道路，与我们的世界隔离开来。马车吱吱嘎嘎地响着，到了四大队我们冻坏了，手脚僵直不能动弹。

雨停了，马车停在路边，马周身都湿透了。马车夫顺手拉出一个麻袋跳下车，站在马跟前给马喂草料。

我们跳下马车，朝着我们的新家跑去。姐姐已经站在门口等着我们。

黑土坝，黑土坝，谁不听话就把他丢到黑土坝！

她们从房子的另一头跑过，她们摇头晃脑地唱着，看见我们时她们停下来，她们说小崽来打架！然后她们笑着跑掉了。她们是海霞、海军，她们家还有海鸥和海燕，都是卢阿姨的女儿。她们家住在对面的那排房子，跟我们住一排房子的是胖子，另一边是光凤家。有时候，我会感到庆幸，没有跟海军家住在一排房子。但那又有什么用呢？两排房子的前前后后，就是她们的沙场，供她们文进武出地舞着棍子，她们用气味和声音占领了整个坝子。

黑土坝是农场建立四大队之前的名字，专门用来枪毙人的地方。大片的果树挡住了远处山坡上绵延的小路，那些茅草，荒芜在风中的茅草，杂乱地生长在石堆里。几户人家的村子落在山坳里，像一些破陋的洞，东倒西歪地嵌进荒草之中。

每当我们远远地跑过黑土坝，跑过它前面的果树林，就会惊叫着鬼来了！鬼来了！风中带着一种黑乎乎的气息席卷我们。喘着气疯狂地跑，跑慢了就会被后背无形的手捋了去。跑过干涸了的河堤，我们的影子映在堤岸上那些水流浸下的暗黑色印痕上。我们用脚踩踏着影子又喊着鬼来了、鬼来了！拼命地相互推搡着跑。跑过大片的被树木隔开的土地，一直跑到大路上，用手捂住嘴喘着气。

黑土坝，黑土坝，不听话的就丢到黑土坝！

我也会唱了，多么痛快，丢到黑土坝去吓死他。我们一路唱着，绕过那些冬天为了防冻而涂满白石灰的松树，弯着腰将手伸进道路边那些围着葡萄园的刺蓬，采摘去年秋天留下来的红刺果。酸酸涩涩的红刺果，经过霜冻雨雪后非常甜，吃了可以填补跑空了的肚子。

我们家的房子背靠着山，中间有几棵桃树和苹果树。山不是高山，从山上可以一直走到很远的村子里去。站在山上可以看到农家的炊烟升腾而上，笼罩了远处密集的树丛，还隐约有牛晃动的身影。

胖子喜欢满山跑，他告诉我们山上有野兔，我们跟着他上山，兔子总是倏地一下就钻进草丛或洞里不见了。洞很黑，我们不敢进去，有一天胖子举起火把，我们就跟进洞里。蛇！胖子手里的火把掉到了地上，我们跟着他往外跑，火光在我们身后闪出星星点点的烟尘。

我第一次看到蛇，它沿着洞壁盘曲着向前爬。被蛇咬了，就没有命了。我们跑到洞口，绊到石头，从斜坡上滚下来，滚到枯草丛里，手脚被磕破了，爬起来继续跑。

夜里姐姐翻开语文课本，在昏暗的灯光下看《农夫和蛇的故事》。画面变成了另外的样子，农夫穿一件破棉袄，是冬天肃杀的寒冷背景，书上用的是黑色空了的线条。农夫把蛇放在他的衣服里，蛇咬了他。他为什么要把蛇放进衣服里。他怎么会那么傻？

图画上的蛇，没有山洞里的蛇大。

2

站在毛主席像台的侧面，我看到的夜空是被像台的墙挡去了一半的。大人们站在毛主席像台前说话。海鸥、海燕、海霞、海军，她们围站在一旁，认真地听着大人说话。她们竟然能那样安静地站着，就像太阳从西边升起来。

海，她们的名字里全是海，像要把人淹死了。我不喜欢妈妈背地里这样说她们，更不喜欢她们，就像不喜欢她们的妈妈卢阿姨一样，不喜欢她的小眼睛里面，有一种深不可测的、倏忽间会吞噬黑暗的东西。

我侧着耳朵，我不想听到卢阿姨的声音，她的声音里灌满了沙子，飞进出来落在耳朵里，让人感觉刺痛。就是隔着墙隔着院子，那种痛感也不会减轻。尤其是"地主"二字，从她放光的牙缝间钻出来，像一根针扎进肉里。

卢阿姨嘴巴里的"地主"，让我对奶奶嘴巴里的"地主"产生了怀疑，知道并没有奶奶表达得那么光荣。

海军衣服上泥巴肥皂的气味，在她疯跑时的喘息里，在她吐出来的气味里，就像碾碎了的臭气熏天地带着毒液的植物，扑面而来。这种气味海霞身上也有，她们家人的身体上都有，在她们举手投足间散发出来。她们自己闻得到吗？那可怕的气味。

我们家也用泥巴肥皂，可是我们的身上没有那样的气味。当然我们的衣服上透出来的，是梅雨天晾不干的另一种阴湿之气。

卢阿姨说他家不用泥巴肥皂，妈妈笑她睁着眼睛说瞎话不脸红。不用泥巴肥皂你们家那么多人的衣服，用什么来洗呢？妈妈喜欢背着她咕噜，当着她的面，妈妈不敢说这些。

成分是什么？姐姐说就是生你的人是好人还是坏人。卢阿姨的丈夫金叔是贫农，他很高大，声音也大，走路说话都带着风，笑的时候有两颗金牙隐含在嘴巴最里面。这让我认为姓金的人嘴巴里都长着金牙。爸爸在他面前也不自信，虽然不像妈妈，首先在个头儿和嗓音上，爸爸就输了，再加上出身。无论爸爸背地里有多么瞧不起金叔，在他面前仍然赔着笑脸。当然金叔也瞧不起爸爸，他仗着个头儿高，从来都是斜着头看爸爸。

贫下中农是什么？我们坐在桃树下，胖子用棍子挑开一条毛毛虫说就是好的意思。他的爸爸是富农，这是不好的意思。所以他的爸爸天天都在挨批斗。那么光风的爸爸也是坏人，他也天天挨批斗。我们的左邻右舍都是坏人，只有我们家是好人吗？我们家是"小土地出租"，对这个不光彩的成分，妈妈在卢阿姨面前，表现得没有底气。

卢阿姨用一只手撑着腰，她的一条腿搭在凳子上。她又在说"地主"了。妈妈说："我们家只是小土地出租。"妈妈的声音还是胆怯，像在哀求谅解一样。卢阿姨说："都一样，反正都是地主。"妈妈挥了挥手里毛主席语录，她说："小土地出租不算地主，你学过毛主席语录没有？"这次她更胆怯了。卢阿姨突然就笑出了声音，尖利的牙齿一露出来，声音就如同沙子散出来，落在我们的耳朵里，落在窗外有月光的地上。她用手捂着嘴巴说："你胆子也太大了，还想污蔑毛主席？"

妈妈吓得脸都变了，她支吾着将话题很快转到了卢阿姨家最小的孩子身上。卢阿姨家刚满一岁唯一的儿子，患了黄疸病。我是在一个太阳天看到卢阿姨将他抱到门口晒太阳，他脸色黄得像一张纸，头歪斜着像没有长骨头。那是我第一次，也是最后一次看到他。

我的耳朵就是在睡梦里，也都灌满了卢阿姨的声音，让我心跳加速。妈妈把卢阿姨说的话说给爸爸听，爸爸气得脸通红，欲言又止。他喜欢看报纸，喜欢在报纸上用笔勾出他认为重要的东西。爸爸问妈妈为什么总是把这些无用的话拿回家来说。妈妈说什么话才是有用的。爸爸就又不说话了。屋子里阴湿的霉菌味，在他们的沉默里面蔓延，雨天我们的衣服上也有一股霉菌味。

姐姐去上学，老师问成分她说贫农。为此姐姐很得意，能够骗过老师和同学，是多么聪明、多么幸运。她让我将来不管对谁，都要说我们家是贫农。

为什么是贫农？

我们的妈妈是贫农。

妈妈不是渔民吗？

我们走在马路对面的果园里，苹果树正在开花，暮霭笼罩下的果园静谧沉寂，嘶嘶鸣叫的草虫，让我们在返回的路上加快了速度。海霞、海军在葡萄园里捉蝴蝶，我们放慢了脚步，弯下身让草丛挡住我们。

顺着果园往下跑，跑出果园，宽阔的土地上生长茂密的各种蔬菜，被我们甩到了身后。空气中潮湿的植物气息钻进鼻子，像给身体打了气。我们看到了黑土坝，我们停了下来，姐姐靠近我拉住我的手，我感觉到她在用力握紧我的手，然后她问我敢不敢过去。

我望着山坡上走来的牛，背着柴草的老人跟在牛身后，想起姐姐给人吹牛说我空口吃大蒜不怕辣。谁的肠子不是肉长的呢？怎么会不怕辣呢？他们就跑来证实。那天傍晚我正在洗脚，姐姐从窗台上找来大蒜，几个人围在窗台外面，看姐姐剥掉蒜皮，然后她把一瓣发黄了的大蒜放进我的手里，她站在那里又对他们说了一次我不怕辣，我就把大蒜吃了。我的肚子当场就痛了，围观的人站在窗子外面不走，他们就是想证实一下，我是不是真的可以那样吃大蒜。他们不走，我的肚子还是痛起来，我忍受着汗水顺着我的头淌下来。如果他们再不走，我就要放声大哭了。可是他们走了，姐姐和我都变成了她吹的那个"牛"，谁会在意你"牛"不"牛"呢？痛的是我的肚子不是姐姐。

想着姐姐有可能又要拿我去吹牛，我掉头就跑，姐姐在后面用小石块打我，一边追我一边骂我是胆小鬼，病壳壳，害人虫精。我不理她，借着风速我一步三跳，很快离开了她的视线，她的声音消融了暮霭中的虫鸣。

我从草坡上滚下去，飞快地滚着。姐姐站在暗淡下去的暮色里，有那么一会儿，她不知所措。我躲在向日葵宽大的叶子下面，姐姐跑过去了，她们跑过去了。透过叶片的天空是那样蓝，蓝得暗沉蓝得静寂，蓝得鸟像在湖面上飞翔。

病壳壳，害人精！我知道这话的意思是，我们家到农场完全是因为我，如果我不生病拉肚子，我们家不会来农场，爸爸的战友们都留在了城里。

每一次妈妈踩着缝纫机，对来我们家请她做衣服的人说着这一切的时候，我都会感到羞愧。

1964年的火车是什么样子？他们抱着我，牵着姐姐。是个夏天，姐姐穿着条纹连衣裙，她四岁，我半岁。照片上她的长辫子是那么漂亮。从照片上我看不到火车的拥挤，看不到人潮如流。看不到我的爸爸背着背包，背包上有一把菜刀，因为没有地方放，只好捆在背包外面。我们被挤散了，爸爸被人群拦在火车下面。火车要开了，汽笛声响了。

我隐约能记住那个声音，拥挤杂乱而绵延，冲破了阻隔。没有人会相信，没有人会相信我那么小，我才半岁就能牢固地记住一种声音。爸爸急了，他伸出手想拉住火车车厢的铁栏把手，却一次次被人流冲开，他发出了声音，他只能发出那样的声音：刀！刀！刀！

妈妈一直把这个情景当笑话说。他的声音如同汽笛声一样，划开了人群的阻隔，他们全都闪开了。爸爸胜利地与我们团聚了。

如果走散了怎么办？

走散了也没有办法。

"三线建设"火车站人山人海。

听妈妈说话的人埋下头，妈妈把缝纫机踩得呜呜响。卢阿姨从来不觉得妈妈说的，并引以为自豪的关于"刀"的故事有什么好笑的。她不会像别的来麻烦妈妈做衣服的人那样，假装认真地听妈妈不厌其烦地说那些故事。她总是打断妈妈说话，故意绕开话题，说一些不着天地的话。妈妈听任卢阿姨把话绕开，然后妈妈乘她停顿的时候，又说起了她家的儿子。

说起他们家儿子，卢阿姨的语调就会立刻变得平缓，妈妈好像懂得在什么样的情况下提起她的儿子。小儿麻痹症的儿子，这会儿又患了黄疸病，卢阿姨似乎在等待着某一个时刻到来，她的平缓的语气，使得她在面对一个必然的结果时，失去了往日的狂乱。

我坐在门口的小矮凳上，三妹将滚线筒滚进了沟里，她在用劲往外拉。这是她第三次将滚线筒当作车滚进沟里去了。她回过头来看我，想要我帮她下到沟里捡起来。沟里又臭又脏，光风昨天还往沟里撒尿，别的人也往沟里撒尿，我才不会去呢。

我转过头，听见屋子里妈妈和卢阿姨说话的声音变得平和了。妈妈正在说劳改局招待所军官太太的事。卢阿姨爱听这个，她对"运动"中军官太太的命运，感到幸灾乐祸。她说"文革"就是要"革"掉她们的命。

我的脑子里全是军官太太锃亮的皮鞋叩地的声音，隔着各自用花布被单拦出来的薄薄的拥挤的距离，"磕汰磕汰"地响遍劳改局招待所的大厅和过道里。转业的人太多了，所有的招待所都人满为患。我们能挤进招待所，也算是运气好。我们住在门边，一家人睡在一张床上，也用一块被单布拉开挡住床。

本来就污浊的空气被我搞得臭气熏天，为此妈妈很羞愧。我拉肚子的频率，让妈妈猝不及防，她只好把我双脚分开担在自己的腿上，如同在火车上一样，随时都可以拉。皮鞋亮得可以照见人的军官太太，进出门都要用手捂住鼻子，进出都要拿脸色和说怪话。每一次，妈妈都要强调她们的皮鞋擦得那个亮啊，哎哟我的娘耶，可以照见人。这让我觉得皮鞋亮了是可恶的，甚至是可恨可耻的。卢阿姨对这个也分外感兴趣，她的笑声还是那样不真实，像泡影在空气中破碎的笑声，让人害怕。

"这回好了，小将们不要了她们的命才怪。"卢阿姨一边说一边还在假笑。一个人像那样虚弱地漏洞百出地笑，什么时候她会不会也感觉害怕，说不定什么时候，她自己就陷进那些破陋的洞里出不来了。如果那一天来临，我们就谁也看不见谁了，可是那一天什么时候才会来呢？妈妈把缝纫机踩得轰咻轰咻响。

历史的经验值得注意，一个路线，一种观点……

我唱这个歌，大家都在唱这个歌。妈妈为什么说要站在右边听我唱？听人唱歌也要分左右吗？我不知道，我还是唱着这支歌。

卢阿姨走来了，我站起身正要跑开。她眯着眼看着我说："娘的个×！我是老虎吃了你不成？"

我停下来，背靠着墙，我的手指抠进了砖缝里，我听到自己的心跳，我在伺机跑掉。卢阿姨咕咕地笑起来，像一只母鸡刚下完蛋那样绕着我看，然后她弯下身来进一步逗趣地说："二妮，唱一个。"

她笑得牙齿都要开花了，我知道她让我唱"历史的经验"这首歌。我刚刚学会这首歌，我羞得满脸通红，趯进屋子。卢阿姨走进屋子，用一只手抓住我，逼迫着我："快点唱一个，别人都说你唱得好。"

我趴在一张椅子上，把脸埋伏下去。我翘起双脚，卢阿姨一把将我从椅子上抓下来。我胆怯地看看她，把身子歪到墙上，一只脚踩在另一只脚上。

我以为卢阿姨说我唱得好是真的，我张开嘴，将脖子抬得高高地唱："历史的经验值得注意，一个路线，一种观点……"

卢阿姨扑哧一笑，口水就喷到我的脸上了。她用手绢捂住嘴说："真是要站到右边去听才行啊。"

她笑的时候，她嘴里的小米牙在昏暗的屋子里闪了一下。不是说我唱得好吗？为什么要那样笑？站在右边？我站在我的中间，所以我听不出我的声音是在哪一边。

后来，卢阿姨每次来我们家等妈妈做衣服，她又会故伎重演说："二妮，唱一个。"有时候，我就又会忘记她的笑是怀了恶意的，就又唱，她也就会笑得透不过气来。

她的笑是一种虚张声势的笑，也许她并不想笑，就故意装出来笑。所以我总感觉到，她的笑里像有很多漏洞，她的声音穿过去的时候，我们都成了那个漏洞里相互隔离着毫不搭界虚设的某个物体，比如一个破口的瓶子一口挂在墙上的破锅。

3

站在马路上，我又看到了汽车。一辆解放牌汽车，在正午的阳光下，从远处的道路上开过来。我注视着它，惊呆了，我第一次离它如此之近。

那家伙飞驰而来，很远就能听到它发出来的声音，有点儿惊天动地。坑坑洼洼的路面，使得整个车身摇晃起来，简直是在路面上飞翔着跳跃。

我站在那儿一动不动。当它驶近时，我才想起转身逃走，可是已经来不及了。像风一样迅速猛烈扬起的尘土，铺天盖地地将我卷进去。我以为自己会被这突如其来的声音和速度吸了去，拼命地跑，跑着跑着就哇哇大哭起来。

有那么一瞬间，我的口鼻被灰尘堵住，连眼睛也看不见了，双手在空中乱抓一气，以为天要塌了。

海军站在毛主席像台那儿看着我，尘土很快就盖过了她。她张开嘴仰面朝天地笑起来，她多么像她的妈妈，活该灰尘扑进了她的嘴里，让她感染肺病咳血而死。她抓过我的头发，把我抵在墙上，像对敌人那样摇晃我，这是她给我的见面礼。她说小崽来打架！这句话我跟姐姐在一起时，仗着姐姐的势，我也挑衅说别人小崽来打架。可是海军是一个人，她单枪匹马也敢来挑衅我，并且真的打了我。我被她先抓了头发，失去了还手的能力，这并不意味着我会忘掉仇恨。

我跑过很远了，她还在笑。

毛主席像台两边用青石板砌出了花池，花池里种着松树。她顺着花池很快爬到毛主席像台上去，然后一个跳跃从上面腾空而下。她落到地上时，双膝弯曲，只闪了两下就站稳了，头发在风中立起来，脸涨得通红。

她叫了我一声。她的声音是突然发出来的，所以有那么一瞬，我停下来了，然后我扭头又跑。我跑的时候，将头不停地摇摆，让风挡住她的声音。

我不想跟她玩。她叫我的名字，那是我告诉她的假名字。她跟她妈妈的身上都有一种让我本能地惧怕的东西，如同一些刺总是会扎伤我。

第一次和海军走在黄昏的土路上时，是我们家刚刚搬来不久。我们的妈妈已经走过那片开花的苹果树林。她们站在一个土坡上等地里割菜的人把菜送过来。那人正将割下来的菜，去了泥堆在地上。海军问我叫什么名字。我告诉了她一个假名字，一个我想都没想过的假名字。我不想告诉她名字，是我根本不想知道她的名字，我怕她也会告诉我她的名字。

尽管我知道，她很快就能从妈妈大声叫我的声音里，知道我的真名。我还是不愿亲口对她说出我的真名字。妈妈总是喜欢站在路边，或坝子中间，高声地喊我和姐姐。不管我们跑得有多远，也不管在山上，还是在苹果林里，她的声音都能顺风而来。当然所有的妈妈，都会高声喊自己的孩子回家。我妈妈的声音，最容易被辨识出来。她浓浓的山东口音，在风里的速度似乎比别的口音都更快、更有力量，更能让我们闻风而动胆战心惊。

总有一天她会知道，我编了一个假名字，那一天很快就来了。

毛毛虫爬了一树，我刚走到树下，海军就从树上跳了下来。她用棍子挑着一条毛毛虫，我一边倒退着，一边仰头看坐在树上的海霞，她的短发竖直，正咧着嘴笑着看我们。

海军一步一步逼近我，她的笑、她身上泥巴肥皂的气味，混乱成一团。她抬高了手，毛毛虫在棍子上挣扎了一下，险些掉下来。她看了一眼毛毛虫，她很得意，我能从她的笑里看到。她问我为什么要编个假名字。我继续退着，我离那棵爬满毛毛虫的树已经很近了。她说你说不说，不说就把毛毛虫放进你的脖子里，让它在你的身上下蛋，让你的身上长满毛毛虫。

我埋下头，我做好了冲锋的准备，铆足劲咬着牙，只要她敢按照她说的那样做，我就一头撞倒她。我的身体里突然充满了一股子牛一样的劲，脸涨得通红。

她说："你脸红了，你怕了。"

远处，姐姐背着书包从黄土路上走来。她穿过那片菜地，一抬头就看见了我们。她喊我的声音从风中飘过来，给了我勇气。我突地发了毛，对着海军冲过去，她猝不及防地歪了一下身体，倒下去时手里还举着挑着毛毛虫的棍子。她哭了，我听到了她的哭声。借着那股劲，我跑过马路，跑过毛主席像台，朝着我们家后面的山上跑去。

太阳已经下山了，远处雾岚中的村庄和山的轮廓，被田野里烧草灰的烟尘盖住了。踩过杂树枝和乱刺蓬中的石头，我摸到了跳动的心脏，刚才用力太猛，头也撞伤了。我捂住耳朵，让风从手边吹过。

紫蓟花，满身长着软刺的紫蓟花，开在雾霭中的紫蓟花是那么美。这种花王家院的山坡上也有。春天开花，一直开到霜降的美丽的紫蓟花，对于我们来说类似于神花。我们在山坡上采花，从不敢靠近它，不是因为它身上长着刺，而是它曾经救了妈妈的命。美丽的紫蓟花闪烁在天光下，遮住了妈妈的村庄，遮住了妈妈的记忆。

我的妈妈比我还小的时候，她病了。她的身体被持续的高烧烧焦了，她连喝水的能力都没有了。贫穷是黑暗的，如同海水一浪一浪地涌动，淹没沙地里所有的沙子。我的姥姥把我的妈妈抱到屋门口，等待黑暗的浪潮卷走孱弱的妈妈。我的姥爷出海去了，他不知道他又将要失去一个孩子。他生了十三个孩子，只活着三个，妈妈是其中一个，现在我的妈妈危在旦夕。他在茫茫的大海上会不会伤心，会不会害怕？这是我一直想问，却没有问的。海在我的脑子里根深蒂固地涌动。我惧怕的海是妈妈描述的海，我想象的海是妈妈回忆的海。

妈妈说她得了伤寒。"伤寒"也是妈妈后来猜测的。紫蓟花紫色的美丽的花，远远近近地开着，充满了神性和神秘地开满山野。

4

伸出手顺着山崖上淌下来的水，它们在手心里开了花，仰头张嘴，水灌进了脖子。多么好玩多么惬意。我们相互打着水，故意把水弄得满头都是。湿了头发让太阳晒干，干了再湿。

光凤把头埋进滴水的石坑里，她咧着嘴，她的笑山坡那边的人也能听得见，也能辨出是她的声音。她笑起来，有时候我也会害怕，那是一种无端的痴笑，没有任何内容，从她僵直了的两个眼睛里泄露出来。

她咕噜咕噜地吸水，水坑里冒出浑浊的泡，水底下细小的虫子也不见了。她抬起头来将嘴巴里的水喷到我们的脸上，她总是那样笑，海军从她的后面抓住她的头发，她的脸仰起来眼睛眯缝着成为一条线，她仍然笑着，发出鸟一样的嘶嘶声。

投降吧！一起投降吧。光凤摆脱了海军，她飞快地跑起来，跑到山坡上高举着双手，她的声音哇啦哇啦顺着风成为碎片飘散。可是我知道她在骂人，她骂得很痛快，风中飘散的碎片，都像闪着扎人的碎屑的光。

胖子总是喜欢坐在屋后的桃树下吃饭，光凤捉一条毛毛虫放到衣服上，来来回回地在胖子身边转。胖子不理她，夹起一片菜叶，举高了手中的筷子。虫卵，我们都看到了那片菜叶上有虫卵。可是胖子不听我们说的话，他吃下了虫卵。光凤又开始痴笑，这一次她的笑有了内容，像她取得了胜利。她说，唵，虫会在你的肚子里面下蛋，你全身都会长满了虫子的蛋。她说她的她跑她的，胖子就像没有听见。

海军的声音，还没有看到人，她的声音已经过来了，像风吹来的沙子铺天盖地地落下来。她把棍子拖在地上"哗哧！哗哧！"横冲直撞地过来了。尘土扬起来，胖子用衣袖挡住碗，侧着身体往家跑。海霞跟在海军的后面，手里也拖了一根棍子。她的短发在风中立起来，身体里有一种东西向外冒，是那股气撞得她们不得不用奔跑来排出它们。

她们看到光凤喊着：光凤，光凤，屙屎进墙缝！一家人都爬墙钻洞。

她们的声音打乱了傍晚的宁静。

光凤跑上山坡，她捡起石头，握在手里比划着倒退着。她把石头朝着我们甩出来的时候，她像突然有了勇气，她的声音破口而出充满了快感，像在笑又像在哭。我终于听清了她在骂：钻你妈的洞！你妈就是个破山洞，操你妈×！

她一直往山下打石头。海军和海霞没法靠近她，她们第一次被人骂得狗屎喷头，她们镇静自若。

她们凑到我跟前来说要教我打弹子。我看着她们手里的玻璃珠子，透明的玻璃珠子中间是各种各样的颜色。我惊呆了，世界上竟然有那么好看的东西。我跟着她们蹲在地上，用小刀旋出一个又一个的坑。她们教我用手弹玻璃珠子，想要一个撞击另一个就要用力，然后让它们滚进坑里。

我每天趴在地上挖坑，手因为刨泥起了很多倒刺，晚上痛得睡不着觉，偷着往手上抹紫药水，因为红药水抹上去会更痛。玻璃珠子让我着迷，那是个五花八门的世界，被握在手中紧紧地，即使是在梦中，也能让我浑身出汗，紧张地醒来。

海军走过来，她把两只手插在衣服兜里，然后抓出衣袋给我看，说她又忘记带刀了要借我的刀。借我的刀为什么总是不带刀？我不能再借给她了，她已经在地上旋断了我两把刀了。每次旋断了我的刀，她还假装不知道我的刀断了，她关好刀还给我，就假装从身上摸到了自己的小刀。

我拿着被她旋断了的刀问她，她说她不知道我的刀断了，还问我是怎么断的。我借她的刀，也想把她的刀旋断。她像早有防范，找着各种借口不肯将刀借给我。

我坐在桃树下吃饭，我对海军说："你要赔我的刀。"海军停下来，她先是一愣，然后笑起来说："赔？我陪你坐一歇，还差不多。"她把头直接弯到了我的碗里说："吃屎，你们家都是吃屎的。"

我顺手抓住她的头发饭打泼了。我狠命地将她按下去说："投不投降？"她狠命地甩了几下，试图挣脱我的手。她没有想到我是新仇旧恨，就又将她往下按，这一回她扑到地上了，没等我问她投降不，她就说我投降！我投降！

我一松手她就从地上反扑过来，可是她没有站稳，就又被我抓住了头发。我狠命地按着她，她的脸憋得通红，直到我听到了她的哭声，才松开手往家里跑。

投降，她投降了。我怀着胜利的喜悦和惊惧躺在床上难以入睡。明天，我不知道明天等待着我的是什么。她的姐姐，她的三个姐姐还有她们的帮凶，都不会放过我。

5

> 远古时候的太阳，躲避后羿追赶，就藏在马齿苋的
> 身下。

这个故事多么忧伤。经过很多很多年后，马齿苋沉没在尘埃里，它开着细碎的白色的花，迎接日升日落，成为一种可以治病的药，供我们采摘。

我注视着阳光下的马齿苋，不知道太阳要将自己粉碎成什么样子，或者乔装成什么样子，才能藏身于它之下。光着臂膀的后羿，到底要有多少双手，才能把太阳射下来。天光陷落下去，开白花的马齿苋，千丝万缕的故事和时间。我们每天看到的太阳，就是躲在马齿苋身下的太阳，多么忧伤的太阳。

星期天，爸爸穿上妈妈给他做的白衬衫，出门前他特地将脚上的皮凉鞋又擦了一遍。妈妈站在门口说他浪费鞋油，又不是走亲访友，去采个野菜犯不着多此一举。爸爸嫌妈妈啰唆，本来已经走出门，索性折回身脱了鞋坐下了。妈妈见自己惹恼了他，取下身上的围腰扔在窗台上，抱着四妹提着篮子带着我们去采马齿苋。

马齿苋从石缝里钻出来，牵紫红色的藤。因为茎带紫红色，反映在叶片上就绿中带红了。它们一蓬一蓬地生长，将柔软的根须伸进稀薄的土里或石缝里。轻轻一掐就渗出汁来，阳光越赤烈，马齿苋就越是精神。

坝子的中央有几棵拴马的木桩，靠近木桩的马齿苋长得最好，因为有马粪。马夫在给木桩上拴着的马换马掌，他回头来看了我们一眼，擦去额头上的汗水，将一个新的马掌往马蹄上钉，

马挪动身体打着响鼻。它不吃马齿苋，它用鼻子嗅了嗅马齿苋，往外喷了两口气。

姐姐必须吃马齿苋，妈妈说她有肾炎，肿着两个小眼泡到处跑。马齿苋熬的水不好喝，姐姐哭着不喝。妈妈叫我过来做她的榜样。我硬着头皮喝了一口，我也想哭。妈妈说看看二妮都喝了，她多听话。姐姐还是不喝，妈妈又让我喝，我抬着碗犹豫了。姐姐和妈妈都看着我。为了讨好妈妈，我就又喝了一口。这一口下去，我却哭了起来。姐姐见我哭了，顺势将药碗放到窗台上转身就跑。妈妈从柴堆里抽出一根棍子，追着她屋前房后地打。妈妈一边撵着姐姐打，一边高声烂气地骂着：你坏嘛，让你坏个够！看你还能坏到哪一天？人不收的天都要收。

卢阿姨说妈妈指桑骂槐，到底在骂谁。她们就又吵起来，妈妈总是胆怯，她的声音不再像打姐姐时那样粗暴高亢。人跑起来，会不会就更有勇气呢？

我跑起来。我不想采马齿苋，天上飞着的蜻蜓起起落落地让我心慌意乱。伸手去抓蜻蜓，它们飞得好高。妈妈在叫我，我继续跑，她的声音顺着风从我的耳边飘过。我不想采马齿苋，不是因为它身上有一股黏黏的汁液，而是它充满一种久远的、我无法想象的同紫蓟花一样的神性。如果妈妈让我挖折耳根，我会非常高兴。可是妈妈不让我们到山上挖折耳根。她说山上有蛇，折耳根吃起来又腥又涩，她武断地判定只有南方人才吃的东西，一定是很怪的。她从来都不愿与南方人为伍，觉得北方人无论从个头儿、智力、为人，都不是南方人能比的。妈妈说卢阿姨像极了南方人，狡猾奸诈心怀鬼胎。卢阿姨家就吃折耳根，像贵州人一样吃辣椒。

胖子家也吃折耳根，他妈妈有肺病。折耳根正好可以治肺结核。胖子的妈妈整天咳嗽不停，面如蜡纸。她站在屋拐角等胖子到自来水管接水，她就像死过的人一样蓬头煞脸。我们跟着胖子满山遍野地挖折耳根，跟着他钻进洞里到处跑。妈妈把我们挖回来的折耳根连锄头带筐扔出去。

山上有狼，有人看到狼了。狼会吃掉我们的，我们很久不敢上山。队里派人在山上搜寻了几天，没有找到狼。找到了狼吃过的野兔，他们满山遍野地走，狼早就躲起来了。我们又开始上山了，翻沟爬坎躺在石头上采下山崖上生长着的藤类植物的软须，放在嘴巴里嚼着，看天空中飘过的白云狼被我们忘到九霄云外去了。

狼又回来了。胖子说这是真的，狼的眼睛亮闪闪地放绿光。狼就蹲在桃树底下，夜晚他提水看见的。胖子还跑到狼蹲过的地方，他蹲下身子做出狼的样子给我们看。我们就更害怕了。天一黑，我们赶紧把后门关了顶上扁担和柴棍，不再敢跑到桃树下小便。

我们挤在门后等待狼的到来。妈妈叫我们睡觉，我们屏息静气，忍不住就是要发笑，笑出声音便被妈妈呵斥着上了床。躺在床上看着窗外的月亮，听着风吹草动。狼一次也没有来，我们又开始跑到桃树下小便，然后相互吓唬说狼来了。尖叫着往家跑，顶上门，背靠在门上，心脏撞击的回声让我感觉，我们的心脏从嘴巴里跳出来之后，一定会蹿得很高。以至于我们挤在一起趴在门缝上朝外看时，感觉到彼此的身体很快就都要裂开了。

我们多么希望看到狼，看到它朝我们走来，多么希望听到它的叫声，它却吃不到我们。我们喘着气，兴奋地挤拱着朝外看。

风从远处一路吹过来，地上的落叶裹挟着哧啦哧啦的声音，让我们更加兴奋。这时，我们听到了"吱嘎"一声，我们尖叫着跑开了，忍不住又跑回来。是胖子的妈妈蓬头蓬脑地出来了。她声嘶力竭地咳嗽，一只手拉着半敞着的妇母装衣服，一只手提着桶。她的身体轻飘飘地晃来晃去，脚拖在地上，像每走一步她都无法承担身体的重量，整个重心都在脚上，她必须靠拖才能移动身体。

她一边接水一边咳嗽，自来水的声音在她咳嗽的间歇里，时断时续地传过来。看不见狼的夜晚，她的声音让我们觉得夜晚突然浑浊起来。

6

灯光昏暗地映在墙上，我半躺在一条长凳上。我把脚压在爸爸看过的一张报纸上将腿弯曲抬起，墙上陌生的影子多么奇怪，我不断地变换着抬腿的动作。也许狼就是我的脚抬到墙面上的投影，我反复地欣赏着自己的创造和发现。

姐姐从外面进屋来，她刚走到我的面前，就猛地推搡我。我从凳子上滚到地上，哇哇地哭起来。她为什么要打我？她疯了，我抓打她。她弯下腰，她蓬松着头发拾起地上的报纸。她反手打我，她说："你想死呀？你！"

她举起手中的报纸挥了两下。我被她的声音震住了，看着她张大嘴巴，她的声音在灯光下，形成一圈儿又一圈儿斑晕，波浪式地让我感觉到头晕。我止住哭，抽噎了一下，那一声很长的气，我感觉到是从我的肚子里穿过来的，凉飕飕的。之前我没有看到报纸上的毛主席的照片。

反革命！姐姐说我会成反革命的，会被抓起来枪毙。我不信，所以虽然我没有再哭，但是我还是不信。反革命！胖子的爸爸才是反革命。他把墙上写着"毛主席万岁"后面的"！"，改成了"？"。

外面的墙上到处贴着他手拿电筒，在黑暗中弯腰缩背的样子。图画上的他是变了形的，一会儿他缩成一团，一会儿他仓皇回头。"专案组"的摩托车扬起的灰尘，远比专案组的人更让我害怕。摩托车从马路上，借着风速呜呜而来。开进坝子像刹车失了灵一般，呜呜地在坝子里转了几转。

胖子的爸爸被捆绑了双手，他们推搡他，把他按进摩托车车斗。他侧身斜坐在车斗里，我从看热闹的人闪出来的空隙里，看到了他耷拉着的头，一夜间花白了的头发，乱蓬蓬地挡住了他的脸。

那天早上的太阳，似乎是在一瞬间突然冒出来的，就是在那个喊叫声里冒出来的。我们打开门来看热闹的时候，太阳只隐隐地露出一点光芒。我在人群外面跑来跑去，我当然不会知道标语的问题。我们住的地方到处都贴着标语，过年时连马路上的树也都贴了。

风吹着门窗哐啷哐啷响。鸡的叫声把正午的阳光分开了。我歪着头看标语，希望能发现别人没有发现的东西。我从坝子这头跑到那头，所有的标语都被我看了一遍。胖子背着书包，从毛主席像台后面走过来，就被从吉普车上下来的人叫住了。那个人蹲下去，让胖子看照片。胖子不停地摇头。另外一群人站在胖子家门口，屋子里传来胖子妈妈声嘶力竭的咳嗽，仿佛整个屋子里的东西，都挤进了她的喉咙似的。

胖子的爸爸是反革命，而且是台湾派来的特务。这个消息使得爸爸妈妈的谈话变得小心翼翼如履薄冰如临深渊。

夜晚再也听不到胖子妈妈打开后门咳嗽的声音。即使没有狼，我们也不敢出门。大人们说墙头的拐角处，每天晚上十点以后总是站着一个黑影。妈妈说那是来叫胖子妈妈的。我不明白，总在想，那个人为什么不白天来找胖子的妈妈，偏要在晚上深更半夜的时候呢？

胖子妈妈死了。那天夜里，狼真的来了，它在山上发出凄厉的叫声，所有的人都听见了。

7

雨天，躲在苹果树下，雨水从苹果树上滴落下来，打在我们的头上，淌进我们的脖子，我们觉得还不够，用脚踹树，让所有的雨水落下来淋在身上。我们喜欢把脚陷进泥地里，一步三滑地走。

远处是成片的花生地，开紫色花的高秆植物，兀地从绿色的花生苗中冒出来，在风中微微抖动。雨过天晴，太阳光落在花生叶瓣上反出刺眼的光。站在苹果树下看过去，一直绵延到对面的山坡上，绿茵茵一片，透出浓密得化不开的颜色。

清晨或者黄昏的时候，能看见兔子在花生地里出没。夜里在地里放下夹子，一早就能夹住兔子。看工地的人把一张张兔皮，挂在屋门前的苹果树上晒着，到了冬天就绑在凳子上，海军喜欢走过工地时，故意跑进工棚里，坐一下有兔子皮垫的凳子。

苹果开始成熟，满树都是，将枝丫压下来，青红一片很耀眼。走在苹果树下，一不小心就会撞到苹果上。我喜欢将鼻子凑上去，闻苹果的香气。辨别着这是"国光"、那是"黄元帅"，"国光"是用来出口的，当年妈妈在劳改局招待所里不堪忍受官太太的白眼，听信了一个了解农场的女人的话，就为了农场的水果是要出口的，轻率地做出到农场安家的决定。他们是多么决绝，负责转业安置的人劝他们先到农场看一下再说。他们就那样相信了，有水果出口的地方一定是好地方。

远处山坡上，看守工地的人看见我们在苹果树下转，就会故意站在草棚前，他背对太阳。当我们把手伸向苹果的时候，他就猛地转过身来，给我们来一个措手不及。他大概觉得很有意思，反复这样几次之后，我们就不太怕他了，摘下苹果咬两口，然后扔掉。他朝我们走来，我们就跑，拼命地跑，一直跑到土路上，沿着弯曲的路隐进一片苞谷地，再从苞谷地穿出去，走上通往马房的路。

走上马房的路我们就不怕了，他就不敢再追我们了。我们会边跑边喊叫着他的名字，把我们的声音变成唱歌一样。

马房上空永远都有飞不尽的蜻蜓，密密麻麻地遮住蓝天。我躺在斜坡上，眯着眼看蜻蜓乱麻麻地飞。海军和马房的几个孩子，他们举着网在马房的坝子和路上跑来跑去地追蜻蜓。喂马的女人也跟着把手举得老高，不断地挥动着手中的网。

胖子来了。跟他走在一起的婆婆手里提着很多东西，胖子的肩膀上也挎了两个布包。他们一前一后地走来，看见我们时，他躲闪了一下，像要把自己藏起来。他把自己逼到路边，顺着乱刺蓬躲躲闪闪地走着。他以为那样就不会被我们看见。

海军从远处跑过来，她喊着胖子、胖子！胖子就像没有听见一样，快走了几步跟上了婆婆。海军朝着胖子跑过去，她拦住胖子。胖子停下来的时候，他看了我一眼。我从草地上爬起来走过去。海军问胖子要去哪里？胖子埋下头看着乱刺蓬里跳动的麻雀，他说他要去外婆家。我们问他的外婆家在哪里？他说在毕节。

我想问他什么时候回来，可是我没有问。我们转过身让他走了过去，让他沿着马路一直走。他们走上山梁，成为晃动着的两个黑色的斑点闪烁在我的眼睛里。

"孤儿"这个词突地跳进我的耳朵里，海军站在我的后面，她用一只肩膀半靠着我。我一抽身，她的身体朝前跟跑了一下。她追着我要打我，我问她什么是"孤儿"。她说："就是胖子，没有爹妈。"我说："胖子有爸爸。"她说："他爸爸是特务，早晚会被枪毙。"

我们就这样一前一后地跑着辩论着。

太阳升得很高很高了，我们躲到树下，紧贴着树根蹲着。我想就算胖子现在暂时还不是孤儿，可是他已经有可能是孤儿了。妈妈说真可怜，没有了爹娘的孩子。前几日的晚上，我跟在妈妈身后推开胖子家的门，他一个人坐在屋子里面。屋子里面没有灯，妈妈问他为什么不开灯，他不说话只哭。妈妈说："孩子别哭，有我们在呢。"

妈妈把煮好的红薯放在桌子上，打开饭盒一股炒菜的香味扑出来，胖子咽一口口水，然后他就又哭起来。妈妈说："孩子别哭，吃吧，有什么事叫我。"每次离开时，妈妈总是要折回身去对着黑暗中的胖子说："孩子，不要告诉任何人我们来过你家，死都不能说啊。"胖子在黑暗中点头。

我不知道毕节在哪里，但我想一定很远，凡是我们不知道的地方，一定都很远。

海军喘着气拿着几只蜻蜓跑过来，她把蜻蜓装进我身边的盒子。她靠近我躺下来，将盒子举过头顶，然后她滚进草丛里。她重又站起来时，我看到她往盒子里放进了一只蚊子。蜻蜓吃蚊子，它被关在蚊帐里或者盒子里，吃了蚊子它一样会僵死在蚊帐或盒子里。

我在草丛里滚了一转，鼻子里塞满了青草的气味，衣服上也染上了。妈妈喊叫我的声音从风中飘来，也染上了青草的气味。二妮！二妮！杂乱无章的声音，让我感觉恼火。我站起来跳下土坎往家里跑。海军跟在我后面，她边跑边说："你妈妈的声音像破铜锣。"

"你妈妈的声音才是破铜锣。"我甩下她，拐上另一条路，海军也跳到路上来，她从后面抓住了我的头发说："你妈是破铜烂铁，是地主婆。"

我们打起来，滚进菜地里。她把我按在地上，天空暗淡下来，因为刺目的阳光。

8

葡萄熟了。马路上妈妈和卢阿姨站在摆满葡萄的箩筐中间称
秤记账，用草帽扇着风驱赶着苍蝇和蜜蜂。卢阿姨收钱，她的脖
子上挂着个布包，太阳晒得她受不了的时候，她就跑回家中。妈
妈把葡萄藏进草帽带回家，她说卢阿姨背着收钱的包回家，她会
偷钱的，她一定会的。

烈日下的妈妈总是不停地出汗，她一个人坐在马路上，像太
阳留下来的一个影子。中午没有过路的人太阳太大了，没有人愿
意顶着太阳走路。黄昏时葡萄总是剩下很多，只要她们肯把葡萄
卖给就业人员，用不了多久，箩筐便会被一扫而空。她们总是在
为这个争吵不休，卢阿姨认为葡萄烂了没有关系，不讲阶级斗争
关系重大。两个人争来吵去，也没有找到与卖不卖葡萄给就业人
员有关的答案。

她们对账时，卢阿姨每说一句话脸都要涨得通红，声音高得
她几次都在有意往下降。我坐在窗下，听着屋子里的响声，那是
一只手拍打桌子的声音。卢阿姨的声音又提高了，屋顶都震荡
了。我拉直双腿紧靠着墙，让我感到惊慌和厌倦的声音，就那样
起起落落地飞出来，像扎在树上的光一样，让我感到时间破了一
个又一个的洞。

树枝上叽叽喳喳的鸟飞起来了，飞过我的头顶掠过远处的电
线越飞越远。我看不见它们。如果我变成了一只鸟，就会离开
所有的声音，飞在天上地上发生的一切，都与我无关了。

屋子里的凳子倒了，门开的时候，我的心抽搐。卢阿姨出来
了，我能感觉到她身体里冲出来的一股浊气，带着愤怒漫进空气
里。她的脚被绊了一下，她的身体卷起一股风，她的眼光她的声
音卷进风里，变成泥沙从空中簌簌地落下来，如同沙石俱下盖住

了我。

我捂住耳朵，天空的云挡住了太阳，就要下雨了。求老天爷下一场暴雨，让她们家晒在马房屋顶上的洋芋片全部打湿腐坏，让她们家喂的鸡无路回家。

雨就这样下起来了，一直下到了晚饭后。

他们又来抄家了，一次一次把被子掀起来露出床板，我们全部站在门边。妈妈配合着他们的行动。他们打开了那个黑色的小木链箱子，他们每次打开它，我的心就会跟着抖动起来。我们眼睁睁地看着他们的手挥动着，将里面的东西一样一样丢出来。那是我们家的宝箱，我们家好吃的东西，花生、葵花籽、饼干还有糖，都被妈妈放在里面锁了。妈妈会不停地说当年我的姥姥用这个箱子的故事。所以那绝对不是一只普通的破箱子，他们怎么可以那样随意地打开和翻动。

妈妈从北方带来两口箱子，一个是她结婚时的嫁妆，另一个就是姥姥的嫁妆。翻来翻去就是那点杂乱的吃的东西，明明知道箱子里不会有什么，隔几天又会来翻一次。

她是故意的，她总是带头打开箱子。姐姐说。我们都知道卢阿姨的用心，知道她把刀隐藏在她的声音里，随时都会飞进出来插在妈妈的身上，让我的妈妈畏畏怯怯不知所措，软软的像身体的某个器官被损坏压塌了。

"嗖"！弹弓里飞出来的石子从我的耳边穿过，灌满我耳朵的是玻璃碎了的声音。是我们家的窗玻璃。我循着声音看过去，海鸥满头是汗，两根辫子随着她奔跑的速度起伏。姐姐跑在她的后面，她们从毛主席像台侧面穿过去。姐姐边跑边弯腰捡石头，石头从她的手里飞出去。海鸥被石头打中了，她转身朝后跑，她抓住了姐姐。姐姐被她揪住头发搡到地上。海霞和海军也来了，她们喊叫着，有一种杀声满天的气势。

我站在屋檐下，看着她们将姐姐按在石阶上，她长长的辫子，被海鸥用脚踩着。这样姐姐就不能动了。姐姐的头被海鸥用膝盖顶住的瞬间，她绝望地看到了我。然后我听到了她的哭声。我转过身，我感觉到我像一团火焰一样，燃了起来，朝着海军家住的方向跑，我越跑越快身体变轻，像飞起来了。

我在地上捡起一根棍子，跑到她们家窗下时，隔着一堵鸡圈，我举起棍子来回几下就将她们家窗台上用破脸盆种的蒜苗抽得稀烂。我的气力好像在瞬间消耗殆尽，如同一个胜利者，突然间没有了敌手。扔下棍子转过身，我听到了我的心跳随着风声占满了我的耳朵，我开始畏怯。她们就会来的，她们脚踏在地上的声音是那么有力坚实。她们冒出来了，从房屋的拐角，一个一个地冒了出来，她们正朝着我冲锋陷阵一样地逼近。

我的身体里又涨满了力气，一下子膨胀起来，我拔腿就跑，以一种让人难以想象的速度从海霞身边跑过。如果不是她躲闪得快，我就把她撞倒了。我相信那样的速度，就是撞上了石头，也会将之撞翻。

撞进我们家厨房，门被我撞得晃动了一下。我们家厨房的破木门，是用几块木板钉成的，白天从来都不关，被我一撞，就掉了角歪斜下来。我摇摇摆摆地关上了门，拿来扁担顶在门的一块横板上。我想翻进水缸里，我在一束光亮中看到了自己映在水里的样子，甚至看到了浑身哆嗦的双肩，我知道如果我爬进水缸里，我一定会被水淹死。

我只能蜷缩到水缸后面，那儿正好背着光她们在外面无法看到我。阳光透过木板门缝照进家来，一只藏在缸底砖头缝儿里的蛐蛐，突然"吱吱"地叫了几声。我感觉到我的胆子被蛐蛐的声音吓破了，嘴巴干涩难耐喉咙刺痛。风吹得门窗呜呜响。时间在这样杂乱的声音里，坠入黑沉沉的深渊。蛐蛐从砖缝里钻出来，它爬到了水缸上。

她们来了。她们的脚哗哧、哗哧地踩在地上，那是很多双脚一起一落，才会有的声音和力量聚集而来了，带着一股燃烧的杀气腾云驾雾地来了。她们还有她们的邻居，那些帮凶一样的邻居，就要把地踩踏进黑暗里去了，天也被她们踩出了窟窿。哗哧！哗哧！我就要被声音淹死了。

门"哐啷"一下，其实门并没有响。几只脚同时踢上去，一块木板歪掉下来，整个门散了，卡在了门框上。

我完全暴露在散开的门缝里。

9

有志气，这辈子都不要跟海军玩。

我听懂了妈妈说的话，我想问她那么卢阿姨呢？有志气是不是也不跟她进进出出呢？我始终没有问，我始终都在想海军打伤了我们家的一只鸡，她用棍子打的，我还亲眼看到那只鸡趴在树丛里出不来了。

天黑时，妈妈从树丛里抱出那只鸡，我跟在妈妈后面，我说是海军打的，我亲眼看到的。妈妈不说话，把鸡放进圈里，第二天鸡就死了。

太阳映出我的影子，我追着自己的影子，试图用双脚把它踩住。风呜呜地吹着，树枝晃动的声音很响，鸡的叫声从远处传过来，正午的时光被拉得很长。

躲在毛主席像台的阴影里，我用两根毛线扦子交错地学着织毛线。姐姐们都在学打毛线了，而她教给我的东西，我总是忘记。怎样才能将毛线穿引到另一根扦子上呢？坐在石头上，我假装已经会打毛线了，将两根扦子相互交换着退过来穿过去。

太阳升得很高了，无趣地重复着自我欺骗的动作，总会让人非常沮丧。一只小麻雀在冬青树丛里扑腾，它受伤了。我轻手轻脚地靠近它，伸出手弯下腰。它突地向外飞扑了一下，钻进了冬青树丛密集的树枝深处。我找来一根棍子，试图把它捅出来。光凤来了，她咧着嘴将头钻进树丛，她伸手，鸟突地飞了起来。我朝着它跑去，它突然就又飞高了，一起一落地朝着晾房后面的山上飞去。

光凤说那只鸡是你打死的。我装作没有听懂，什么白鸡？她又笑了起来，你不要以为我不知道，那天在我家，你打死了一只鸡。我问她怎么知道是我打死的，她说她看见我从她家出来，砰地把鸡丢在了门口，她正好走过来，她很好奇，想看看那只鸡死了没有，还想拔下它身上的毛来做毽来踢。可是代奶奶来了，她扔下那只鸡就跑。代奶奶追着她问她为什么打死它？光凤只笑不说话。我完全可以想象，她傻里傻气的样子。

鸡是我打死的，可是我不能承认。我跑着说："你造谣，你放屁！"

鸡留在手里热乎乎的体温，我还能感觉到。因为当时我害怕了，我不想打死它，我在光凤家门口看见它时，它正顺着门觅食，我轻轻一挥手，它就钻进了光凤家。我以为是海军家的鸡，海军家也有一只白色的鸡，我只想打打它出口气。它在屋子里飞得惊天动地，我抓住了它，狠命地将它笃到地上，像抓住海军的头发那样痛快。可是它死了，我没有想到它那么轻易地就死了，慌乱中我从光凤家跑出来，顺手就把它丢在了门口。

代奶奶挂着棍子来找鸡，她颤抖的声音，我躲在门缝里都听到了。革委会主任家的鸡是不是要比别人家的鸡重要，这个我不会想到，我只想打的是海军家的鸡。可是它死了，我不能死，所以我死也不能承认这件事。

妈妈往水缸里倒水时，天还没有亮，水"哗啦"的声音很响。她喘着气叫姐姐赶快起床，别人家孩子上学总是不迟到，而姐姐总是迟到。妈妈到学校附近卖蔬菜时，老师又告状了。妈妈很生气，妈妈说姐姐晚上不睡白天不起，一点出息都没有，看看人家海燕，那个乖啊，真是千里难挑。

姐姐不服气，她拿了两个红薯装进书包，边走边说："看看又怎样，她又不是你生的。"妈妈骂她说，你怎么死的？嘴壳硬死的！

妈妈哗啦啦地扫着地，爸爸站在窗户边借着外面的光看报纸。妈妈在跟他说着那只鸡的事。她说光凤就是淘气，净给大人找麻烦，这回好了，打死了代主任家的鸡。

爸爸往茶缸里倒开水，热气挡住了他的脸。他说："不过是一只鸡，赔给人家就是了。"妈妈将四妹提了起来，四妹闭着眼睛，白皙的皮肤上还留着深深的枕头的睡痕。妈妈把四妹拖下床，拽着她往外走说："革委会说这是阶级报复。老吴的问题本来还没有搞清楚。"

我把头深深地藏进被子里。

晚饭时，姐姐抬着碗往外跑。妈妈叫住她说："你敢出去，腿都给你打断了。"

姐姐折回身坐到门槛上。

妈妈抱怨学校老师天天来告状，学校要求学雷锋，海鸥都在学雷锋，却从来没有看到姐姐做一件好事，整天跑到后山村子的地里捡麦子，跟个野人似的。

我想到早上我去学雷锋，在我们的屋后，捡起一块砖头，往光凤家鸡圈上垒，用力扒开圈上两块横着的砖。砖从圈上掉下来，砸在我的脚上。砸得我眼冒金星，坐在地上脱开鞋袜一看，脚趾盖儿被砸成紫色的了。

我轻轻动动脚趾，还在疼。我将身体的重量落在一只脚上，一瘸一拐地从妈妈身边走过。妈妈歪着头看了我一阵，问我："你的脚怎么了？"

我说："学雷锋。"

她说："谁让你学雷锋把腿学瘸了？该学的不学，不该学的还学上了。"

然后她往红薯锅里倒水。妈妈转过背对姐姐说："你没听说山上还有狼，被狼吃了就好了。"

天天都有人说后山上有狼。姐姐认为这是妈妈不让她跑远的计谋，就像妈妈讲的所有故事一样，都是要让人听话的，不然就只有死路一条。姐姐从来就不相信大人说的话，或者她天生就听不进大人说的话。

其实海鸥也拾麦子，妈妈说话只讲别人好的一半，姐姐就更不听。她每天跟在海鸥她们后面拾麦子，尽管她们总是跑着想甩掉她。去麦地要翻过山坡走很远的路。姐姐带着我跟在海鸥她们后面，因为这样一来人多，我们就不担心会被狼吃掉。

吃炒麦子，就像过年。可是妈妈为什么要把一锅开水放在灶台上呢？她每天出门前都要烧一锅开水，她说了不让我们喝生水，喝了我们肚子里会长虫。如果喝进蚂蟥更是要命，妈妈还说谁谁家小孩喝进蚂蟥死了。

我们围住姐姐，跪着灶台上看她翻动麦子。三妹从我后面的铁炉子上往上爬，她爬了几次，歪曲着上不来，她就伸过手去拉锅。那是一口煮饭的铝制锅，她一用力锅就翻泼过来。开水"哗"地泼出来，三妹被热气淹没了，雾气隔离了我们。我们的哭声混成一团，梦里沸腾的热气围绕上升，我们在地上爬着，相互摸不到看不见，就连哭的声音也化成了热气。三妹变成了水晶，通体透明。妈妈的眼泪变成水晶里的气泡，一个一个地荡漾在夜空里。哭声填满了每一个荡开的孔洞，我们被嵌入被抽掉。

姐姐的头撞在了水缸上，那一瞬她停止了哭，仰面朝天地被爸爸提起来摔在水缸上。卢阿姨的声音断开了梦境和现实，她用妈妈的缝纫剪，剪开了三妹的裤子。医生在她的身上涂满了紫药水。妈妈还是哭。她像受了很大的委屈，终于寻到一个合适的时间。

夜慢慢安静下来，那个突然的声音，就是在这个时候发出来的。是光凤的爸爸的声音。他在骂人。他的声音冲出喉咙，似乎粘着肺上的杂质。所以声音出来后，像是掉在地上摔破了一般，让刚刚安静下来的夜晚陡然裂开。

我绕开看热闹的人挤进光凤家。光凤的爸爸半闭着眼，嘴朝天张着大口地呼气，眼镜从床上掉到了地上。光凤的妈妈埋着头坐在床沿上，光凤整个身体趴在饭桌上，看见我她就把头埋到手腕里，留出只剩下眼白的眼睛看着天花板上的灯。

她的爸爸听到有人说话，将身体向上挺，像一条鱼垂死前那样，笨拙地在水面划了一下。他说他要死了。他说操，你们杀了我吧。完全是陷害！就是陷害，光凤没有做那样的事，鸡不是光凤打死的。

听到他说到那只被打死的鸡，我的心怦怦地乱跳了一阵。有那么一些短暂的停顿，他眯斜着眼看我们。他的眼光斜闪过来，有点像黑暗中飞翔的蝙蝠在夜空中贴着墙飞，寻找可以落下来的地方。他的眼光在我脸上闪了一下，仅仅是闪了一下，就移开了，然后他闭上眼睛。

我害怕极了。我想他一定知道那只鸡是我打死的。我就躲闪到大人可以挡住我的地方，心里想着如果他说出那只鸡是我打死的，我就不承认。我坚决不能承认。

他安静下来，直直地躺着一动不动。

10

夏天最热的时候，毛毛虫已经掩蔽了桃树的颜色。它们一蠕一蠕地吸附在树身上。我们对这一切总是视而不见，照常往树下跑，将桃树上的油脂抠下来让蚂蚁爬上去，然后我们把它困在透明的桃脂里。

四妹的哭声是突然发出来的。我回过头，不知什么时候她竟然爬到了桃树下。她举起小手歪靠在桃树上。她的另一只手还压在毛毛虫身上。

我抱起她，她哭得比先前更厉害了，浑身上下一片通红。阳光下能清楚地看到那些细小的毛芒扎在她的皮肤里。

光风丢下手里的蚂蚁，跑过来帮我抱着四妹的胳膊。她抬着四妹的腿，我们就这样把四妹抬到了医务室。

医生用一个小钳子，在灯光下将那些毛芒仔细地拔出来。四妹一直哭，医生往她胳膊上涂碘酒时，她已经哭得只能抽气了。

回来时，我们遇到了海军，她顺着房檐下铺出来的石板路滚着铁环。太阳煌煌地照在空了的坝子里。她一边跟着铁环跑，一边回头看我们。空气里弥漫着一种枯败的植物的气味，铁环的声音里总是夹杂着风的干燥格外地刺耳。也许更是因为声音是海军弄出来的原因。

"滚远点！"我说。

海军滚着铁环冲着我跑过来。我放下四妹，做好了要与海军殊死一战的准备。我一把抓起还在滚动的铁环，霍地将它抬起，顺势让它飞到了房顶上。整个动作的完成只在刹那间，这同样让我吃惊。

海军被我如此迅猛的速度击蒙了，她突地停止下来，举起手上的铁钩，不知所措地朝我挥了一下，然后张开嘴巴哭起来。我跑回家中关上门，我以为关上门就百事无忧了。

我躺在床上，三妹和四妹都睡了。我等待着，等待着一个我无法预设的结果的到来。

她们什么时候进来的，在我们家里做了些什么，我全然不知。直到海军揪住我的头发，她狠命地将我提起来。我睁开眼，伸出手正要还击。我看到了她的两个姐姐还有帮凶，她们站在玻璃外面的水缸后面抱着手咧着嘴笑。

扇耳光踢飞腿，扇吧！踢吧！明天她们不在的时候，一一都要还回来的。我就那样忍受着站在她们的面前。我咬牙不光脸发烧，头皮也烧起来了。她揪住我脸上的肌肉，让我面对着她，问我投不投降。我歪了一下头，她的巴掌落了下来，落在靠耳根的地方。火辣辣的，我和耳朵也燃起来了，浑身上下都燃起来了。我不能还手，我打不过那么多人。投降，我投降！我捂住脸，但是我没有哭，我在极力压住心里燃着的那团火。总有一天这团火会烧死她们的，我这样想着，疼痛就减轻了。甚至那一声声让我羞耻的脆响，都变得黯然了。

她们走了，我捂住脸躺到床上，风狂乱地吹着，鸡把声音扯到了超出它的长度回荡在空寂的坝子里。甚至我一生中的绝望感，就是从那个中午开始的。姐姐捶打门的声音混夹在风中，像一个破败的梦魇，我无法分清现实和梦境。我静静地听着，确定是敲门的声音，姐姐叫了我：二妮！二妮！这个名字听上去，怎么会那么忧伤，那么细弱地散在风中。

我悄悄爬起来，轻手轻脚地摸过去，从门缝里看清了姐姐，她站在狂乱的风中龟缩着头仰着脸，头发都被风吹得很乱，像整个人就要被风吹破了。我没有告诉她我挨打了。我知道我说了也没有用，她打不过她们，我们永远都打不过她们。

我说："四妹被毛毛虫扎伤了。"

她不说话，在灶台上翻出妈妈早上出门前做的饭，默不作声地吃着。我在她身后站着。她吃完了就回过头来看我。我只站着不说话。她摸了我的脸一下，她说："你是不是挨打了，眼都哭肿了。"

我又哭起来，她也就不问了。

下午上学时，她说我一个人带不了两个妹妹，她说她要将三妹带到学校去，这样我只需照看四妹就行了。我说不行，学校的人要打三妹的。她停顿了一会儿，像认真地想了一下，说不会的，并说她打得过他们。姐姐打不过他们，她谁都打不过。我为什么要信她，如果我不信她，三妹就不会被人打成那个样子。其实她们刚一出门我就料到了的。我撵出门去，她们已经走过了弯曲的黄土路穿过了果树林，我看不到她们了。

光凤从一棵苹果树上跳下来。她双眼乜斜着太阳问我敢不敢翻跟斗。我不理她，她就跳到我的前面指给我看马房那边。那边有两根自来水管，一高一低两根，都是用来引水到马房喂马用的。住在马房的那些孩子，太阳一出来就爬到水管上翻跟斗，玩的是连翻。没有人的时候，我学着他们的样子，拦腰挂在了管子上，如果不是我灵机一动大哭，不知道我从上面摔下来会是什么样子。

我还想试一试，跟在光凤后面朝水管跑去。光凤跟我一样，不知道要用手抓住水管身体向下翻。她摔了下来，马房的孩子拍着手叫着：搭得好，摔得好，搭个憨×晒太阳。

光凤埋着头不说话，我知道她摔痛了。

天黑时下雨了，噼里啪啦地打在窗子上，我坐在床上用牙齿咬碎花生的外壳，正咬得满手是口水时，卢阿姨撞进屋来。我继续咬着花生，她抓紧我的手说："二妮，今天光凤跟你玩了。"我点头时，妈妈也进屋来了，她瞪了我一眼。我的心怦怦地跳起来，我想我又要惹祸了，我惹的祸太多了，这段时间我的妈妈只知道哭，不停地哭。打不赢骂不赢，不哭还能做什么呢？埋下头，我知道我只有不断地咬花生，才不会惹祸。

卢阿姨问我光凤有没有骂人的时候，她突然站了起来。我的身体哆嗦了下，她又问了我一次，声音提高了八度。我说："没有。"她说："那是你骂的？"我说："没有。"她说："那骂谁了？"我说："她骂你了。"她愣住了，两只小眼睛在我的脸上寻找着答案。她变得轻言细语，重新坐下来，抬起一只腿，半盘在床上。她说："她骂我什么了？"我想了一下，她骂的全是下流话，当着妈妈的面我不敢说出来，就说她骂你是狗日的地主婆。

卢阿姨站起来的速度比风还快，我不知道她生的是谁的气，妈妈跟在她后面走出门去。

我把头越埋越深钻进被子里去。我就那样睡着了，睡得我满头大汗。醒来，雨还在下。雨打在树叶上，很安静。睁开眼，窗外漆黑一片。

后山上夜鸟叫了两声，飞远了。

想着它在黑暗的雨天飞过树丛，心里有一种湿乎乎的感觉。雨如果淋湿了它，它是不是会从天上掉下来？

有人在哭。我认真地听，哭声消失了。夜湿洑洑的除了雨声，什么声音也没有了。

天还没有亮，我又被哭声吵醒了。

我们家的后门吱嘎开了，妈妈走出去了。

雨下得比先前大了，盖住了许多的声音。我不知道发生了什么，穿上鞋摸出门去，顺着后门的墙到光风家窗前时，我看到了那个映在玻璃上的影子。

两个人站在桌子上，正在移动那个影子。

是光风的妈妈，她吊死了，穿着一件蓝布裈子。

葡萄园，防空洞和一个屁

1

即使我们根本不用假借"擅"（借这个字发音，意思是到地里或葡萄架下，寻找收摘之后遗漏的）葡萄，而直接进到葡萄园去偷葡萄，看守葡萄园的人也奈何不了我们。

但是我们并不知道，或者我们也更喜欢被追赶，亡命奔跑后逃脱掉的那种快感。一种包藏着庆幸和胜利的快感。

看园人叼一杆带弯头的烟锅，站在树荫下将手抬在半空。他吸着烟，那缕烟火在太阳光下显得很微弱，却能看到它缭绕的烟雾，在午后的阳光下慢慢散开。

他快走几步，高声喊着要打死我们的狠话，我们就鸡飞狗跳地满园子乱跑。

我一个趔趄栽下去，一只手被他抓住。挣脱。然后爬起来又拼命地跑。手里抬着一个装了葡萄的大茶缸，即使是在梦里也没有忘了跌下去，一只手高举起茶缸，这样里面的葡萄就不至于打泼出来。

跑到无路可逃，看园人偏不饶过我们的时候，我们就迅速地钻过密密层层用荆棘围出来的园子栅栏。他停下来站在土坎边，或一丛茅草前看着我们。他脸上的愤怒，让我们相信如果我们被他逮住，他真是要打死我们。他会的，他给了我们那样绝对的感觉。

有时候他故意疾走几步，太阳将他的影子拉长，拉成让我们惧怕的样子，迫使我们不得不相互挤着钻进长满了刺的围栅，被刺深深地划破皮肉，狠命地挣脱，也管不了刺扎进肉里有多深，忍着痛从刺栅栏里钻出去，朝着大路上跑去。

被追赶又幸逃于难的惊险，很快就又会被我们忘记，带着那种胜利的欢愉，第二天又潜入园中。看园人总是在午后的阳光下站着抽烟，更像等着我们。所以连他抽烟的方式都带着一股狠劲。

他抽旱烟，烟嘴黑得已经看不出颜色。感觉他吸进去的是一根炸药，他狠狠地吸，定要将烟叶和火焰吸进喉咙，然后吐出来烧死我们。

他站在那里，宽阔的葡萄园密密层层地曝晒在阳光下，那些长熟了的葡萄深陷进树影里。也许让人害怕的不是看园人映在地上的影子，而是那些弯曲的小路和深沟里的葡萄。

紫红色叫"隆妍"的葡萄，从叶隙间透出来，隐隐地散着一股香气，同时也隐藏着一种暗黑的不明真相的东西。我不知道那儿更深地隐藏着什么，草丛中的蛇会爬得很快，会盘绕在葡萄架上将头抬得很高，对着叶子吞吐蛇芯子。

实际上躲过看园人的追喊，偷摘下一串葡萄是我们每次钻进园子最有快感的事。那种兴奋和紧张像绕在我们心里的带子，被我们松了又绕，绕了又松，如此地重复快乐就升腾起来了。向日葵总是沿着土坎伸枝展叶，有一种高耸入云的姿态，让我们觉得天空离我很远。向日葵开过了花结籽时，沉沉地垂挂下来。一阵暴雨，就会连根将它拔起，有时会歪倒在土路上横插过来，绊倒只顾奔跑的我们。这样一跤下去，缸子里的葡萄就会滚落一地，也顾不得那么多，爬起来就又跑。

葡萄彻底没有了，我们还是会抬着缸子钻进园里，尽管园子的栅栏门已大大地敞开，拖粪的牛车和拉菜的马车每天进出自如，我们还是要从刺蓬的洞钻进去，在葡萄枯败的架子下来回翻找。在园子里跑够了，几个人坐在苹果树下，吃着从葡萄架下那些杂草中采出来的一种带着酸味的叶子，然后躺下来，头仰进土坎上杂草的阴影里。太阳光直直地射下来，天空高得望不见云彩。

鸟忽高忽低地飞着，像光斑一样闪烁划过我们的视线。太阳总是升得很高很高，地面上蒸腾的热气一浪一浪地从草芒上涌过，到处是干燥的泥和植物被吸干水分的气味。我们脚深深地陷进葡萄沟的草丛里，青草的气味夹着葡萄成熟的香味，蜜蜂嗡嗡嘤嘤地飞，在午后的阳光下把个小小的世界封闭在狭小的葡萄沟里，在看园人眼里，我们也就成为那个狭小世界里游动的昆虫。

蝉的叫声让我们昏昏欲睡，那个叫小辉的男孩，还有他的弟弟也躺在我的身边。小辉附在我的耳边啾啾地说话，像一只催眠的虫子，我的眼睛就睁不开了。

不一会儿我就睡着了。我是在一种沉重的压迫中醒来。睁开眼，小辉压在我的身上。他把整个身体都压在了我的身上。我本能地感觉到一种羞耻，就打他用力推他的头。他在我的身上滚了一圈，我眼里看到的天空，是被苹果树的枝丫分割出来的，它明净而细碎。

2

海军和她的姐姐们的声音，从不远处的土路上传来。她们在小路上，玩一种丢"嘎啦"的游戏。"嘎啦"是猪脚上的一块可以联结别的骨头的活动关节。伙食堂杀猪的时候，司务长会吩咐别的伙食堂的人，特意将这种骨头挑出来晒到太阳底下，然后给能够管着他们的干部子女。

这种游戏被妈妈称为特权游戏，虽然只在孩子之间玩来玩去。妈妈有时候，也借着她们之间某个人的"嘎啦"，替另一个人投掷翻滚。不过，她也只是替人赢了就走。并且顺便叫走在一边傻看的姐姐。

伙食堂杀一次猪，至少要等上两个月。一头猪的身上只有四个这样的骨头。两块小的两块大的。每次就只杀两头，因此要拥有一块大的"嘎啦"，就很难。

教导员和队长家的孩子手里的"嘎啦"，自然要比海鸥手里的大。海鸥的爸爸不过是个小干事，攀着教导员，加上平时做事总有一种威风，让"就业人员"闻风丧胆，所以她也能得到"嘎啦"。

不过海鸥有办法从另外的人手里，把大的赢过来，放回家里的盒子里之后，经常拿出来显摆给姐姐和别的孩子看。

她们蹲伏在地上围成圈，把涂上五颜六色的"嘎啦"掷出去，"沙包"向高处一抛。等"沙包"落下来之前，掷沙包的那只手，就要在地上将"嘎啦"摆出各种阵式，为下一步"嘎啦"和"嘎啦"之间的跳跃阵式布好局。

所有的"沙包"都是她们自己用小方布缝的，最好看难度最大的沙包，是六块小方布缝成的，装上沙子再封好口。姐姐只会缝四块小方布的"沙包"。我也学着缝，却从来没有缝成功过一只沙包。

她们玩"嘎啦"时，我们都喜欢看她们的手在地上跳动，布阵跳跃成竹在胸，似指挥千军万马，举手投足游刃自如。

有时候，她们会将小"嘎啦"，当成军棋来下。

黄昏，太阳落在毛主席像台上，她们坐在像台前的沙地上，用小"嘎啦"下棋。大人们也会围着她们，跟她们一起走马，用手推工兵过河。

她们总是跳起来说:"工兵不过河。"

大人们觉得好笑,就大声地笑,说:"让他们过河会怎样?"

她们的身上总是隐藏着神秘的信息,不论做什么总能变成一股潮流,引领着所有的孩子,跟潮模仿效尤。也就是说,只要她们兴起一种玩法,就会成为一种热潮。比如她们打弹子、玩角角、滚铁环、丢沙包、捉羊子、躲猫猫,哪怕她们到地里擅麦子,都会成为流行。

后来她们不玩丢"嘎啦",开始挖防空洞。每次从园子里钻出来,我都会看到姐姐满头大汗蓬乱着头发,将身子的一半弯进她正在挖,还没有成形的土坑里。

家家户户上学的孩子,都在挖防空洞,说是"美帝苏修"要派飞机来轰炸我们。放学的人书包一搁,就开始挖洞。别人家总是有好几个人一起挖,特别是有男孩子的人家,洞挖得老深,人钻进去后根本看不见。

姐姐看见我无动于衷地站着,就会委曲着身子趴在地上向外刨土。一边抱怨我是个废物,一边哭得鼻涕连天的。她说美帝国主义的飞机一来,第一个就先要炸死我。我不说话,站在那里想着她说的飞机。我不知道飞机会从哪里飞来,就仰着头绕着天看,一脚踩滑险些扑在地上。

她看了我一眼,哭得更厉害了。仿佛飞机一来,真的就先要炸了我,然后再炸了我们一家人。她哭是因为她也要被炸死,都是因为我连累了她和我们家。飞机是完全冲着我们家来的,因为他们知道,只有我们家没有挖好防空洞。

我的确感到害怕,拿起姐姐丢在洞边的一把小锄头,举过头顶,然后狠狠地一锄下去,结果锄头落到石头上,硬邦邦地弹回来,弹得我眼冒金星。

姐姐回头看了我一眼,她的脸上眼泪还没有风干,眼睛红红的。我觉得对不起她,放下锄头,我只好用手学着姐姐刨土。

天快黑的时候，爸爸从远处的马路上，骑着自行车哐唧唧地经过我们的身边。他看见我们就停下来，把自行车靠在路边的一棵树上。他满面笑容朝着我们走过来，拿起锄头，叫姐姐从土坑里出来。

他朝手上啐了两口，甩开膀子挖起来。爸爸的力气大，锄头小，有力不好使。第二天也是黄昏晚午，他拿来一把稍大的锄头，脱掉外衣半躺在地上，反过面来昂扬着头，歪着嘴巴左右开凿，他在姐姐挖出的洞的基础上，很快挖出了一个洞的样子。

这样看上去基本就是一个洞了，而不是先前的一个坑。

我们家的洞总是不如别的挖得深挖得快。别人家人多力量大。自从爸爸来帮姐姐挖洞之后，别家的爸爸都来参加挖洞了。在每一个傍晚时分，热气渐渐散去之后，整个葡萄园外的土坎下面，聚集了很多挖洞和看热闹的人。

挖防空洞成了一种自发的运动，家家户户倾巢出动，明争暗斗，相互比着谁家的洞挖得最深。这不仅包藏着各自的力量和智慧，更预示着与"美帝苏修"的一次较量。爸爸替我们把防空洞挖到一米多深时，他告诉姐姐这回不怕了。姐姐说，别人家的洞可以站着走进去，深到点了蜡烛只能看到一点光亮。

我们就只有接着挖。

天黑了，我用手电照着爸爸，他用一块塑料布垫在洞里的地上，然后他躺在上面，用一把小锄头将顶上的泥巴挖下来。姐姐负责用撮箕一撮一撮地把土撮出来。爸爸休息的时候，她就会拿起小锄头，钻进洞里接着挖。

每家每户的洞，都是齐着葡萄园外面的土坎挖的。洞直接延伸进葡萄园的地底下。我一歇下来，就想象着有一天可以从洞里面钻出去，摘了葡萄就又躲进洞里，看园人发现葡萄丢了到处找人。即使他跑得再快，跑遍了园子累得屁滚尿流，也无济于事。

他会以为我们都变成了风，我们的速度就是风的速度。

我沉浸在亢奋和喜悦之中。

姐姐叫我，二妮！二妮！她的声音真是比风的速度还快。我沉浸在自我的欢愉里，根本就没有听见。她就用泥块打我，用脚踢我。然后我看见她抬着撮箕，站在一抹暮色里。她苍白着脸流着汗，小眼泡肿得几乎看不见她的眼睛是睁着的还是闭着的。

她恶狠狠地问我，能不能变聪明一点。我自知理亏不敢吭气，弯着腰爬进洞里用小锄头刨泥巴。我的鼻子里充满了湿湿的泥的腥味，那是一种让人身心都感到潮湿的气味，感觉很安适。于是我就想着飞机来了，它到处丢炸弹，它白白丢了那么多炸弹，我们却在洞里吃葡萄。

"美帝苏修"是什么，我当然不知道。以为那只是飞在天上往地下扔炸弹的一种飞机。我的心情爽朗起来，那种逃过看园人追赶的胜利喜悦又涌进心头，有时候我还会笑出声来。

我一笑出声，就会被姐姐从后面拽着腿，把我生拉活扯地拖出洞来。

她说："你这个笨蛋，只会浪费时间，耽误了挖洞，就让炸弹先炸你。"

她还说我是别人家派来破坏的特务吃里扒外，飞机不炸我，雷也要打我。我不敢说话，就乖乖地站在洞外。我低头认罪似的埋下头时，我看到了鞋上的破洞，上次学雷锋时被砖头砸伤的指甲盖，青鸟的指甲盖露了出来。

那一天，挖完防空洞回到家里，姐姐浑身发抖开始呕吐，到医务室一量体温，发高烧。姐姐高烧几天几夜不退，送到医院，被诊断为急性肝炎。

姐姐住院了，我们家的防空洞工程停了下来。

我在太阳下山的时候，故意从防空洞边跑过，看看那个冷落荒凉的洞，有没有被人用泥巴堵上。然后孤孤单单地再跑过马路，跑到我们家屋后的山坡上坐着，等太阳完全地落下去。这个时候，别的人离开防空洞，扛着锄头走上马路回家了。我的心才会平静下来，才不会害怕"美帝苏修"的飞机，只炸我们家了。

姐姐在医院里住了一段时间，医生说她的病情稳定了，出院坚持打针。妈妈把姐姐从医院接回家中。妈妈说姐姐的肝炎是累出来的。我心里就有说不出的愧疚。谁叫我力气那么小，小到连锄头都举不起来。其实也不该怪我，洞身很小洞顶又底，人在洞里只能蹲着，我又怎能有能力举起一把很重的锄头？

入冬以后，姐姐的病没有好完，就又开始去学校上课了。她心里挂我们家的防空洞，妈妈说"美帝苏修"不来了，防空洞不用再挖了。

我们都很失望，他们怎么就不来了呢？我们的防空洞都挖好了。姐姐问妈妈怎么知道他们不来了。妈妈一边踩着缝纫机一边说毛主席说的，他们是纸老虎，用手指就把他们戳破了，所以他们的飞机也破了，飞到半路上就从天上掉下来了。

姐姐看着妈妈用牙咬断衣服上的线头。

她说："可是……"

妈妈把缝纫机踩得呜呜响。

我和姐姐躺在床上。我们看着窗外黑黢黢的山影。她说那些把洞挖得深的人，真是活该了。我觉得姐姐说得对，心里很佩服她。

每天上学前，她都要先去医务室打针。我总会陪她打完针，再把她送到走过马房的那段路上。一路听她说些别人的坏话，说别人的秘密，心里就特别尽兴，觉得自己与姐姐之间的距离小了，可以跟她平等说话了。

我陪着她走过铺满石板的坝子。我边走边用脚踢着那些从石缝里冒出来，即使在初冬还开着小花的野草。她从衣袋里摸出一个苹果来奖赏我说："吃吧。"

我迟疑地看着那个青涩涩的苹果。她像看出了我的心思说："不会传染你病，我是从包里拿出来的。"

我信了她的话，返回的路上，我吃了那个苹果。

3

我开始发烧，脸色如土。这一次妈妈没有迟疑，将我送到医院一查，肝炎。医生说住院。妈妈干脆来了个一不做二不休，反正都是住院，就让姐姐重新回到医院住院，这样我们相互之间可以有个伴儿。

病房不大，里面摆了四张床，中间有个铁炉子。大人小孩挤在一间病房里，感觉有点参差不齐。

我们站在门口，护士指着门后面那张1号床说："你们可以先躺上去，一会儿来打吊针。"

病房里没有开灯，从亮光里进到黑暗的房间，我们有点不适应。屋子里的一切都很模糊，姐姐用手推了一下门，我们就蹩着身子爬到床上。然后她又推了一下，如果开着门，我们俩就正好被挡在门后面，令我们呼吸不畅。

"不要动门。"

我和姐姐同时被这个声音吓了一跳。声音是从正对着门的3号床发出来的，像一颗没有炸开的炮仗，突然间炸了。妈妈刚好进来，她探着头才看到了我们。3号说："你的孩子真没有家教。"

妈妈愣住了，她停了半会儿才回过神来说："她们怎样了？"

3号床转过背去，脸对着墙不理会妈妈的问话。姐姐朝门努了努嘴，妈妈拉开门坐到床上。护士进来给3号床换盐水，她问护士是不是没有病房了，门后面怎么住人。护士看看我们，妈妈站起来。

妈妈说:"如果'美帝苏修'的飞机真来了,不用炮弹,3号站地上一喊,飞机就掉下来了。"

妈妈觉得好笑,姐姐也跟着笑起来,我不觉得好笑。我畏惧,生怕她冲着我一喊叫,我就炸了。

妈妈建议护士将另一张床前的柜子抬开,我们的床就可以往外拉一截,这样上下床就不用拉门了,护士打吊针也可以不用那么复杂,光线也会好一些。

这样一挪动,我们的床有一截就露在了门外面,躺在床上我们就可以看见3号床的女人,或者被女人直接看见。她不仅仅声音让人害怕,还有她的眼睛,像有个空空的洞,会将人吸了进去似的。

3号打完吊针,坐在床上梳头。她自言自语说头发又要掉光了,明天不打针了,真是要命。2号说:"这话你天天都在说。"

3号床叫起来说:"说了就说了,咋了,会死人吗?"

我胆战心惊地以为两个女人要吵起来。结果2号说死不了,你每天声音还那么钢钢的,说明你的气还正足,两个女人就笑起来。

3号放下梳子,站起来在屋子里走来走去。她问2号在梦里会不会跑。2号说:"我不做梦。"

"昨晚的梦,在河边,是一条很长的河,到处都是人。全都看不见脸。"

2号不说话,把药一仰头喝了。

"你看我肚子胀鼓鼓的,是不是消化功能也出问题了。"

"这个该死的天,开水也不烫。"

她说她的,2号抬着盆到外面打水去了。4号的老太太除了睡觉,像什么也听不见。

妈妈坐在我们病床上,主动跟3号搭讪。3号倒也不在乎跟妈妈熟不熟,不在乎她开始对我们的态度。她大概早就忘记了。

妈妈问她来了多久了。她说她来了很久了，怕是永远都出不了院了。妈妈就不敢再问什么了。

妈妈告诉她自己每天要去开会，没有时间留在医院照看我们，说着说着妈妈就哭了。她倒是仗义，自告奋勇地说她会替妈妈照看我们。这让我误以为，她们从前就认识。妈妈临走的时候，走到她的床前道别，做了个自我介绍。那个3号说她姓邰。妈妈就回过头来对我们说："好好听邰阿姨的话。我走了。"

妈妈一走，病房就如同一块镂空的锈铁，腐朽、枯旧、漏洞满天。我感到身体正慢慢扎进些镂空的洞里，被吸附变成荒草。我的身体正如那些从石缝里钻出来的草，歪曲着无依无靠地散失在空气中。

护士正在给姐姐拔吊针。我看着天花板，护士走到我身边拿起我的手，然后她用手捏了下吊瓶下滴水的塑料管。她说吊瓶漏了，就将针头拔了出来，挂在吊瓶上。

护士走了，我抬起手来，我的手肿成了一个小馒头。我心里难过，就哭起来。

"你还小得很，是不是？"

3号的声音像夹了沙子抛出来，吱吱嘎嘎响。我立刻停下来。我躲进被子里不敢将头露出来，我怕那个声音飞过来炸烂我的头。

姐姐从我的脚下爬过来，钻进被子说二妮不要哭！我就咬着牙在被子里抽噎。姐姐拉着我的手，我第一次感觉到，我们是一家人，我们要共同面对一个敌人。

4

邰阿姨一晚上都在说话，即使是在梦里，也能听到她的声音。半夜里醒来，外面下雨了。有一阵雨打在屋檐上的声音，让我误以为自己还在家里。雨点像打在我们家的屋檐上那般清晰，心里庆幸还睡在家里。

病房里杂乱的声音，让我很快回到了梦魇样的现实。呼噜，大若雷声的呼噜，一起一落都带着风暴气息。我想钻进被子里。

姐姐睡觉蜷缩得像一条狗，占去了床的大半位置，我被她挤在床沿上被子悬空。我动一下她就挤我一下。我快掉下床了。

天快亮时，3号起来了，她大声地抱怨她的鞋子走哪里去了，抱怨太冷了，护士还不来给她送药想害死她。

她用火钳捅炉子，满屋呛人的烟尘。有人咳起来，昨天那个女人骂了她两句。只管自顾自说炉子要熄了冷死人了，不会有人管别人死活。

她趿着鞋出去了，哼踏哼踏地走着，声音震天响。她在走道时喊护士，叫她们快点送药她要痛死了。走道上的护士一边答应一边走到别的病房去。然后她朝着洗手间走去，声音还在过道里回荡。

她回来时，护士已经将药摆在她的桌子上了。她坐下来，慢慢将药抖到手里，往茶缸里倒了热水。护士进来，抬着打吊针的药水进来，她就叫起来说："今天比昨天晚了20分钟，你们想要我快点死，也不能这样啊。"

护士平静地将托盘放在床头柜上说："放心，你不会死的。"

她就哈哈地笑起来，爬上床躺下来说："你净会说不负责任的话，你怎么知道我死不了？癌细胞已经在我身上遍地开花了。"

护士认真地在她手上找着血管，一针扎下去后，吊瓶里的盐水迅速地滴了起来。护士直起身来说："误诊，完全是误诊。"

走道里热闹起来，护士推车的声音，说话的声音和咳嗽的声音，让我明白一个新的早晨，陌生的、没有爹妈的早晨来了。

我被闹了一晚上，这会儿反而想睡了。

护士在病房门口喊着病人的床号，她们拿着药一边端详一边喊：2号，李桂珍。3号马上说："她上厕所去了。"护士把药送进来后，她们回到门口又喊：3号！护士还没有喊出名字，3号就大声叫起来："喊哪样嘛，喊得那样难听，早就给你们讲过了不要喊这个号。"

护士笑起来说："不喊号，拿错药了怎么办？"

3号说："但是也不能把别人喊成月经啊，你们直接叫名字不就是了。"

护士不说话，只管笑着把药拿进来。3号把床翻得吱吱嘎嘎响，她抬起打吊针那只手，用另一只胳膊撑在床上。她下到地上取下盐水瓶，晃晃悠悠地走出去。

我悄悄问姐姐什么是月经，姐姐想了一下说，就是她的外号。护士把我的手抓过去扎针，我紧紧地攥着拳头，心里想着月经未必是3号的外号，一阵疼痛让我忘记了满脑子的那个词。

护士没有找到我的血管，已经将针头拔出来了，接着她不假思索地又将针头扎进去，能感觉到她拿着针头，在我的肉里面探找血管。我忍不住叫起来。

护士说："小朋友坚强点，不然针断在肉里就找不到了。"

我把拳头攥出汗来。护士换了一只手，她在我的另一只手上拍打了几下，举到眼皮底下说："这个小孩没有血管。"

3号突然笑起来说："没有血管还叫人吗？你自己技术不好，说人家没有血管。"

护士不说话，她还在认真地找，她拿着一支蘸了酒精的棉签，在我的手背上划来划去。她就要扎了，针眼里跑出来的药水冰冷地滴到了我的皮肤上。就在她的针扎进我的皮肤的瞬间，我昏了过去。

妈妈是晚饭时来的，她的身上带着野外的寒气坐在病床上，屋子里的暖气还没有被她的衣服吸收。知道我晕了，她又开始哭。

3号说："不要大惊小怪，那是她太紧张，晕针。"

妈妈哭得嘶啦嘶啦的。开始的时候，我还能从妈妈的哭声里，获得一种孤苦无助的抚慰。她哭着哭着就变了调，让我感觉到她后面是太想哭了，不是因为我。很久以来，她一直这样，她动不动就会哭，一哭就不想收场。

3号有点不耐烦了，她掀开炉盖往里面倒煤，她一边倒一边骂骂咧咧，用火钳敲得炉子砰砰响。煤烟呛鼻，她一边咳嗽一边往地上吐了一口痰。

她说，没什么好哭的，除非死了。死也没有什么好哭的，就像我明天也许就死了。

5

妈妈不在的时候，3号总是不准我们这样不准我们那样，连吃饭都不准挨近炉子。我们在病房里畏手畏脚，她会突然吼叫起来，两只眼睛像要暴出来一般瞪着姐姐。姐姐虽然怕她，但是并不想听她一天指东道西的。

她整天说她要死了，夜里发出来的声音，一天比一天大。我怕她像她说的那样晚上死了，我们还跟她睡在一个屋子里，常常从睡梦里惊醒听着她的呼噜声，一直到远处的鸡叫。

鸡叫三遍，外面的雪停了。想着又要踩着积雪到食堂打饭，从高高的坡上往下滑，雪灌进鞋里，回到病房又要挨骂。只有冻着脚湿着鞋等3号睡觉了，才能在炉子上烤一烤。

不过有烤红薯的时候，3号就会变得温和起来。妈妈每次来看我们，会用篮子提些红薯来。

3号打完吊针，她会将红薯放炉子里。她不说话的时候，喜欢站在窗前，半开着窗子往外看。

外面是个花园，几棵夹竹桃，上面积了雪，菊花早就在下雪前冻死了。冬青树一丛丛地，隔开了人行道和花园的距离。雪落在冬青树上，会让人觉得冬天很美。

麻雀飞来停在夹竹桃上，蜻蜓点水似的，刚一落下就又飞走了，抖落些雪下来。对面病房的一个小男孩，总是把球滚进冬青丛。他进园子捡球，3号就会冷不丁地吼一声："谁家小孩?"

男孩抱着球跑出很远了，还回过头来看她。她从中获得了许多乐趣似的，就又再吼一声。我轻手轻脚走到炉子边，刚把手伸过去，准备往里面再放一个红薯，一抬眼正好遇着她转过背来。她一动不动地盯着我，好像要从我们的眼睛里穿过去，让我们进退两难毛骨发怵。

姐姐还在打吊针，护士进来给别的床换药水，3号拿出几张化验的单子，她慢慢地一张一张地翻着看。我提着温水瓶走出病房。我以为她的注意力在别的事上不会看到我。她在我身后大声一喊，我还是哆嗦了一下。她大概是叫我不要拿温水瓶，我假装没有听见，突地跑起来。

我跑得飞快，很快就从走廊里跑到外面来。踩在雪地里，吱嘎吱嘎的声音，让我忘掉了3号的声音，我把我的脚故意抬得很高故意撩起雪来，让它粘在我的鞋和裤腿上。

太阳出来了，照在雪地上让人睁不开眼。麻雀叽叽喳喳地飞过树丛，它们落在雪地里，相互争抢着，其中一只突地飞起来，它们又都急急地飞走了。

食堂在坡顶上，坡上的雪光耀眼白茫茫一片。我沿着雪地里踩出的脚印，弯曲着爬上坡去。

看到食堂的屋顶冒出大股的热气，知道已经开饭了。

我加快了脚步。排队打饭的人，稀稀拉拉地站在食堂前的小坝子里，低矮的屋棚下面是开水锅炉。我拧开水龙头，热水就哗哗地出来了，眼看开水瓶就要满了，我慌乱地想关掉水。可是我的一只手提不住水瓶，热水哗哗地出来淋到我的手上。

我大叫了一声，有人从我的肩上伸过手关掉了水。还好水是一早烧开的，到了这个时候变成了温水。否则我的手会去掉一层皮。

将温水瓶靠墙放下，我跟在人群后面朝打饭的窗口靠近。我将饭票紧紧地捏在手里，到了窗前手一松，饭票就全掉在食堂盛饭的桌面上。

满头是汗的胖男人，肩膀上搭了块白色的毛巾。他看我一眼拉下毛巾擦了一下脸，接过我手里的碗，大概知道我不认得饭票，将饭递到我手中。然后从那些皱巴巴的票里理出两张，就又一把抓了递给我。

我提着装了水的温水瓶，抬着饭往回走。站在雪坡上，往下看我胆怯了。想着自己会突地从雪坡上滚下去，滚到坡脚人仰马翻的样子，每走一步我就停下来迟疑不决。

我的身体与土坎的距离缩短，温水瓶几乎就拖在地上。我想3号是对的，她知道我打了水无法走下坡去。我站在雪坡上，放眼朝我们家住的地方望过去。到处是一片茫茫的雪地，苹果树林隐蔽在雪雾之中，道路是一片雪白，路上没有一个人。我看到的是一片渺茫。

有人在我身后走来，我让开道踩进积雪里。他们从我身边走过去了，没有什么不一样的。也许我在他们眼睛里什么也不是，我的存在和我遇到的困难，也都什么也不是。朝前拖了一下温水瓶，我想既然提不起来，我就拖着它走。

瓶胆碎裂的声音，不是同时发出来的。它"哗啦"地响过之后，又响了第二次。我停止拖拉它，瓶胆的碎片从瓶底垮下来。我知道完了，我们家的暖水瓶碎了。

打饭的人一个一个地从我身后走完了，四处一片寂静，鸟从远处斜斜地飞过电线杆。我站在空空荡荡的雪坡上，望着我们家住的方向，张开嘴巴哭了起来。在这个四处没有人的地方，大声地哭，没有人会制止我的。

我哭得翻江倒海痛快淋漓。

姐姐出来找到我时，饭菜早已经凉了。

那天下午，我坐在水管上，太阳的光折射在病房的玻璃上，我一直仰望着天，希望看到"美帝苏修"的飞机，想象着它飞来的情形。

可是天空灰蓝蓝的，我只看到不远处铝厂冒出来的烟，在太阳光下聚合消散。

6

妈妈坐在炉子前给我们大家烤红薯，3号到检查室去了。说是有北京的专家来医院。2号说3号在这里住了三个月的院了，医生说她活不过半年，院都不用住了。她就是要住院。

妈妈说："要死了，还那么大的声音，那么多的话？"

2号就笑起来。妈妈递给她一个红薯，她一边剥皮一边说："她就是怕死，才不停地说话。"

妈妈说："你真会开玩笑。"

"没有开玩笑。我和她在一起住了很久了。她不说话时，真的就像死了一样。"

妈妈说："她什么病？不就是肝炎吗？"

"她的病一直没有确诊。医生说有可能是肝癌，但已经转移了。"

妈妈埋头翻红薯。4号床来新病人了，原来的4号的东西都还没有拿完，就来新病人了。是个小孩。我很高兴病房里来了个小孩。

她站在门口，歪着头谁也不看。护士把床单换好后，对我们说："新来的，也是没有大人照顾的。交给3号。"

妈妈举起手里的红薯说："小孩，过来。"

她嘟囔着偷偷看了妈妈一眼，身体往前耸了一下，整个人扑到门上。

3号回来了，悄然无声。她的身体像灌了水，整个人湿渌渌的。她没有了声音，反而变成了一团黑沉沉的影子，带着外面的寒气扑进病房，眼睛幽幽地像夜里放光的磷火，她不看我们，只把眼睛落在窗户上。

2号迎着她说："怎么了，专家会诊怎么说？"

3号不说话，脸青面黑地走过我们。她身上有一股浓浓的"来苏水"的味道。

护士把盐水瓶挂在4号床上。人呢？护士问。跑了，没有人看见她跑到哪里去了。她的妈妈来了，放下手里的药单子和装药的盒子，转身找孩子去了。

病房里一下子安静下来，是那种死寂的安静，让人害怕和不安。

4号打吊针的时候，总是把脸朝着墙。有人走过去，她就会把身体缩得小得不能再小，全然不在乎手上吊着针。

姐姐说4号有点邪，所以把她叫作小坏。姐姐说管她叫什么名字，你看她是不是有点坏，医生不准她到处跑，脸都跑青了还跑。

小坏的妈妈跟我们的妈妈一样，隔三岔五才能来一趟。本来是想把小坏交给3号管的，可是自从那天会诊过后，她像变了个人。她不说话也不吃饭，整天靠打吊针活着。

最要命的是她每天深更半夜爬起来，两只手拍得啪啪响，说是有蚊子。不仅她打蚊子，还吆喝我们起来打蚊子。

2号说："大冬天哪里来的蚊子。"

她坚持说有。她说有的时候，态度坚定，力量充足。2号说她分明产生了幻觉，看来她离死真的不远了。

我们习惯晚上醒着，听她打蚊子。也不知道她哪里来的劲，白天睡觉像个垂死的病人，奄奄一息，晚上在床上活蹦乱跳。我们都认为3号怕是活不了几天了。

2号说，一个将死的人，她带给我们的不是恐怖，而是死前的寂静和热闹。这一点我们都得感谢她才对。

每个混乱的清晨醒来，冰冷的雾气里总是有很多杂沓的声音。吃药打针，推车从过道里哗啦啦滚过。护士的皮鞋踩在凹陷的水泥路面上，从园子对面的人行道上传过来。

2号每天都在预测3号的死讯：她还死不了，至少今天或者明天，她打蚊子的声音还那么响亮。

夜里即使3号打蚊子的声音，向后推迟了一小时，我也会醒来，在黑暗中静静地等待。我怕她不打蚊子就死了。我怕跟一个死了的人同睡一个房间。

我们可以根据她打蚊子声音的大小来判断她的死期。她还死不了，我就放心了。至少她在晚上还死不了。

想到她也打不了几天了，大家就都替她数着日子。

白天，她躺在床上，两只眼睛深深地嵌进天花板里，一动不动地像陷在黑暗的陷阱里的动物一样，惊恐的时间在它陷进去的瞬间就已经过去了，余下来的时间，是等待自己的肉身慢慢朽坏坍塌。一个人没有死，但她已经看到自己死后的一切，甚至看到自己死去的经过。

2号往炉子里填煤，屋子被浓重的煤气包裹了。

3号猛然间转过身来，她的转身很迅速，她先伸出一只手空划了一下，虚弱地叫一声2号。2号还没有来得及答话，她就突然坐起来了，她脸上青筋乍现，神情恍惚让我们相信她的确离死不远了。

"2号，你记着，你还欠我二两饭票。"

2号愣了。她放下火钳，很久才缓过一口气说："是的，是的，我还差点忘记了。"

小坏从炉子边横过去,她的玻璃弹子滚到了3号床底下。她正欲爬进去,2号一把将她抓了起来说:"你看不见尿盆啊?"

小坏退回到床边,姐姐凑到她跟前,问她叫什么名字。她不理会,一歪一扭地退到门口,然后转身就跑。每天打完吊针,她跳下床就往外跑,医生说你少跑。她就白医生一眼,照跑不误。医生说小坏心脏不好,我们都不相信。她每天在外面玩得筋疲力尽,满头是汗满脸污黑瞪着眼喘着气,坐在床边上。护士们逮着她就往她手上扎针,而她总是东张西望,一切与己无关的样子。

小坏大概是上学了,她的床上有一本语文课本。她总是把书翻到"乌鸦和狐狸"这一课。这个故事我们听妈妈进过很多遍。狐狸从洞里出来,因为它看到了乌鸦的嘴里的肉,于是它就骗走了乌鸦嘴里的肉。

我在她翻开的书页上看到狐狸叼着那块肉,一副志得意满的样子,弓着身子往洞里走,而乌鸦仍然站在树上为她高唱。我就会心惊肉跳,就会感觉那只乌鸦就是自己。谁让它唱歌的?我也唱歌,卢阿姨诱哄我唱我就唱,唱得她笑岔了气。

外面又下雪了,到处白茫茫的什么也看不见。感觉世界与我们完全隔开了。我就担心妈妈如果来看我们,在大雪中她会迷路。3号照样打蚊子。听见外面下大雪,她翻身起来坐着。护士进来打针,她把手伸在桌子上。护士说你今天气色好多了。她不说话。

护士说4号先去查尿。小坏看看姐姐转过身扑在床上,两只脚向上翘起来。3号问护士几点了。护士看了一眼手表说:"还早。"

3号说:"2号,你欠我二两饭票,无论如何你今天要还我。"她的声音很小气若游丝,给了我们她要死去的不好信号。

2号说:"我会还你的。"

她说："今天。"

2号好像突然就生起气来说："你慌什么，反正你又不吃饭。"

她说："我吃不吃饭是我的事，你欠了我的就得还我。"

2号在用我们的温水瓶倒水，我用眼睛瞪着她，希望她下次不敢再用我们的温水瓶了。妈妈交代过不能摸别人的东西，怕相互传染。大家得的都是肝病类型但细菌不同，传染上后相当麻烦。姐姐认为这依然是妈妈骗我们的照样我行我素，拿小坏的书拿她的糖纸来看。

小坏偶尔会跑到姐姐跟前停住，歪着脑袋看姐姐吃饭或看小人书。有时候她也想用她的脏手，翻一下姐姐搁在床上的小人书，她总是偷偷摸摸的样子。每次她一抬手，姐姐就说："你敢动！"

她缩回手就飞快地跑出门去。绕一圈又脏着脸跑回来，背着手咬着嘴皮，站在姐姐跟前。姐姐说："你走远一点，小心我放个屁冲死你。"

她就瞪着眼朝后退，生怕那个屁真的冲出来要了她的命。在病房里她谁也不理，唯独对姐姐感兴趣，惧怕姐姐又想接近她。而姐姐总拿她不当回事地呵斥她，用屁来威胁她。

小坏吃饭时总是蹲在地上边玩边吃，用手抓蚂蚁把它们按死在地上，或吐口水淹没它们看它们挣扎，用小石块压在它们身上。一碗饭她要吃上一两个小时。不管听到外面有什么声音，她会把碗放在地上就跑了，跑够了回来拾起碗又吃。姐姐站在她面前，她抬起满头是汗的脸，眼睛翻到只剩下眼白地仰着头。

姐姐笑着蹲下身去对她说："小坏，我给你说。"

她摇晃着头将一根筷子咬在牙齿上说："我不叫小坏。"

她显然很高兴，她保持着那个动作歪门邪道地看着姐姐。

姐姐说："我告诉你一个秘密。"

口水从小坏的嘴里顺着筷子淌到她的手上。姐姐转过头来看了我一眼说:"你放屁的时候,把手这样抬起来。"姐姐把手抬到小坏的眼睛底下:"屁就会从手上出来,不信你问她。"

小坏抽出嘴里的筷子。她也看了我一眼,迟疑片刻她朝我走来。她说:"她说的,如果放屁,抬起手屁就从手指上流出来。"

我不置可否地说是的。因为这之前姐姐就是这么给我说的。小坏歪歪扭扭地回到姐姐跟前,她蹲下来继续吃着碗里的饭。姐姐毫不犹豫地举起手伸出两个手指,比出手枪的样子,对准小坏的碗很响地放了一个屁。

小坏先是一愣,然后她丢掉手里的碗,坐在地上号啕大哭。她的哭声开始引来一阵爆笑,渐渐地我们安静下来,我们被她的哭声吓坏了。紧接着她开始翻江倒海地呕吐,躺在地上打滚,医生和护士把她抱起来,她又滚下去。有几次,她哭得岔了气,脸憋得乌青发紫。医生和护士把她强行抱到床上,绑上带子给她打镇静的针。

那一夜,小坏一直在哭闹,医生给她量体温,烧得很高。夜里护士来给她打吊针,折腾了一晚上。姐姐知道惹了祸,天不亮就起来了,她跑到外面去躲小坏的妈妈,她知道小坏的妈妈要来医院,照管小坏的护士已警告姐姐,通知了小坏妈妈。

天亮了,一缕光亮透过窗户玻璃照进病房,我偷偷地朝小坏的床上看了一眼,盐水瓶还在她手上吊着,她很安静,病房里也很安静。

走道上传来护士走动的声音,早上的治疗开始了。我静静地等着疼痛的开始,把一只手伸出被子,好让护士不要问我扎哪一只手,反正都是疼。

那声尖叫,就是护士往我手上扎针时,突然发出来的。给小坏扎针的护士双手捂住脸。她死了!接着病房乱成了一团,外面的医生跑进了我们的病房。我把头从被子里伸出来,看见医生围绕在小坏的病床前，一个医生翻开小坏的眼皮说："已经没有救了。"

小坏死了。医生说是死于心脏病。小坏有先天性心脏病。

下午，3号最后会诊的结果出来了。误诊！她没有得癌症。

皂角桠和蚕

1

我从树上跳下来,高高举起手里的麻雀窝。我们胜利了,迎着风跑起来。

我第一次掏到了有蛋的麻雀窝,真是老天有眼啊,没让我从树上摔下来。如果我从树上摔下来,会掉进池塘里。我踩断了树枝却没有掉下来。

麻雀刚刚被我们吓飞,蛋还是暖和的。我把它抱在怀里,沿着皂角桠那片树林朝着马路上跑。麻雀的叫声尖厉急促,它们要把林子叫塌了,因此我们越跑越快。

三妹在后面追着我。我不肯将战利品给她,就往田土里跳,增加她追赶我的难度。没想到麻雀蛋会在我跳跃的时候浪出来,然后被我一脚踏上去踩碎。

三妹看见麻雀蛋被我踩碎了,哭着来打我。

我们从皂角桠的土路上,一直跑到了毛主席像台前。我爬上像台,她站在下面拉住我的裤脚,如果不是我故意要从上面掉下来,她站在低处个子又小,怎么也无法将我拉下来。

我想吓唬一下她,我一松手从上面摔下来跌在石台上。

我想站起来，可是我怎么也站不起来，我的腰痛得厉害。三妹蹲下身来，她用她的手摸了摸我的头，我的头上净是汗。我感觉我的痛是从身体里面出来的，那不是一般的痛，我的身体一定是破了口子。

我以为医生是万能的，他能凭着肉眼看到我的内脏。所以当我弯着腰去到医务室，医生给我量了体温。他说没有事，我的痛感居然消退了很多。

夜里我蜷缩在床上，我们家的门一开，屋外的声音就涌进来了。接着是几个人，他们吵吵嚷嚷地在我们家翻来翻去。我不知道是抄家，昏昏糊糊睁开眼，妈妈站在我的床边。

她打开我们家的圆形黑木箱，那是一个带锁的箱子，是我的姥姥结婚的箱子。尽管已经非常破旧，我们都能懂得箱子的分量，我们家贵重的东西都锁在里面。

一个人转过背来，妈妈将箱子倾斜着让他看。

他们出去了，妈妈关闭箱子时，她惊慌地叫了一声："天啦！谁尿的血尿？"

痰盂就放在箱子跟前，那是为了我们晚上起夜方便。去厕所要走很远的路，还要穿过一片苹果树林，夜里没有手电时，我们都会蹲在外面方便。

就算是在蹲在外面小便，也不一定就都是安全的，我就在黑暗中踩到破瓶子上，玻璃扎进我的脚里，划出一道很深的口子血流如注，我的整个鞋子都染上了血。

妈妈就说晚上不用跑厕所了。

我以为早早躺下去休息，第二天我的腰就会好起来。

妈妈俯下身来，她的脸离我很近。

我不敢吱声，灯光下的妈妈的影子在墙上，是白天的三倍，头发蓬松在光下形成光圈让我眩晕。我将头缩进被子里。

我能感觉到妈妈将痰盂抬起来，举在灯光下来回地看，当她再次确认是血尿时，她哭出来的声音里全是委屈。

2

皂角桠是个只有几户人家的村子，隐蔽在树林里。离我们不算太远，村外长满了皂角树，农场医院的分院就叫皂角桠医院。

清晨，牛群沿着土路从刚刚散去雾气的树林里出来，骑在牛背上的孩子也沾染了湿气，一路吹着口哨湿乎乎地走来。我躺在马车上，牛身上的腥臊味黏着空气中的湿气，是那个早晨最不堪忍受的气味。

马车在土路上每晃荡一次，我的腰疼就会加深。距上次住院不久，我又住院了。

医院在山顶上，马车只能停在山下。当然它也可以从后山上去，那儿坡陡路窄，如果遇到有别的马车下去，两车相会必然无法通行，所有的马车基本上都会选择停在山下。爸爸抱着我登上石坎前，他停在一棵青冈树下，他铆足了劲儿想一口气走上去。走到半山腰时，他不得不停下来。妈妈从后面赶上前来，她放下手中的被子强行夺过我。爸爸按着他的胃，站在树下仰着头看我们。

医生说爸爸十二指肠胃溃疡。我和爸爸住在一个病房里。

每天天还没有亮，爸爸就起床到走廊尽头的开水房，打还没有完全烧开的水，然后叫醒护士给他打针他就走了。他进了场部的学习班，如果不是生病，每天都要吃住在那里。

上午10点打完针，这个时候的太阳从破了的木头窗照进来，开水房的锅炉总是被人打开，煤烟顺着风飘来，走廊里有一只不知名的蜂子嗡嗡地飞在一束光里。

锅炉龙头咻咻地冒着热气，由于长年滴水龙头下的石头嵌入了一层黄色的水锈。我喜欢用一只手按下去，在那层锈蚀的石面上滑动。其实锅炉里已经没有水，或者仅剩的水沉到出水口的下面，有人来接水，水没有了，接水的人愤然而去，没有关掉龙头，里面的热气就一直往外扑。

烧锅炉的人以为我在按水龙头，刚从房角拐过来，不问青红皂白地吼叫一声，然后我拔腿就跑。锅炉里的水早就没有了，他以为是我放完的，骂骂咧咧地用铲子一边往锅炉里盖煤，一边用铲子敲打架在锅炉上的铁管。

我爬上窗子坐着。我们的病房在五楼，是这个病区的顶层。我坐在那里，就像坐在树荫下，高大的银杏树正好挡住了太阳。太阳的光芒细碎地落在银杏树叶上，如同水面上跳动的波光随着风晃动。望着弯曲的土路，远处地里马铃薯正开花，紫色的花经过太阳的光照，星星点点落在浓密的绿色里，一个农妇在地里薅草。此时的阳光，泼洒在那片开阔的土地里，让万物有了一个更充足的空间，紫色的花变成了一种想象。

爸爸还没有在土路上出现，我能清楚地看见隐蔽在树林里的皂角桠，炊烟从树林深处冒出来，狭小的村子在顷刻间有了生气。

喜鹊总是把窝搭在最高的树上，它飞翔的速度，使树枝给我一种直插天空的错觉。

土路两边的皂角树，高大茂密地沿着道路伸展。到了秋天，皂角从树上掉下来，掉在被雨水打湿的树叶和枯了的枝丫上。我们扒开湿湿的树叶，皂角就东一个西一个地露出来，成熟了的皂角是栗色的，陡然地现在眼前。

我们把皂角捡回家去，堆放在桌子下面，可以用到来年秋天，它再次从树上掉下来。

皂角用来洗头可以算是好东西，能让头发乌黑发亮。皂角桠住的苗族人都用这种天然的植物洗头，个个都有一头乌黑的好发。特别是苗族妇女，她们的头发拧成一个大大的发髻，高高地悬在头上，让人觉得那是一座座绕满藤条的山丘。

用皂角洗头是土方法，因为先要用盆烧了水煮，一直要将皂角全部煮烂。没有经验的妈妈，总是把我们洗得满头是皂角的渣。因为妈妈不知道皂角水熬好后，要用纱布滤一道才能洗头。

她每次熬了皂角水，分别将我们按在膝上，一个接一个地洗，像洗地瓜一样，然后弄得我们满头是渣。

妈妈一边用滚烫的皂角水给我们洗头，一边抱怨皂角总是难以将头洗干净。就因为每次给我们用了没有过滤的皂角水，头发上的渣怎么都清洗不干净。

妈妈说："等头发干了，你们互相把渣捡一下。"

我不喜欢那种又干又涩又烫的感觉，皂角总是洗不出泡沫，妈妈就用手在我们的头皮上干搓。

有时候，皂角水流到眼睛里，刺得两只眼睛火辣辣地疼。

妈妈喜欢烫水，也许她以为水越烫头就洗得越干净。我们大叫着说烫，妈妈总是很相信自己，不相信我们的喊叫。她会说怎么会烫了，水是从我的手上流下去的。

我就以为我对烫的判断有问题。四妹就不会忍受，她大哭大叫，弄得妈妈下手时，她的信心受到了干扰，才开始怀疑水真的很烫，然后才会往盆里加冷水。

给四妹洗头好比杀猪。妈妈一个人按她不住，每次都要叫我按住她不断蹬打的脚。我是按住她的脚了，心里却巴望着她挣脱出来，或者使劲叫喊，以示对妈妈那样自信的惩罚。

每次快结束时，妈妈都要扒开四妹的头发说，难怪她这么横，头上长两个旋儿。

透过四妹黑而笔直的发根，我看见她的头皮被水烫得通红一片，而妈妈总是闭口不提她的头皮，这让我觉得妈妈的心狠。

四妹从妈妈的腿上滚到地上，还不肯停止哭叫，妈妈将她一把抓起来，她不依不饶地又滚下去。信奉棍棒底下出好人的妈妈面对四妹的横，却一次也没有用过棍棒，任由她哭泼得昏天黑地。

妈妈把抽噎着的四妹拉到面前站着，哄骗她要给她梳个小妈妈头。也许她对妈妈这个词有特别的想法或者崇拜，这个时候她会渐渐安静下来。

太阳落在了山的背面，它的光芒正迅速地从我们的视线里退去，四妹从房屋的背阴处，歪歪斜斜地走过来，她的手里拿着一毛钱，还有一两粮票。也许她知道是钱，高高地举过头顶，看见我们时，她歪斜地快跑了几步，差一点被绊倒。

妈妈看着她手里拿的钱，提高了声音说："哪儿来的钱？"

四妹反过身朝后指了指，那是军代表住的屋子，门前有一棵梧桐树，梧桐树叶和梧桐籽飘了一地。

妈妈把脸一沉说：从哪来的放回哪儿去。

四妹就又歪歪扭扭地走回去，走到梧桐树下时，她将钱和粮票放到地上，弯腰捡了一颗梧桐籽放到嘴里吃着，然后拾起地上的钱走进那间开着门的屋子。屋子里没有人，落日的光亮通过窗子照进屋子，四妹站在那一抹光里，丢下钱回过头来指着地，意思是她在地上捡的。

妈妈在四妹进屋的时候，顺手在地上捡了一根小棍子，等她放下钱走过来，妈妈就拿起她的小手狠狠地抽。她哭的声音满天飞舞，也许知道理亏小脚绊着石头，一跤摔下去也不敢在地上打滚，只敢依着先前的声音继续哭叫。

军代表是个干瘦的面黑的男人，他穿着军装走过来，站在梧桐树下。他笑着说："小嘎子。"

这是他们对四妹的别称，因为三妹叫小将，四妹叫小兵。小兵"横"，小将"野"，仿佛她们的性情都是顺着名字来的。三妹小将野得浑身是伤。她迎着下山的太阳，走来，血顺着她的腿一直淌到了脚踝，连鞋都打湿了。她的膝盖上裂开了一道口子，跟她张开哭喊的嘴一般大小。

妈妈说："谁打了你?"

她就哭得更加猛烈起来，转过身朝后指着一棵苹果树，她从上面跌下来。我弯身下去示意她爬到我的背上来，她一边哭着一边绕过我。我看见她腿上淌下来的血凝固后现出的黑色，我想她痛的劲儿已经过去了。

3

每次爸爸总要从那块开着紫花的马铃薯地里穿过来，然后他上了土路，走过皂角桠的村口。乌鸦会突地从树上飞过他的头顶，叫着飞进村子外面的树丛。我看着他朝着山下走来，看他上了石阶等他走到那棵青冈树下，他停下来抬头看天时，我怕他看见我坐在窗台上，就悄悄地离开窗台，爬到床上假装一直在睡觉。

爸爸进屋来，我从被子虚开的缝隙看他。他显然比每一次都高兴，以往他喊我两声也不管我是否听见，反正他相信我是听见了的，提了暖瓶拿着饭钵转身就出去了。爸爸跟所有耳朵有问题的人相反，别人总是担心所有的人跟自己一样听不见，而爸爸只相信自己的耳朵不好，别人都能听见。这一次，他不仅确信我没有听见，还故意把声音提高到了他自己也没有把握的程度。

我把头从被子里探出来，他坐在床头柜边的那张破椅子上，好几次他坐在上面，椅子歪斜他都险些摔到地上，所以他坐得小心翼翼。他笑着红光满面地看着我，手里捧起一个盒子，故意将里面的东西露给我看。是蚕卵密密麻麻地布满了盒子，我觉得肉麻。

我的眼光落在爸爸嘴巴里的金牙上，爸爸因为有了那颗金牙，笑起来嘴巴总是歪的，嘴歪的程度代表他高兴的程度。我不止一次问过他的牙齿是什么，他总是逗我说从战场上死人嘴里拔下来的。爸爸去过朝鲜战场，他的耳聋就是炮弹炸的。可是妈妈却故意说他是小时候淘气，被奶奶一顿乱棍打的。

我不知真假，宁愿相信是炮弹炸的，这样会有英勇和光彩的感觉。

妈妈每次听到爸爸逗我说牙是从死人嘴里拔的，她就会生气地从缝纫机头那儿，歪着头骂上几句山东土话。

妈妈的嘴里含着刚刚咬断的线头，一边把机子踩得哗哗响，一边用手压着布裹边。

爸爸对妈妈骂的山东土话特别受用，像得到了某种赞赏，嘴巴歪得更厉害了。他当年所在部队的营房，就紧邻着海边妈妈居住的村子。一个排的士兵驻扎在村外，妈妈每天上学都要经过营房，爸爸就借送钢笔给妈妈给她写了封情书。实际上他们的姻缘，还在于我的二舅，他的枪走火惊动了海边巡视的爸爸。他听到枪声跑进村子，二舅歉疚地站在草屋门外，他自我介绍说自己是村支部书记，还不会使用枪，所以走火了。

这个场景我始终记得，是妈妈给卢阿姨说的。爸爸的身后跟着两个士兵，他腰里扎着皮带，手枪就别在皮带上。我还在这个场景里加入了大雪，爸爸穿着棉军装腰里别着枪，手扶在枪壳上。我在照片上看到的棉军装，他威武庄严帅气，从屋子里听到说话声走出来的妈妈，就在那样的时候看到了爸爸，或者是爸爸看到了妈妈。

4

吃完饭，我和爸爸坐在银杏树下，太阳从我们的身后照过来，影子映在地上。

爸爸用碗里的水蘸在手指上给我梳头，几个女护士从食堂那边走过来，她们甩着手里的碗，大概是刚才吃完饭洗过的碗。她们嘻嘻哈哈地停下来，相互靠着看爸爸给我梳头。

爸爸的手本来就拙，被护士们一看，他的手就抓不住我的头发了，不停地将手放在碗里蘸水。她们就取笑说："你真行哈，用碗来给女儿洗头。"另一个说："人家是在梳头。"她们就哈哈地又笑起来。

我觉得一点也不好笑，她们却笑得起劲，笑得爸爸失去了信心，他的手几次突地松开了我的头发。我歪过头眯缝着眼看见爸爸的脸都被她们笑红了，他的嘴巴歪曲着。

我头发碎短，爸爸用毛线缠绕不住，一松手就垮散下来。一个护士从手腕上取下胶筋，抓过爸爸手里的碎发，在我的头上竖直了一个冲天的小鬏鬏。

我感到头皮发痒发痛，就用手去扯它。护士把身体凑到离我和爸爸不到一米远的距离，她弯下腰来，她的胸正好在爸爸的脸部的位置，爸爸往后让了一下，别的护士就又笑起来。爸爸红着脸站起来，他有些慌张说要去学习班了。我看着他走下石阶，然后走到土路上，慢慢地变成晃动的一个点。

我趴在石桌上看盒子里的蚕卵，已经可以看到卵里的小黑点。我的视线被影子挡住了，我抬起头来，一个小男孩站在我的侧面，他把暖瓶放在地上，专注地看着我的盒子。

我说："你是谁?"

他不说话摇摇头，转过身去提开水瓶。

我说："你打完水来跟我玩。"他提着水瓶走了，很快我就看见他从食堂门口走过来，提着空空的暖瓶。他回到先前站的地方，我示意他过来看。他把身体凑过来，趴在石桌上，用手支着下巴，瘦小的身体弓成一条虫的样子，肩胛骨突在外面。

我说："你住哪里?"他回过头用手指了一下那栋红砖黑瓦的

平房。然后他埋下头，他的眼睛被阳光下晃动的树叶，蒙上了一层灰暗的影子。我知道那栋病房是就业人员的病区，后面就是停尸房，爸爸专门强调过我不能跑到那个病区去，为此他给我讲停尸房闹鬼的事。

我将头凑过去跟他一起看盒子，我说："你知道哪里有桑树的叶子吗？"

他点点头。

我一下子高兴起来说："你叫什么名字，明天带我去摘桑叶。"

他还是点头。

我说："你怎么只会点头，问你叫什么名字，难道你是哑巴？"

他看着我，又点点头。

豌豆，这个词突然就跳到了我的脑子里。他长得像豌豆。

我说我叫他豌豆，他摇头。但是我还是叫他豌豆，因为我无法知道他的名字。我说豌豆明天早上打完针，你就到五楼病房来找我，我们去采桑叶。他笑着转身提着空空的暖瓶朝着他住的病区走，身上的蓝布褂子由于太大，穿在他身上像个袍子。

第二天我打开盒子，蚕果然出来了。一条条细小如丝，黑头密密麻麻地蠕动。我听见护士的推车在走道上响起，立马关了盒子扑在床上脸朝下埋伏进枕头，一只手搁在腰上，以便护士站到床边，顺手拉下裤腰听凭她们在我的肌肉上扎针。

我闭上眼睛，护士的手在我的肌肉上按了一下，她一针扎下去，我感觉到她用力推了一下，然后她迅速地将针拔出来，用棉签按住针眼说："针都扎弯了，昨晚你爸爸没有给你热敷是不是？"

我说："敷了，昨天没有开水。"

她就把我的身体搡了一下，示意我露出另一边的肌肉。

她的手指冰凉，在我的肌肉上每按下一次，我都会缩紧身体，她拍打着我说："放松，放松，你的屁股上全是硬包包，叫你们每天用帕子热敷不听，一会儿针断在肉里，取不出来的，它会走动。"

我吸气然后放松，我想着过年时爸爸在面板上用擀面杖，擀出来的面饼软软地摊在面板上。我就那样把自己摊在床上，护士一针下去，她抱怨地啧了一声。

我想她还是没有成功，我肌肉由于每天要打两次针，拧成了铁疙瘩。她冲着门口喊黄老师，黄护士走进来给她重新换了一根针，黄护士在我的肌肉上画了一个十字，她对给我扎针的护士说："超出这个范围。"她用手在我的屁股上戳了两下，她指的是靠近股骨的地方。"特别是这个位置，会扎到坐骨神经，那病人就瘸了。"

我一听会成瘸子，倒吸一口凉气爬起来了。

黄护士笑着说："听话，躺下。"我认得黄护士，就是每天给爸爸打针，却很少看见她给别的病人打针的黄护士，每天看见爸爸脸上像开了花一样。她脸上的表情是我从来没有在妈妈的脸上看到过的。我听了她的话躺下去，她的手很轻针扎下去推药水时我才有感觉。

护士的推车顺着走廊响过去。我爬到窗台上坐着，远处的土路上太阳射在地上，像针芒一样扎下去，鸟从皂角桠的树丛里飞出来，向着高高的蓝天飞翔，两头牛在皂角树下缓缓移动。

我看到了豌豆，他提着暖瓶站在食堂门外排队打开水。我一下高兴起来，从窗台上跳进屋子，快步走下楼去。豌豆也看到了我，他把身体缩成一团背过脸，抬起手用衣袖擦了一把鼻子。

我靠近他说："蚕出来了，它们要饿死了。"

豌豆像似没有听见，我轻轻地揉了他一下，他慢慢朝前跟在人后挪动。

豌豆打了开水，我跟在他后面走到银杏树下。我坐到石桌上说："豌豆，我等你，快一点。"他走下石坎回过头，又朝下快走了几步差一点绊倒，就又回过头来看我。我觉得好笑，就笑了起来，他也跟着我笑了，仰着脸在太阳光下，露出缺了一颗的门牙。

原来他会笑，我一直以为他不会说话也不会笑。

等豌豆的时间里我把手平放在石桌上，让蚂蚁从我手上爬过去，太阳在银杏树下移动的阴影映在我的手上。一只蚂蚁打完转，终于爬到了我的手上，并且在那抹阴影里晕头转向地爬，待它辨明方向欲从我的手腕上爬下去时，我用小树枝把它挑下来，吐口唾沫淹没它，它好不容易从唾液里爬起来，我又抓一把碎泥巴，一点一点地压住它。

豌豆去了很久，我跑下坎子，我不知道他住在哪一间病房，那些墙外长出草来的房门，被我一个一个地推开。病房里有一股沉重的石灰的气味，每间有三张病床，床上躺着的人仰着头，翻着眼睛看我，眼白在昏暗里倒像天黑前水中冒出来的泡沫，忽闪忽闪地让我感到害怕。

我转身跑到了银杏树下，豌豆趴在石桌上。我说，快带我去采桑叶。

我和豌豆沿着高高的石坎一直往下跑。我跟在他的后面，我们穿过皂角桠的树林，跑到一座小土山上找到了桑树。站在树下，我们能看到刚刚冒出头来的桑葚，青青的桑葚疙疙瘩瘩地隐藏在叶子里。豌豆很快爬到桑树上，他像个布袍子一样坐在树上，将缀满桑葚的枝丫拉到面前摘下桑葚放进嘴里，然后我看见他张大嘴巴，不停地向外吐着。

回去的路上，豌豆跑得飞快他不断地跳跃，不断地将身子蹲伏在地上，他太高兴了。越过一条淤泥水沟时，他已经跳过去了，朝前飞快地跑。我站在那里，正铆着劲想跳过去。豌豆回头来，他转过身跑回来。他踩进淤泥里，这下他的双脚陷进泥巴。我用力一跳，跳进了沟里。

我跟在他身后跑到村外，沿着池塘走下去，我们看到了一口水井，一口小小的水井。踩进井沟里，冰凉刺骨的水让满头是汗的我们神清气爽。我们用双脚打水，跳起来再踩下去，让水从沟里溅出来。

豌豆故意踩歪坐到水里，我笑得前仰后合，他也跟着笑出满脸的小皱纹。我用手打水在他身上，他躲闪着。我说："你也打啊。"我希望他也还击，可是他只用手挡住我打过去的水，慢慢退开跟我拉出一段距离。

我问停尸房怕不怕。他点头。我说："有鬼吗？"他睏着眼睛看天，迅速地看我一眼，从一块凸起的石头上跳过去。

我和豌豆没有原路返回医院。我们沿着车道从后山弯曲而上，来到了豌豆住的病区后面。停尸房就在紧靠土坎的斜坡上，是两间低矮的平房，由于有一棵爬满藤条的树长年遮蔽其间，停尸房白色的外墙上，留下绿色的苔痕和黑色的水印。

我们站立的地方，可以看到山腰上嶙峋的乱石和灌木，几只麻雀在灌木中扑腾。停尸房的门有一间紧紧地关闭着，我们就从一扇半敞着的门前跑过去，屋子里黑漆漆的什么也看不见，然后我们就又跑过来。我们跑来跑去的，终于看清了里面只有两架生锈的铁床架子。

我就问豌豆："你怕不怕死人？"

豌豆看了一眼停尸房的门，眼睛睁得很大点点头。我又问："如果鬼来了，你会不会只管自己跑？"他看着我想了一会儿摇摇头。我就伸出小指头和他拉钩，他很怯懦地将指头弯过来，他的指头冰凉，如同我们先前嬉戏的井水一般。

我和他手拉着手，慢慢靠近关着门的那间屋子，我感觉到他的手在我的手心里颤抖，我使劲捏了他一把说胆小鬼，他受此意外惊吓，挣脱我就跑，我也吓坏了，大叫着跟着他跑。

跑回病房，我上气不接下气地拿出装蚕的盒子。豌豆站在门口，他将头靠在门框上不敢进屋。我打开盒子示意他快点过来看，他迟疑了一下走了进来。我拿着盒子爬到窗台上，我们坐在上面，把桑叶放进去，看着蚕一条一条地爬满了桑叶。

有人在走廊里说话声音穿过墙壁，像一堆生锈的钉子掉到凹凸不平的地上。

豌豆紧张地从窗台上爬下来。我回过头去看门口，黄护士从那儿走过，然后她折回身来将头探进门来。她看见了豌豆，她说："小泥鳅，谁让你乱跑的，这里是你来的吗？"

豌豆胆怯地从她身体旁边钻过去，他跑起来。我听到他的脚步声砰砰砰地，很快就在楼道上消失了。

黄护士走进来，她站在我的面前把手抱在胸前说："你怎么把就业人员的子女，带到干部病区来。"

我不理她，我不喜欢她闪亮恶毒的眼神，不喜欢她给爸爸打针时的样子，不喜欢她斜着眼睛跟我说话。

我继续坐在窗台上，我看着豌豆从银杏树下跑过。黄护士叫他小泥鳅，这也许是他的名字，很快我又想到这也不是他的名字，谁会姓泥巴的泥呢，或者姓泥鳅的鳅呢？黄护士当然应该知道他叫什么名字，也许黄护士觉得他长得像泥鳅呢。所以我还是愿意喊我给他起的名字，我不想相信他叫泥鳅。

我的蚕长得很快，一个盒子已经装不下，爸爸到黄护士那儿要了个稍大的盒子。爸爸告诉我蚕不能吃沾水的东西，蚕在桑叶上爬着。后来的夜晚，我能听到它们啃食桑叶的声音。沙沙地我听着它们慢慢入睡。

我每天爬在窗台上，好几次我看到豌豆，我大声地喊他，他总是埋着头跑掉了。我问爸爸为什么"就业人员"的子女不能来这边？为什么他们住在靠近停尸房的病区房子都要垮了。我每天都要问这些奇怪的问题，爸爸有时候只管做他的事，只管看黄护士给他送来的报纸。

别的护士都喜欢在爸爸回来的时候，到我们的病房来给我量体温。爸爸会把顺路采回来的桑叶从衣兜里掏出来，晾在地上的报纸上，我们把长得肥头肥脑的蚕挑出来放在地上的报纸上，不几天最大的几条蚕，爸爸用报纸贴在墙上，让它们顺着报纸爬。护士们也都喜欢来看蚕，有时候她们中的一个或两个，也会顺便带些桑叶来，跟爸爸并排蹲在地上喂蚕。

豌豆还是跟着我去采桑叶了，我和他把那些久晴不雨、满身灰尘的桑叶拿到井里去洗了。回来时我们还是从后山爬上来，经过停尸房时，两个门都大大地敞开着，那是两扇生了锈的铁门，其中一扇歪斜着像坏掉了。知道里面没有躺着人，我们就大摇大摆地走过去，屋子里透出来的阴湿之气让我们感觉到害怕。我们还是拔腿就跑。

我们学着爸爸的样子，将带着水的桑叶晾在地上，然后我们将盒子打开。爸爸说蚕不能吃沾水的桑叶，我还是忍不住把沾过水没有完全晾干的叶子放进盒子，蚕们爬上来吃着。我没有告诉爸爸我喂了沾水的桑叶给蚕。

晚上爸爸睡觉之后，我把盒子拿到窗台上，想听一听它们吃桑叶的声音，可是怎么也听不见。

我在忧虑中慢慢睡着了。夜里我梦见蚕爬出盒子，将丝吐得满墙都是。护士们都来抢蚕丝，一缕缕飘动的蚕丝把我们的病房映亮了。

5

醒来盒子里的蚕全都死了。我不停地哭，爸爸没有办法，就说他发现了一窝鸟蛋带着我去取。他出门前总是要先去治疗室打针。

我站在门口，我是轻悄悄走过去的，给爸爸打针的是黄护士。我靠在门上，黄护士没有看到我，她的手轻轻地在爸爸的屁股上划来划去，爸爸僵直地挺着身体，一只手拉着下垮的裤子。

黄护士给爸爸扎针像跳舞，她将一只手按在爸爸的肌肉上，蹲下去却总是在变换着位置，似乎在找到一个准确的位置之前，她没有办法下手，全然不像给别的病人打针，闭着眼睛也能准确无误。

我跟在爸爸的后面，很快我们走过那片开紫花的地，鸟成群地飞过树丛。

爸爸在一棵树下站定，他仰着头在树下转了一圈。那是一棵柏树，树不算太高树干却笔直，底部是冬天为了防冻涂上的白石灰。他往手上唾了口水，两只手反复地搓着。

我知道他没有把握爬上去，可是我都走了那么远的路站在树下了，他得给我一个交代。

他先将脚踩住树身上的一个节双手抱树，开始往上攀爬，眼看上去了，却又从树上掉下来了。有一次还将手脚划出血痕来。他涨红了脸，又朝手上唾了两口，做出豁出去了的样子，他贴着树身上去了。

从树上下来喘着气，一边交给我一个鸟窝，一边叮嘱我不要将他爬树的事说给别人听，特别是医生护士听。手里有了麻雀心里就好受了，麻雀窝里是那些刚从蛋壳里出来，光溜光溜的小麻雀张开嘴巴狠命地挣扎。我将它们捧在怀里，沿途回到病房，依然是爬到窗台上坐着，这会儿我不只是等爸爸回来了。

我在等豌豆，我想豌豆会跟我一起玩的。

我不知道爸爸是怕说出他爬树的事来很丢脸面，却以为我们干的是一件见不得人的事。所以医院的人并不会知道，我每天把鸟藏在门后面，打完针我就跑到银杏树下，寻找掉落在地上树叶上有没有虫子。

豌豆跟我一起找虫子，我和他跑到下山的石坎上坐着，抓虫成了我们每天必做的事。我们还用黄泥捏成各种各样的形状，用小树枝给它们打针。用石头石块建造房屋，给它们分配病区和病房，让那些小泥人或小动物住院。

我们跑到山下的地里刨来野生胡萝卜，用小刀在上面刻出人的眉眼。我让爸爸找黄护士要了几个药盒子，我们的"医院"越来越像样了。就是差了真正的针管，如果能像护士那样戴着口罩，抬起手将吸进针管的气排出来，再一针打下去……我无法克制我想要一个针管的想法。

昨夜下过一阵雨，我还没有醒来就听见爸爸说鸟死了。我突地跳下床冲到门后，爸爸正好把他的那颗金牙从茶缸里取出来往嘴里套。

鸟真的死了。我又是哭，爸爸笑着说你只会哭。他走出屋子，我知道他去打针去了，赌气站在门口。他走进治疗室，我看他走进治疗室，想着黄护士给他打针的样子，心里就有了一股莫名的气恼。我顺着墙走过去，我不想让他们看见我，然后我朝楼下跑去。来到银杏树下，到处是落叶湿湿地铺了一地。

我走下几道坎子，然后我放开声音喊豌豆。

不一会儿豌豆出来了，我告诉他鸟死了。他低着头半天不肯抬起来。我说豌豆，你陪我去把它拿下来埋了吧。他抬头看着我，又朝我们住的楼看了看。我说不怕，我爸爸去学习班去了。

豌豆跟着我上了楼经过治疗室时，我往里面看了一眼，黄护士不在，走道里空无一人。我站到门口，推车上全是针管。我的心跳快了起来，我四处看了看没有人，我说："豌豆你过来。"豌豆站到了我的身边。我就拿起两支针管装进他宽大的兜里，我再去拿针头的时候，两个护士从开水房那边走过来，我转身就往病房跑。其中一个护士叫了一声，我回过头看见豌豆朝楼梯口跑去。

护士走到治疗室门口，发现东西被动过了，大叫起来。她们抓住豌豆，从他身上搜出了针管。她们揪住豌豆的耳朵，一路扯着他进了我们的病房，我躲在门后面，她们把我扯出来，让我将衣兜翻出来。我用手捏了一下衣服上下地按了一下，我的衣服没有兜。

她们揪着豌豆，出门时他挣扎了一下，用手去试图拉住门框，那一刻他眼睛里流出了眼泪，怯怯地看着我。护士用力掰开他的手，一路拖着豌豆下楼一路骂着：你这个小偷，破坏分子，你装成哑巴来医院搞破坏，明天就让你滚出医院，医院不给坏人治病。

我的心脏一直在嗓子眼上跳，越跳越烈只要我一张口，它就会飞出来。

楼下聚集了很多人，闹闹嚷嚷的。

我偷偷地爬在窗子上，我全身都在抖动。豌豆站在树下，揪住他的护士已经松开了手，他缩成一团在边哭边手袖口擦眼泪。有人拿来一根绳子绑他的手，他把手缩进衣服里，倒退着躲开拿绳子的人。那个人给了他一个耳光，他停了下来，一动不动地站着。拿绳子的人捆上他的手，把他扯到一棵苹果树下，将绳子的另一头系在树干上，用手往下拉扯绳子。

晚饭后，天黑下来。又开始下起小雨。

我从窗台上往下看，我的心情渐渐平静下来。豌豆已经坐在树下，他将头埋进衣服里。远处的路灯映着地面上的水，反射的亮光幽幽暗暗地照出雨落下时的影子。几个人站在银杏树的石桌边指手画脚地说着话。一个男人走过去解开绳子，将豌豆一把提起来，照着他狠狠地打了几个耳光，他捂住脸。

男人解开捆在树上的那一半绳子，点头哈腰地交到护士身边站着的男人手里，然后他拉着豌豆朝病区走去。我的心咚咚地跳起来，我不知道他要把豌豆带到哪里去，会不会把他关进停尸房里呢？

他们下坎子时，我看见男人伸出手摸了一下豌豆的头，两个人歪斜着消失了。

到了夏末，地上的蚕开始吐丝，然后开始作茧，然后又变成蛹。我不知道这便是蚕的生命结局，每天看着它们，每天等着下一个结局到来。爸爸把那些蛹捡了，拿到医院的厨房去请师傅用油煎了。

几个大人坐在石桌前，喝着酒吃着下酒的菜。我吃了一口油煎的蛹，香而酥脆。无论怎样吃了一口之后，我都不肯去吃第二口。我抬头看天，天空是被大树的叶子分割了的，那些蓝色变得细碎而密集，落在我的眼里，形成黯然的光。

第二部　1973

河 水

你的头上会飘着残秋树木的落叶
春日的花和露会在你脚边闪烁

——雪莱

1

潘二妹光着脚丫踩过泥田时，黄昏落下的最后一抹光亮沉到河水里，她卷曲的头发上沾着碎麦草。

河水涨潮了，她不怕。她顺着河岸往下走，她说山崖那里是河水交汇的地方，人可以跳过去。

那条路绕啊绕会走到山谷里面去，声音被隔绝在山外，人也被隔绝了，会让人感觉到一种来自自身的重量，路越走越重越走越远。

"河水，河水，你从天边滚滚而来，带走寂寞的树叶……"

潘二妹总在唱。她的声音在河面沉下去，像河面上产生的裂纹。她就是在那一瞬间被卷入河水的。滚滚的河水不仅要带走寂寞的树叶，还要带走她。

这是一支山歌，她和她的姐姐潘小梅都会唱山歌，她们一家人都会唱，那是从娘胎里带出来的。

我们不说话，踩踏过稻田的谷草。

河水涨得很高，我们收紧书包带，一直将它举扛到后颈。我收束雨伞踩进水里，河水没过了我们的腰。

"以后下雨要走大路，不要心存侥幸，以为河水不会涨到那么高。"这个忠告我们都会说，并且一点也不想听了。说话的人不明白走大路有多远，也许是明白的，对于不上学的人来说那又怎样。

牛把整个身体没在水里慵懒地浮动，雨在河里溅泼起的水珠，遮蔽了它的身体。

如果不小心踩滑，掉进水里就会被河水冲走。

潘二妹就是这样被河水冲走的。

河水翻腾，泥沙随着雨水从山坡上飞滚而下，河水裹着岸边折断的树枝和杂草急速地奔流。平时水里垫脚的石头，被浑浊的河水淹没了。

潘小梅顺着河岸捡来一根棍子，我跟在她后面踩进水里。

雨还在下越下越急，浑浊的河面什么也看不见了。

潘小梅用棍子在水里面寻找着可以踩的石头。姐姐拉着我的手，我们脚跟脚地在水里摸索，河水淹过我们的腰部，我们能感觉它经过的速度。

河水会把人冲走的。他们说。

河水会把人冲走的。这个我们已经知道。河水一直流，穿过山崖汇集到一个大湖里。所以它流经的过程在雨天里是可怕的，它的长度裹挟了包括时间在内的一切。

山上的泥水滚进河里，河水蜿蜒着裹走了杂草和树枝，带着巨大的声音滚滚向前。

我的雨鞋。新买的雨鞋，第一天穿在脚上，过河时我脱下它拿在手里。它掉进了水里，我去抓它没有抓住，身子一歪险些摔进水里。浑浊的河水打着漩儿，它很快就被卷到急流里去了。顺着沿岸的刺类植物，河流遮蔽了堤岸，我的雨鞋被裹进刺蓬荫蔽的夹缝里。

我喊叫的声音被雨水遮盖了。无论是梦境还是现实，雨水和河水永远都是喧闹的。

我的雨鞋被冲到山崖下，它从高高的石岩上随着水流滚下山崖，落进汹涌的大河。这个让我战栗不安无数次出现在梦里的情景，让我想起潘二妹，是不是也像一只雨鞋一样跌进大河被吞没的。

天色渐暗，河水的声音盖住了傍晚时分天边的一抹光亮。孤单的世界孤单的影子，我不能停下来，天就要黑了，哭吧哭吧，没有人会听得见。连飞鸟都没有了，河水就是黑暗。

潘二妹就是在这样的雨天被黑暗的河水吞没的。

我怎么能够把自己留在黑暗里，把自己独自一个人交给这个深不可测的河水。我必须快快地过河到岸上去，跑过弯曲的田间小路。

有人背着书包从远处跑来，天要黑了，他一路跑着。他跑得很快，踩进河里靠近我时，他歪了一下从我身边踩过去，我能感觉到有一股力量就着河水涌过去。

他上了岸，依然疯跑。雨雾中只能听到他跑的声音了。

我也跟着跑，天就要黑了，必须在天黑前跑过弯曲的田埂路。跳过深深的锈水沟，再走过那段荒废的矿石铺的路，就到煤场了。到了煤场就不怕了，离家就不远了。

铺天盖地的黑从高高的半山腰上倾泻下来，山腰上拉煤的矿车，我们从来都把它想成火车，想成轰隆隆的火车可以一直通往北京。

潘小梅问我："火车长不长？"

我说："长。"

她们就笑着跑着说："长啊，你结婚我吃糖。"

吃了亏的我埋着头跟在她们后面跑，她们的笑声在被煤染黑的傍晚的雾气里，也带着了煤的黑暗飘向夜空。

躺在黑夜里有时我也想，火车到底长不长？如果长是不是像我看到的矿车那么长？我们为什么不把矿车当成火车来坐，什么时候把矿车的铁轨一直修到山外，跟火车的铁轨连在一起？我们就可以不用坐拉煤的汽车而是坐着矿车进城了。

黑夜在我的梦里变得悠长惬意。

2

我又看见潘二妹站在河水中唱歌了。

你又做梦了。

没有。真的没有，我还看见她被雨水打湿的头发上的虱子蛋子。

妈妈用手试了一下我的额头，然后将头埋下来，她闭上眼睛用她的眼皮贴在我的额头上。这是从我姥姥那里就传下来的，用眼皮试温度的方法，跟体温表一样准。我体弱爱发烧，每次淋了大雨，或是看到潘二妹站在河里都会发烧。

妈妈说，潘二妹不可能还站在河水里，河水把她吞了，你知道吧。

我知道。谁让她一个人往深山沟里走呢？总之她还会逆着河水回来，我看见河水已经快没过她的胸了，她还是朝着我走过来。不是我一个人看见过她，她的姐姐潘小梅也看见过她。她在唱歌不停地唱。

夏天太阳落到河水里，她一个溺子扎进水里，顺着两岸的石头摸鱼。我看着她沉下去的地方，以为她还会从那里冒出来，可是她已经在水里潜得很远了，猛然间她举起双手跳出水面，她把手举过头顶，鱼在她手里挣扎，鳞已被捏得退去了一半。

我的心总会怦怦乱跳，不知是为了她还是她手中的鱼。潘家孩子总是是让人羡慕的，她们总是出其不意。

潘小梅坚定地认为潘二妹没有死，潘二妹只是藏起来了。

潘二妹只是藏起来了。我也这样想。大人们找遍了河道，山路甚至河水流经的山崖，煤矿的领导还在河水流进百花湖的上游布了网。如果她死了，怎么会找不到她呢？

她藏到水底下去了，龙王留住了她。

妈妈这样心不在焉地说。她认为我说的话全是胡话是噩梦所致。她坐在灯光下，用毛线扦子往纸板上滴蜡。她在做蜡花。她的手总是比别人巧，她买了各种颜色的皱纹纸，扎成一朵一朵的花，将一块方正的红蜡放进一口铝锅里烧化了，然后把花放进蜡里滚一转。

我喜欢用妈妈扎废了的纸，扎出歪歪扭扭的花，然后趁妈妈不注意将花伸进蜡锅里。邻居们聚到我们家来，一如往日恳请妈妈给她们做衣服一样，涌进我们家闹闹哄哄地看妈妈扎花。当着她们的面，妈妈只扎简单的花，不会将有难度的花当着她们的面扎。有难度的花自然比简单的花漂亮，重要的是扎花的工具。妈妈把那些复杂的扎花工具藏起来，不让人知道那些花是怎样扎出来的。

我们家到处插满了花，爸爸的战友家我们的老师家，也插满了妈妈扎的花。

我睡在木地板上，抓住毯子一角用来挡住灯光，看着妈妈将染好的花，一朵一朵地插在篮子里。花的颜色鲜艳，红的绿的紫的粉的都透出一股春花初绽的蓬勃之气，拿在手里感觉花会呼吸，闭上眼睛我就能跟着花一起呼吸。

姐姐在灯影下晃动。屋外车间的机器声一阵阵地扑过来，杂乱刺耳妈妈已经听而不闻。正像爸爸说的时间久了就习惯了。可是我不习惯，那些声音如同铁钉一样掉落在我的耳朵里声音像梦魔一样扎在我的脑子里，让我感觉到我的身体出现了许多洞，像蛛网一样粘在我的脑子里。

从我们家住的两层楼的楼房望出去，是黑暗中山的轮廓和稀疏的星星。这一是栋不需要爬楼梯的楼房，修建在半山腰上。我们只需要绕道爬上坡，走过长长的一排车间厂房，通过桥廊就可以回家了。我们家刚搬来的时候，潘家孩子站在车间前面，往桥廊下扔石头，石头扑哧扑哧地打在墙壁上，让我们误以为下雨了。

我弓着身体以此来回避声音。

住进楼房的第一个晚上，我们还在为着给我们搬家的不是马车而兴奋。从四大队到煤矿的路途，马车要走上一天的时间。所以场部派了一辆解放牌汽车来给我们搬家。站在汽车上，一排一排的树木被我们甩到了身后，汽车的速度让我们既兴奋又害怕。汽车和汽车在马路上迎面而过时，我和姐姐将头埋在家具上，听着那种交错而过的轰隆声，胆战心惊地抓紧桌子的一只脚，心里一路想着再见防空洞，再见葡萄园！天空是多么地蓝，就连飞过的鸟，都只是天空闪过的一道光。我们的心情是多么地忧伤，我问姐姐以后还可以挖防空洞吗？她说只可以挖煤洞。

我们怎么也没有想到新家是楼房。漆过红漆的木地板没有打过蜡，油漆斑驳露出灰黑色的木料。我们在杂乱的衣服箱子中间跳来穿去地疯打，故意跳得楼板嘭嘭响。兴奋得深夜不能入睡爬到窗子上，漆黑的夜映着山的轮廓，我们仰着头看满天的星星。

第二天，天还没有亮，机器的声音就把我们吵醒了。妈妈已经在烧水煮面条，她大声地喊叫着让我们起床。她的声音被外面的声音压住了，以至于她叽叽喳喳地说着什么，我们全然听不见。

我捂住耳朵，姐姐说机器的声音。我听不懂。

妈妈责备爸爸事先不告诉我们，煤矿的机修车间几乎都在这半坡上，打开门走过桥廊长排的房子全是车间，翻砂房、铁钻房，还有一个铁工房。所以那个新生活的第一天，我们是多么的混乱，混乱地等待和在声音里寻找间隙。楼房给我们带来的新鲜感，被机器的声音消灭了。

就是那个早晨，太阳从玻璃窗照进屋来，照射在漆了红漆的木地板上。老潘家孩子的声音，是透过机器声的空隙传过来的，她们前后地追打着，穿行在车间外面铺了煤渣的路上。她们的笑声如同打在墙体上的石头那般，将人带入一种莫名的混乱中。

长长的机修车间的门一律朝北开着，与我们家正好隔着那条铺了煤渣的路。除了停电，机修车间的机器整天不停地转着，声音里总夹着一股金属碎裂的尖厉声扎在耳朵里，让人感觉头皮也像过了电一般。即使爸爸再三叮嘱工作时一定要紧闭大门，也总有人进出时忘记关门，声音就从开着的门口涌出来统统地扎进脑壳里。

车间门口有一个废弃的铁转盘，潘二妹整天蹲在上面转。生过锈的铁转盘被她转得乌亮乌亮的了。她先是一只脚在铁转盘上，而另一只脚踩地用力地向前推踩，使铁转盘飞快地转起来。然后她收拢双脚蹲在铁转盘上，铁转盘就飞快地转着。她闭上眼睛，高声地唱着叫着，她自然卷曲的短发飘起来，双手抓着转盘身体朝外倾，像要飞翔起来了一样。

转盘每天都在我的脑子里飞，终于有一天她让我学着她的样子蹲在转盘上。她推着转盘飞快地跑，越跑越快，我能闻到她身体上散出来的一股尿味。转盘的速度超过了她跑的速度。她松开手，我飞起来。我尖叫着感觉身体跟头分开了。

眩晕呕吐整个夜晚天旋地转。

第二天，爸爸找人卸了铁转盘。潘二妹不知道铁转盘已经不是先前的铁转盘，她以为是自己的动作出了问题，她趴在铁转盘上边跑边蹬，铁转盘七零八落地掉下来。她愤怒地踢打铁转盘，这算是对她的惩罚吧。

想到这个我悬挂着的心脏，晃荡得更加厉害。

潘二妹，潘二妹，我驱赶着她留在脑子里的记忆，转动身体。

她不转转盘就去安（方言，捉）麻雀。她在太阳底下跑得一头汗，卷发被汗濡湿后贴在她的脸上，加上她一手的灰往脸上一捞，就成了一个花野猫了。

她从容地挖坑、撒米，用一根小木棍支起簸箕，倒退着放线。她像一个成年的捕杀高手那样冷静志在必得。我看着潘二妹把细绳子拴在一根小木棍上，然后她用小棍撑住簸箕悠然地放线。

潘二妹躲在一块大石头后面，对我视而不见。麻雀们飞过来，我只好退到更远一点的地方。心里知道潘二妹不愿意我跟着她，折身回家拿了锄头顺着她们家的后山，找了一块平地挖坑，下米，然后也躲起来。

一直到太阳高高升起，我没有安到一只麻雀。站起身来看潘二妹，她早已经回家。以为她在的位置，才是麻雀们出没的地方。我拿着工具学着她的样子趴在地上，等麻雀陷入坑内。麻雀们只在周围打着旋，有时刚一落地就急速地飞走了。

潘二妹吃麻雀肉时，总会把头仰得很高。我站在我们家楼房的桥廊上，就可以看见她们家开着的门，屋子里很黑只可以看到影子在那里晃动。她带着黑眼圈站在屋檐下面架起柴烤麻雀。她连毛带皮地烤麻雀，直到烤得焦黄就那样连五脏一起吃下去。她站到屋门口的太阳光下，旁若无人地将手举起来，有意让我看清她手里的麻雀，被她用火烤熟了的麻雀可怜的小身体。她一点一点地将它的肢体撕扯下来，仰起头眼睛被太阳光刺得眯成一条缝，张开嘴巴，她的嘴巴使得她脸部的面积变小了。

夏天下过阵雨之后，太阳出来时照得人睁不开眼。潘家孩子一人提一个破篮子跟在妈妈后面，到山坡上的树林子里捡菌子。

捡菌子是一件让人感到愉快的事，走过开满杜鹃花的小路，我总喜欢在那条路上摘一朵花，去掉花芯放进嘴里一股酸津津的味道流进喉咙，就会神清气爽起来。

潘家的孩子一路踢踏着草上的雨水，湿着鞋往前跑。老潘交代过，她们要去山里捡菌子必须跟着妈妈。说是山里有狼和野猪，怕她们野着跑远了被那些东西吃掉。

潘家孩子进了树林，就像散落在草地上的石头东一头西一头地乱窜。她们在树丛草刺间穿行一无障碍。菌子从树叶或者草蓬里冒出来红的绿的油麻色的，只要是菌子都会让我兴奋。潘二妹手拿木棍，她的目标不是菌子，她轻脚慢手地用木棍扒开草丛。蛇！当她用棍子挑着一条被她打死的蛇走向我们的时候，她像走在一团迷雾里山影笼罩住了她的身体，她是那缕光影里晃动的斑点。

其实她是在寻找野兔，她想打的是野兔。打断它们的腿打碎它们的头她毫不手软。流血的兔子在梦境中重叠出现变成狗。流血的狗混乱了我的梦境，让我惊恐难安。

噩梦！噩梦！

潘二妹你住手！

我听不见我的声音。

潘二妹回过来看我，她的脸色乌青头发卷曲，沾着青苔草屑。她抬起弹弓瞄准狗的眼睛。狗呜呜地叫着眼睛里流出了血，血淌到地上成了血河，汹涌着成了河流，潘二妹沿着水流走来……

哐啷！一声巨响，妈妈的声音嵌进那个巨响里，我醒来。我们家锅盖砸到地上了，吊在桥廊下方的鸡圈，一只公鸡突然叫了起来。

我又开始咳嗽。

妈妈说话的声音像被锅盖砸碎了，到处飞溅。煤矿的医生提着药箱过来给我打针，我把身体拉得很直。他说我的肌肉绷得太紧针会扎不进去，即使扎进去也会断在肉里。

我挪动了一下身体，深呼吸放松下来。针扎进去时他说我的淋巴肿得像核桃。

淋巴结核。

这是什么病？

医生的手在我的下颌摸到的硬结，我也能摸到。

淋巴，医生说每个人都有，结核是病。

怎么会得这样的病？是的，怎么会得这样的病？难道是冬天路上冻凝了坐马车进城？坐马车进城我总是背着风坐的，也不算太冷。坐马车进城的小孩子不止我一个，他们怎么不淋巴结核？结核偏偏就选中了我。

我会不会死呢？

我蜷缩着，把自己当成了垂危的病人。我把淋巴结核想成了肺结核，肺结核咳嗽最后吐血就会死的。我每天都会留心我有没有吐血，也会想起坐马车进城，在头桥马车夫将马借放在马棚里，那只用来避马瘟的猴子，从房梁上跳下来，夺走了我手里的蛋糕。那只可恶的蹿房越脊的猴子，是不是它将马身体上的病带给了我。

姐姐说那是不可能的，马身上的病与人没有关系。我说空气里的病肯定也会传染的。姐姐说什么我都信，唯独这一次我不信。

3

老潘来了，他从小沙土坡上走过来，踏上通往我们家楼房的桥廊时，我们就完全看见了他。他们家住在车间后面靠山的房子里。孤零零地独门独户，屋顶是油毛毡搭出来的，斜斜的窗口挂着的那盏灯，将他们家的人影映出来，加深了一种昏暗感。这倒很适合他们似的，一家人孤零零地耸立着。老潘的老婆在一个叫麦乃的村子里当小学老师，也就是我们每天都要经过的村子。妈妈说她连自己名字都写得东倒西歪，还能去当老师。妈妈的意思是，老潘老婆的文化水平连高小都算不上。妈妈就是高小文化。

我在想老潘跑到我们家来做什么。前不久他让妈妈给他们家看孩子，一窝孩子在我们家吃不说，他还在他们家米缸里做记号。那时潘二妹还没有被河水冲走，天黑前妈妈站在我们家门口，拿一个盆敲打着叫他们家孩子的名字。一二三四五地数人头，像点一群刚回圈的山羊。

他们身上有一股气味，一种让人无法靠近的气味。他们聪明犟强得像一个个野牲口，除了吃饭几乎不会将别人的话听到耳朵里面去。

可是老潘不知道他的孩子会弯进米缸里去玩米，暴露了他在米缸里布下的咒语一样的"阵"。米缸里用筷子摆成的方阵，中间印着大大的手印，不偏不倚卡在筷子形成的方阵里，像某种秘密的暗码或者咒语。

妈妈将弯进米缸的潘二妹抓起来，她手里拿着一根筷子。妈妈弯腰去看米缸时，她大声地叫了起来，我也弯身下去看，妈妈直起身来一把夺下潘二妹手中的筷子说："要了邪命了，你爸爸在米里做记号，怕我们偷你们家米。你们都听着了。"妈妈拿着筷子，在他们家昏暗的屋子里挥舞着："筷子是你动的。"妈妈指着潘二妹，她朝后退了半步，她的眼光在黑暗里显得很亮。他们的眼光也很亮，仰着头像一堆土拔鼠，逃窜前静静地听着风声。

妈妈翻了脸。她说受到了侮辱。我听不懂。

妈妈将手里的花往蜡锅里滚了一转。老潘站在门口一直不吱声，妈妈对老潘说爸爸在队部开会。老潘还是不理会，他把屋外的光线挡住了。他晃动了一下身子，站在那里像一根锯过的废木料，杵在那里背着光脸沉陷在一片青乌里。他平时的脸色就是这样，像一块用破了的抹布，他总是用水梳头，这会儿在灯光下闪出油腻的乌浊之光。

他说："周阿姨，我是来找你的。"

妈妈已经裹完最后一束花，将蜡从灶台上抬下来。

妈妈像不计前嫌靠近了他一步说："我知道孩子不见了，你们心里很难过。这事谁遇到了都会难过，你们要放宽心。"

老潘说他是来送药的。我们看着他从衣袋里摸出一包黑东西，包裹它的报纸破了，露在外面的他说的药黑黢黢地现出来。他的手有些颤抖，他递给妈妈说这是苗药可以治百病。妈妈接过药谢了他好几遍，请他进屋坐下。

他朝前移动了一步，顺着门边上靠近灶台的凳子坐下来。

妈妈收拾着桌面上的碎纸片，老潘不安地站起来说："我有个事情想给你说。"

妈妈停下来，还没来得及问他什么事，他就抢先说："能不能借点钱给我？"

妈妈被他的话噎住了。我和姐姐也被他的话噎住了，感觉被什么东西卡住了喉咙。米缸里打记号的事妈妈气还没有消，他现在反倒来借钱了。妈妈停了好半天吞吐了一阵说："我们家才给孩子奶奶寄钱，每个月都要寄的。"

老潘坐在那里没有动，像一根木桩被雨水打湿了。

外面的风吹着地上的落叶哗哗地响。车间侧面有几棵梧桐树，那儿堆放着很多的铁，叶子落下来盖在那些生锈的铁上，风一吹就咯咯响，像有东西在上面跑过。

妈妈说："你们家孩子丢了，我知道你们很困难。你说你上次……"

老潘埋着头，他在看从我们家灶台上爬过的一只蚂蚁。我知道妈妈想说你在米缸里面打记号，我等了一会儿，我希望妈妈说你打那样的记号来防备和诅咒我们。这话她一跟爸爸提起就满腹委屈，那些天我们家沉浸在妈妈的愤怒情绪里，妈妈恨不得将口水吐在老潘脸上。

可是妈妈停下来。

老潘说:"十块,五块也行。"

4

下了课走出教室,站在石阶上时,冷不防又被躲在拐角处用弹弓射击的同学打中。我总是防不胜防。看着他们笑着跑向远处的马路,把弹弓举向空中瞄准鸟,鸟疾速地飞过。如果我是一只鸟多好,不用走路弹弓也打不着我。第一次被弹弓打时,我哭了。我的脚踝骨血红乌紫,过河时踩进水里痛从脚踝蔓延至全身。一切仅仅才是开始,我知道,就像漫长的小路汹涌的河水,一切只是开始。

潘小梅在我身后,她将手搭在我的肩膀上说:"他们总是这样。"

她的眼睛总是看着远处,若有所思。我问她他们打你吗?她沉思了一会儿摇摇头。我们默默地走出学校,经过那棵高大的皂角树时,我停下来,我的脚痛得厉害。我想问潘小梅他们为什么不打你?话到嘴边我又咽下去了。我不喜欢她淡然寡味成竹在胸的样子,所有人都不会喜欢她的样子,男同学连弹弓都不愿举起来打她。她从来都独来独往,为什么要主动来找我?难道仅仅是她爸爸欠了我们家钱没有还吗?借钱不还,还整天躲闪。

姐姐一直在猜测妈妈借钱给老潘的原因。姐姐说妈妈为什么要借钱给老潘,明明对他有不满。妈妈肯定有什么把柄捏在他手里。难道就因为一个盆?一个用公家材料让翻砂房的人翻的盆,就是我们现在洗脸的那个盆。是爸爸找翻砂工用钢翻的,妈妈把它拿回家的时候,老潘正好迎面而来。妈妈无处躲避,只好大摇大摆从他面前走过,把盆举在空中假装用它来挡太阳。

老潘怎么可以不提钱的事,到了月初领了工资,我们连老潘的人影都看不见。妈妈心里有怒气，爸爸在家的时候，每次都要自言自语怒气冲冲地数落老潘。爸爸不说话，坐在屋子里看报纸，他借着窗外射出来的太阳光，认真地嘴巴还一张一合读着报纸上的内容，手里拿着一支笔勾勾画画。他不会去想妈妈说的话，除了耳朵在战场上炸聋了的原因，他的心思不在鸡毛蒜皮的事情上。他认为妈妈说的家长里短的事，都是鸡毛蒜皮的事。

没想到妈妈突然就掀翻了爸爸的报纸，这个让爸爸措手不及的举动激怒了他，我看见他的脸红了。他们吵架了，他们的架吵得无聊虚弱，双方都叫对方去找老潘。我就不明白了，妈妈找老潘就是了，为什么不去找？何必天天在家里指桑骂槐的？他们的家就在我们家斜对着的山脚下，从我们家能看到他们家厨房的灯光。既然都可以把声音传到他们家去，为什么就不可以走到他们家里去呢？

我坐在窗台上仰望着黑夜中远山的轮廓，星星被山的阴暗映得黯淡无光。锯木工房就在我们窗子下面，隔着一条马路的坝子里。成堆的木料，整天响个不停的锯木大电锯钢花飞溅，耳朵呜呜嗡嗡。

锯木屑堆积起来的坝子真是我们的天堂。躲藏追逐和打闹，疯跑着关掉木工房的灯，让整个坝子漆黑一片，躲进木料后面，听木工房的人冲出来吼叫："哪家娃儿，想死不是！看我抓住你们，不粉碎了你们的手脚。"

多么血腥的吼叫，我们憋着气，兴奋得用手捂住嘴，不能让骂人的人听到我们的笑声。否则他真的用锯木的锯子断了我们的手脚怎么办？我们将身体缩进木料架空的底部，让黑夜藏进我们的身体里，成为秘密，还有屎尿，有人总是在有木料遮挡的地方大小便，怎么办？只能忍受，骂人的人开了灯，正在灯光照射的屋檐下四处走动。

回家前先跑到自来水管前，拧开水龙头洗掉身上黏着的屎尿。那个浓重的气味，回到家中还是被妈妈闻到了。棍棒和妈妈的声音，通过窗口传出去。那个声音掀天动地，加上我的哭声。姐姐总是瞧不起我，问我为什么要哭成那个样子。痛啊！还有羞愧。就像我不能理解她为什么不哭一样。我们相互都不能理解。

5

我们踩着被夜晚濡湿的草和树枝，鞋上沾满了细碎的泥沙，横跨过喷涌而出的锈水沟，鼻子和肺部都充满着一股浓浓的锈水的气味。这是煤井里排出来的浑浊锈水。污染地底下的清水，让我们的牙慢慢变黄。

紧跑几步拐上逼仄的山路，再经过一道爬满藤葛的山崖，就看到了田野，这时候雾气散尽天就亮开了。

潘小梅走路时总喜欢昂着头，故意将两根辫子甩来甩去。她从山坡上的小路斜着插下来。她一路跑着，风把她身上的汗味吹过来。她们身体上有一股散不去的尿的气味，跟她们家屋子里的气味是一样的。

她穿着布鞋哗哗地踩进水里，很快就跳到了对岸。她回过头来，我正好踩到水中歪斜的石头上，姐姐伸手没拉住我。

从水中湿淋淋地站起来，被风一吹衣服贴在身体上。

有人喊一声：潘二妹来了！

别的人哗啦啦跑过去了。我哭着高一脚低一脚地踩在水里，有点自暴自弃地想再倒进水里一次。

潘小梅不以为意地绕开迎面而来的几头牛，我们跟着她跳过沟渠，刺挂住我的裤腿，扎进我的肉里。我又哭起来。两只八哥站在牛背上，牛呼哧呼哧地一路走着。

河被我们甩得很远了，绕过一道弯走过土坎下烧砖的窑子，远处的山坡上成片的玉米已经倒塌。

潘小梅用手捂住鼻子，开始飞快地跑起来，我们不知道为什么，也跟着她跑起来。一直跑到坡顶，回过头砖窑里冒出来的浓烟已经挡住了道路。

姐姐说："如果不跑是不是要被呛死。"

潘小梅不说话，昂着头踩进麦地里，弯下腰扯下几棵麦穗，藏进书包里，站起身若无其事地走到路上来。

学校还很远。

我们加快了步子，衣服上的水也快干了。要想走得更快一点，就得穿过那片坟地。放学时她带着我们，在杂草丛生的坟地里寻找着长在刺蓬里面野生莓。摘下一颗放里嘴里，酸涩涩的汁流了一嘴，减去了一路奔走的困乏。带刺的藤顺着杂草深处一路攀爬到坟上扒开草丛，就能清楚地看到墓碑上刻着的字。

我并不会去想碑上刻着这"民国"，是什么意思。潘小梅也不知道，她会说这是男的那是女的。我问她怎么知道。她总不回答我。她不是一个有问有答的人，所有的话都是她想说了才会说。

在潘小梅面前，所有的事物被动于她。也就是说她做的所有的一切，万物都是她的观众。我最不例外。我总是想在她和我之间，转换一下角色。

我常常穿着妈妈做的新花布衣服站在潘小梅面前，想在她面前有一点自信，让她有一点挫败感。而她从来不会看一眼我穿的新衣服，她总是看着远处，对所有的事物很有把握的样子，那神情让我怀疑，自己身上的衣服是不是的确很难看。

6

冬天特别冷，连河水都结了冰。水似乎是一下子枯下去的，河岸两边原本被水浸过的地方显出来之后，更增加了冬天的肃杀之气。

我们哆嗦着跑过田埂，潘小梅在草垛子上翻了一个跟斗，把自己藏进草垛里。风过田野荒草瑟缩。牛群从远处挤过来，踏上了田间小路。我跑了几步，想在牛群到来之前，跨到另一道田埂上，爬到潘小梅躲藏的草垛上去。

　　牛突然奔来，我被挤到田里，我侧身倒下去，用一只手撑住整个身体。结了冰的水扎进我的裤子。书包从旁侧滑落进水了，学校刚刚颁发的一张"好好学习，天天向上"的奖状浸进水里。我拿出奖状，红色的上了蜡光的纸奖状，浸了水之后，形成一圈一圈的水印。

　　妈妈把被水泡过发白的奖状贴到墙上，指给所有来家里的人看。被人赞扬的愉悦会持续很久，并驱动我努力去做各种事情。

　　妈妈一边做着蜡花，一边跟客人说着奖状被水打湿的事。说那头该死的牛没有把我踹死，真是幸运。红色的蜡花在寒冷昏暗的冬天，给我们的生活带来了生气和想象。

　　我喜欢扎花的时间，可以将一个人的心思变成花样，把所有的时间想成花的样子，睡梦里也填满了各种各样的花。

　　我捧着妈妈用蜡做的花，刚跳过煤洞排锈水的沟，一股锈水就从山间冲了过来。那股气味一直会弥漫至我们走到田间的小路上。

　　潘小梅是从高高的山顶上穿插下来的。自从我拿了奖状后，她就不跟我们一起走路上学了。她站在逼仄的山崖下，那里有一根很粗的水管，我们的生活用水，就是通过这根管子从河里抽上来。她背靠在岩壁上，一只脚搭在管子上看着我。

　　我走近她，她的目光就落在了我手里的花上，然后她咧开嘴，她的嘴像青蛙那样张开拉出一条弧线，像要将我吞进去一般地说："又是给老师的吧，你的奖状就是靠这个？"

　　我说不出话，第一次感觉给老师送花是一件不光彩的事。

　　她扭过身朝着另一条小路走去。她一路踩踏着土坎边上的土，让它们掉到底下的田里。牛来了她就只侧过身体，她丝毫没有觉得那是牛，牛在她眼睛里也许不过是只飞虫。

操场上，姐姐背着书包从另一头冒出来。那是高年级学生的教室，我所在的一年级的教室，是一排低矮的平房，我渴望快长大，能坐在高年级两层楼的教室里。

几个男同学抱着皮球横着跑过我们，她歪过身体躲开了他们。

跑过我们身边的同学，像一股风吹散的树叶哗啦啦飘着。

姐姐走到离年级教室不远的紫桐树下，她停了下来。天光从叶缝间透出的影子落在她的脸上，跟她蓬松的头发混在一起，她像落了魄似的。

我跑了几步，走上教室的过道。潘小梅在过道里踏操，我不仅羡慕她这个样子，还羡慕她在老师没有来的时候，用老师的教棍指着黑板上的拼音，她读到"M"的时候，就学着老师的样子弯曲着腰到处摸。

我头脑发蒙坐在教室里，不明白老师写在黑板上的字母，是用来做什么的。觉得上课真是一件无聊的事。所以我总是在老师在黑板上用力地写着那些字母的时候，看着窗子外。

上学前姐姐告诉过我，老师上课会教"毛主席万岁"，所以我就一直胸有成竹地等着老师在黑板上写下那几个字。我不仅认得，还会写。为此我怀着一份特别的优越感，等待着证明自己的聪明。可是老师一直不在黑板上写那几个字，我就以为课还没有正式开始上。

那儿有一条路，我的妈妈就曾经站在路边等过我。

7

河水暗下去，水里的石头露了出来，上学时我们可以轻易地从石头上跳过去走上土路。天像缩了水一样昼短夜长，我们踩踏着霜冻过后的枯叶，在看不见五指的早晨迎着寒风，哆嗦着一路走一路哈气。

潘二妹找到了。

这个消息像河水经过冰冻之后，突然化开了似的不胫而走。寒冷的风从山的背面吹过来，一直吹到河水里，河水里没有波纹，只有水落石出的清濯。

我们跟着人群往山崖那边跑，风呼呼地吹着，耳根脖颈有一种刺痛。荒草枯槁的气味是被众多的脚踩踏出来的。

我摔了一跤，后面的人跑过我的身边，感觉山地被脚踩陷了，我的身体也正在下陷。

潘二妹藏起来了，藏了那么久。她有没有饿死？我的脑袋沾满了枯草的气味，在地上滚了一转，天是灰色的，云影盖住的山顶移动的速度，不及从我身边跑过的所有人的速度。

人们挡住了半壁山崖，那儿有个岩洞。所有的声音都是从那儿传过来的。

潘二妹被人装在麻袋塞进山崖缝里，一条狗将她拖出来。

马兰开花二十一

1

马兰花、马兰花，马兰开花二十一，二五六、二五七、二八二九三十一……

下课了，老师用一块破砖头敲打房檐下挂着的钟。"当当当"像把时间的某个地方敲出个破洞，发出来的声音旋即又被吞噬进洞里。

"啪!"敲钟的砖头碎了，一半掉到地上，一半留在老师的手里。他朝空中挥了一下，扔下砖头。

马兰花、马兰花，马兰开花二十一……我们唱我们跑。

我们不跳皮筋时，走在路上也唱这支歌。

马兰花是神花。

马兰花开遍了原野。

所有紫色的花都是马兰花，我的脑子里开满了马兰花。

操场上，打陀螺的男同学，他们的声音飞翔在天空中。紫桐树上开满了花，坠落下来随风飘了一地。美丽的紫桐树花不是马兰花，妈妈做的蜡花也不是。

远处的同学喊着："涂矮子! 涂矮子! ……"

打陀螺的同学停下来，他们朝着涂矮子追过去。涂矮子转身就跑，他们跑过操场跨过马路跳进蚕豆地。男同学扑上去，先是一个人扑上去，涂矮子倒下去。人一个一个地压下去，他们的叫声挡住了上课的钟声。

我们唱我们的马兰花，踩着节拍跳皮筋。我跳得不好，李珍也跳得不好，同学不愿跟我们做一家，跟我们做一家就总是会牵皮筋。皮筋是我从书包里拿出来的，是牛皮筋弹性好，跳起来不易断。这样她们才愿意跟我跳。我跳得不好是因为手脚协调能力太差，李珍跳不好是因为她的胸太大。她已经发育了，同学说她二十岁，她说她只有十六岁。我们一起在小学四年级上课。她跳起来的时候，总是要用手捂一下她的胸。她没有穿胸衣，两个乳房起伏时会牵扯到她的身体。

语文老师从木楼梯上走下来，老师在叫我们。她叫了很多声，我收起橡皮筋朝教室跑。

语文老师站在讲台上，用一根粗树枝指认着拼音和词语，全班同学咿里哇啦地读着。老师手上的木棍，在黑板上突突地有节奏地戳着，震得黑板砰砰响。

我看着窗外，脑子里想的还是马兰花。那一节怎么就没有跳上去，如果不是皮筋绊在我的鞋帮上，我就跳过去了。

厕所后面大片的油菜花已经开了。涂矮子跟在数学老师后面，走在开满油菜花的小路上。他们一前一后晃晃荡荡地走在那片明丽的花色里。

涂矮子是侏儒，同学都叫他涂矮子。不知道他是姓涂，还是说他粗短。同学说校长不准数学老师把他带到学校来，数学老师说我没有要带他，是他自己总是跟在我身后。

他们住在一个村子里。数学老师背着黄书包，牙齿也是黄的，讲的算术题，我总是听不懂。先乘除后加减，那么有大括弧和小括弧连在一起的算式呢？或者他讲了我没有听。或者他没有讲。但是如果他没有讲，潘小梅怎么每一道题都会做。

我们做作业时，数学老师半坐在我的桌子上，背对着我。我用橡皮擦破了本子，我拿过潘小梅的本子，抄了两道大题，老师转过身来就像没有看见。他朝教室半开着的门走去，他用手拉门"哗啦"，撮箕和扫把劈头盖脸地打下来。这一次他没有躲闪得开，就算他早有准备，他也没有躲开。扫把上有灰渣扑了他一头，全班哄堂大笑。

我听着他走过走廊，他的狼狈是通过他越来越快的脚步传达出来的。男同学一起喊：王明学，王明学，一天无事到处撮，找个老婆昏撮撮。

同学们敲击桌面，教室里热闹的气氛，使我忘记了放学后，躲在教室后面的那些弹弓手对我的射击。

数学老师不是班主任，他是临时招来的老师。班主任是语文老师，给我们讲黄帅，那个下午她刚睡完午觉，她的脸上印着睡觉的痕迹。她拿着报纸站在教室门口，一缕阳光照在她慵懒的脸上。同学不敢在门上放扫把打她，尽管她告诉我们要像黄帅学习。

我的头脑长久地映射着午后阳光的昏糊，我将李珍给我的苞谷花悄悄地放进嘴巴里，趁老师走上讲台弯腰找粉笔的时候大口地嚼起来。

黄帅大概不会跳马兰花开，她把时间用到写日记"反潮流"上了。除了跳皮筋，人与人之间也还有另外的区别。比如做算术题，比如打倒老师，往教室门上放撮箕。可是这些我都不会，我天生就缺少点什么，比如跟同学一样的思考。我的怯懦不是表现在坚强的意志上，而是与同学的区别上。我的隐忍和野蛮怯懦与坚硬都是并行的。

数学老师换了，算术题并没有变得简单。他在讲台上用一根棍子，指着一道文字题说："地主家有一亩地……"我的脑子里映出的是教室外面冰冻了的水田，被凝冻砸伤的宽阔的蚕豆地，我慢慢发现伤害我的并不是老师嘴巴里的数字，而是那些荒凉的冬天和土地里的植物。

在阴冷的时间里，这个破砖窑离我们的家还很远，什么时候才能到家？地主家的一亩地和满山遍野的结了冻的地，有什么关系？

从化肥厂的石子坡上跑下去，就到酒厂了。酒厂里拉出来的酒糟冒着热气，黄澄澄的马牙苞谷，抓一把吃了暖和身体，填饱肚子，回家还有那么远的路。马牙苞谷也是"一亩"地里产出来的，这才是有意义的"亩产"多少斤。

冬天树林是挡不住风的，反而增加了寒冷的程度。风过树梢时尖厉的声音总是会挡住天边的光亮，让天比平时暗得更快更早。逃过学校里那些讨厌的"弹弓手"，背着书包走在寒风中，走过烧砖的土窑，就会生出一些无关的想象。妈妈说十八年老了"薛平贵"。薛平贵是谁？薛平贵对我来说就是住在破砖窑里的一个男人。这个男人和他的故事，让我对脚下的漫漫长路的畏惧减少了一些。

在教室后面的蚕豆地里烧一堆火，抢起小火盆，用破茶缸做的，在两边捎上铁丝迎着风挥舞。呜呜呜，柴火在风中燃起来，伸过手捂在火盆边上。手暖了身体也暖和起来。涂矮子跑过蚕豆地，追着他跑的男同学像散落在地里的石头，他们的叫声在风中扬起。

满身柴烟跑进教室。教室里也有一股烟味，同学将火盆放在桌子下面。李珍咬着笔头认真思考算术题，将我的本子涂了一次又一次。同学在扫地，教室里灰尘里有一股尿的味道，李珍用一只手捂住鼻子，一只手写下那些算式。

2

涂矮子家住李珍家对面，隔着一条河的村子里。那条河两岸青草茂盛河水清亮，只有在雨天才会听到河水流动的声音。天还没有亮，总会有一只鸡，抢在另一只鸡的前面先叫了，然后是另一只鸡的叫声从河对岸传过来，接着所有的鸡隔着河相互叫起来。公鸡也许天生就喜欢热闹，它们拧着劲儿地叫，早晨笼罩在河面上的雾气是被它们的叫声化开的。

李珍家自留地里有李子树，李子还没有熟，李珍就跳起来拉下枝丫让我摘，又苦又涩的李子吃得我直打战。用几个馒头换这么苦的李子还是不划算，好在我们家有余粮，妈妈叫我到伙食堂打馒头送到李珍家，南方的农民不会做馒头，却很喜欢吃馒头。就跟我们喜欢吃炒苞谷花和糍粑一样。

我喜欢去李珍家。晚上她总把我扔在她们家草屋的阁楼上，楼梯是架上去的可以移动。她炒一碗苞谷花倒在一张破报纸上，从楼梯上爬下去。屋子里面是她的三个哥哥的声音，他们说话的声音跟炒苞谷花一样杂乱，辨不清他们是不是总在争吵。有一天，我刚走到她家门前的桃树下，就看见她的两个哥哥扭打在一起，骨碌碌从斜坡上滚下来，挑草的箩筐在他们身后只滚到半坡。打完架满身污泥他们站起来，挑起箩筐各朝一边走了。桃树上爬满了毛毛虫，让我浑身打战。

我总是打战。李珍晚上不跟我睡，她说她喜欢自己睡。夜晚的风吹着外面的树枝让我无法入睡，我怀疑李珍去牛儿家睡。他们两家隔着一道土坯墙，墙身垮掉了一半，不用绕道走，轻而易举就可以爬过去。白天牛儿站在那堵断了的半墙内，往牛圈外面拖草粪，臭气熏天，看见我们就朝我们笑，李珍故意不看他，走起路来身体却甩晃得厉害，我担心她的胸乳会撑破衣服跳到外面来。

李珍家到处是跳蚤。夏天，我们透过衬衣纽扣张开的地方，可以看到李珍身上被跳蚤咬出来的红疙瘩。她的胸乳上也有。它们逢肉便咬。夜里我被咬得受不了，坐起来四面一片漆黑。河对岸该死的鸡还没有醒，它叫了离天亮就不远了。

河水静静的悄无声息，我也能感觉到它在流淌。夜鸟飞过河面时的叫声，像要把河水一起拖入黑暗里，我的身体也会随之下坠。

这个时候，我的脑子里就会出现，李珍爬过土墙到牛儿家的情形。李珍一定爬到牛儿家去跟他睡在一起了。想着她白天跟我们一起跳皮筋，从她腿里掉出来的纸，被她夹在屁股里的纸，变成了另外的样子，还有早上留在脸上的睡痕，干了之后留在嘴角的白色唾液。

想着牛儿看我们的眼神，想着漫山遍野的杨梅，整座山都是杨梅。远望李家冲，总是被紫色的雾气萦绕。满山的杨梅树到了开花时节，就像给李家冲上了色一样。从那时起我们就开始盼望夏天快快到来，我们好上山摘杨梅。李珍带我们到山上摘杨梅，我们的书包装得满满的，衣服脱了铺在地上，将杨梅扎起来。拿回家放进脸盆里，加白糖再装进大玻璃瓶里。

李珍把我们带到山上，先是让我们去他们家地里摘还没有熟透的李子。我们因为他们家的李子和苞谷花，跟她来来往往心里总有盼头。她把头天夜里炒好的苞谷花放在土坎上，一个人坐在那里，一边看着我们，一边仰着头往嘴巴里扔苞谷花。

李子又小又涩，我们摘几个，咬一口吐掉，希望下一口会变得好一点。

牛儿在远处放牛。他们已经结婚了，我们都这样说。牛儿不肯去上学，他只念完了一年级就回家了。

牛儿整天放牛，李珍说她才不想将来就跟一个满身散着牛圈气的人在一起。倒还不如嫁给涂矮子，涂矮子的爹歹还吃公粮。我们不知道公粮是什么，只知道牛儿比涂矮子正常。牛儿起码是个正常的人。

我们一边摘着青涩的李子，一边觉得李珍口是心非。其实她不知道，她的身上有牛儿的气味。至少两个人就是像从一个屋子里走出来的。

牛儿吹着口哨，慢慢悠悠地跟在一头牛后面等我们摘李子。牛儿看天的时候，他的眼睛里有一种荒草一样的东西，像从他的身体里长出来的，遮蔽了天空，总让我觉得牛儿跟我们的世界有一道荒芜的隔膜。

深谷之中，满山野开满了花，春天是杜鹃，夏天开满了紫色的铃铛一样的花，还有百合花。树丛里到处是蕨苔，我们边走边采着蕨苔。

太阳下去了，天就要黑了，山色暗沉，飞鸟的叫声都被天光盖住了。我们翻过一座山又一座山，站在山上看得见煤矿灯光的时候，牛儿往回走。山里面有狼，牛儿每次拿一根粗大的棍子，他身上还有火柴，牛儿说如果遇着狼，他就点燃树林子里的满地落叶。

3

我们来到河边。李珍的二哥已经解开小船的绳子，他摇摇摆摆地踏进船里。我跟在李珍后面，她拉着我的手坐到船上。她的二哥用一把镰刀在河水里划着。她二哥的眼睛白多黑少，穿件黄色的军衣。他看我时，我可以看到他眼睛里天空中的白云。他从来不说话，用镰刀划水半蹲在船上。我喜欢那样危险又安全的感觉，将一只手放入水中，另一只手紧张地抓住船沿。

天大亮了，空气中湿乎乎的，河水的味道和风的味道里都沾着草的气味，那是马蹄踩碎青草的味道。

涂矮子和他的马。我们老远就看见了马脖颈上系着一条鲜红的布带子。我将身体朝船里猫下去，心就怦怦乱跳。李珍的二哥跳到岸上，将船绳拉到一根树桩上停稳了船。

李珍不理我跳下船自顾自地走，我跟在她后面。李珍回头看了我一眼，轻蔑地说："难道他会吃人？"

"我怕他打我们。"

我把紧缩的身体放松下来，紧走一步趄到李珍可以挡着我的侧面。

"他？不会的。"李珍将背篓提到手上，慢慢悠悠地走着说："他虽然长成那样，实际上他是正常的，再说我爸爸跟他爸爸以前是伙计。"

我知道李珍说的伙计，就是类似于弟兄一样的关系，我还是害怕，磨蹭着将一只脚踩进地里。

李珍远远地喊了他一声："哎！"

李珍没有喊他涂矮子。这样让我怀疑同学们说她跟涂矮子好是对的。

他笑了起来，露出一口雪白的牙齿。他的牙齿太白了，让我不得不想起自己的牙而抿了一下嘴，我的嘴巴里有一种苦涩的味道。我顺手抽了一根青草放到嘴巴里嚼着。

李珍在她的裤兜里掏了很久，掏出了两颗子弹壳捏在手里，丢下背篓朝涂矮子走去。一只蛤蟆从土坎上跳到草丛里，我看着留在草尖上的雨水，想着那些在草丛里跳来钻去的蛤蟆、虫，还有蛇，它们整天在湿漉漉的草里湿着身体，蛇极易在这样的天气里深藏在被草盖住的洞里。

李珍站在涂矮子面前时，她回过头来看了我一眼，我怯生生地站在距他们不远的土坎上，嘴巴里充满了青草的味道。

李珍举起捏着子弹壳的手递过去说："他们抢了你的，我找他们抢回来还给你。"李珍有三个哥哥，她可以在学校里横行，想找哪个男同学的麻烦都行。

砖窑冒出的浓烟遮住了树林后面的路，涂矮子走在滚滚烟雾里，几个男同学用弹弓瞄准他等他走出烟雾，他们拉动弹弓。涂矮子用手挡了一下，他怎么挡得住飞来的石子的速度。他朝着树林里跑了几步。他摔倒了，这是打弹弓的人希望看到的。

他们抢走了他的子弹壳。他们在地上用小刀刨出一个又一个的洞窝，然后将子弹壳弹进洞窝里。他们玩这样的游戏，将赢来的弹壳或抢来的弹壳擦得锃亮。

李珍踩进土田里，手里的镰刀划下去，碰着草时咯哧咯哧响。我踩进长满肥田草的旱田，感觉到身体的重量压碎脚下的草，正在抽茎打苞的肥田草，迷迷糊糊的透出紫花的肥田草，就这样被我踩碎了。飞来飞去的蝴蝶很小，我用手驱赶着它们，害怕它们翅膀上的粉扑进我的鼻子。

有人在吆喝我们：哪个在田里割猪草？快出来！不然抓你们到公社去。

他们站在地里，挂着锄头朝着我们喊话。我问李珍他们说什么，我是知道他们说什么的，我故意问她是希望她说不要怕。可是她没有说出我想听的话，我从她的眼睛里看到了与我一样的慌张。我知道她也害怕了。我想到了偷，为什么要带我来偷别人的草。这回好了，他们会把我们当成小偷抓到公社去，然后再到学校去示众。天哪，学校那帮弹弓手非把我当成活靶子打烂不可。

有人放下锄头朝我们走来。我将身体埋伏在草丛里，我离我的心脏好近，它快跳出来了。怎么办？快念马兰花、马兰花，风吹雨打都不怕，马兰花请你马上就开花。马兰花来救我。

我听到了那个人的脚步声，他走了过来，他走得很快，声音是从土地里发出来的。

他说："哪个允许你们在这里打猪草的?"

我不敢抬头,马兰花在我的脑子里消失了,只剩下泥巴的气味。

涂矮子的声音,涂矮子说话了。他迎着风走过来,马身上的铃铛哗啦地响了一声,他说："她们是公社的,我爸爸叫她们给公社打猪草。"

那个人不说话,从我身边走了过去。我感觉得到他的身上燃着火。

我扯了一抱猪草,走到李珍身边。涂矮子仰着脸看太阳。太阳被云层挡住了。

"指腹为亲",我不可能知道是什么意思。李珍说她爸爸跟涂矮子的爸爸是伙计。这是真的,同学中的传言也是真的。李珍到底会嫁给谁? 牛儿? 涂矮子?

李珍直起腰来将手中的草与镰刀拢在一起,她看了一眼涂矮子脸就涨红了。然后她坐在土坎上,捡一块石头朝着远处扔出去。她的鞋帮炸了线,大拇脚趾从鞋子里露出来,她有意往鞋里蜷了蜷那只拇指。

马兰花开在山崖上。

马兰花是蝴蝶花。不是,马兰花是神花。不,马兰花就是蝴蝶花。我们总是争论不休。我从田埂的石缝里摘下一朵蝴蝶花。这样的花化肥厂后面的山坡上石缝儿里开得到处都是,走在马路上一抬头就能看到。山岩上拦腰写上的"农业学大寨"红字映在日光里,就在开满蝴蝶花的半山腰上。那些花开得好紫。

陈永贵要来我们上学的公社。陈永贵是谁? 潘小梅轻蔑地笑,连这个都不知道,她指着开满蝴蝶花的山坡说,看见了农业学大寨。大寨不是个村子吗?

李珍说:"在山上造梯田的那个人。"

我在报纸上见到过一张梯田的黑白照片,好像夜色中的梯田只能弯弯曲曲。

陈永贵来了。人山人海，公社的道路被堵住了。我也挤在人群里。我们都站在公社的那条路上，人群一直排到化肥厂往下的公路。化肥厂的烟囱没有往外冒烟，看不到往日遮天蔽日的浓烟。

酒厂的板车正在往外拉酒糟。香喷喷的酒糟，我们跟在板车后面抓一把放在嘴巴里。爸爸也来了，他推着自行车，很远我就看见了他，他穿着白色的民警制服，红色的领章在人群里格外耀眼。

我慢慢靠近他。小路上也挤满了人。水井，几个男同学在井边喝水，他们空着手，他们的弹弓呢？我故意从他们看得到的地方走过，如果他们敢举起弹弓，我就让他们看看爸爸腰上别着的那支手枪。我要让他们亲眼看看枪是什么样子的，看看弹弓厉害还是枪厉害。如果陈永贵天天来就好了，起码这些弹弓手不敢用弹弓瞄准我。

他们忙着跳过沟坎，看都不看我一眼。

马路的另一头开来了一辆吉普车，人群如潮水一样涌动，我夹在人群里，幸亏有爸爸的自行车，爸爸又穿着警服，涌动的人群有所避讳。吉普车上下来的人说陈永贵还没有到。人群又退回路的边上列队站好。

学校派了宣传队手拿花环站在陈永贵来的路口，潘小梅头上扎了一朵大大的花。她要代表学生给陈永贵献花，那一整天她的头抬得老高老高。

爸爸有事，我们没有等到陈永贵来就离开了。我知道的陈永贵是潘小梅嘴里的陈永贵，很高很高起码有毛主席那么高，头上包了一块白毛巾。我不知道陈永贵是农民，如果是农民怎么会是个大人物呢？

潘小梅自从给陈永贵献过花之后，她走起路来像要飞翔似的。飞跳过河水飞跳过田埂和山路身轻如燕。她早把潘二妹的死抛到九霄云外去了。

我不会懂得潘小梅的世界。

4

石头缝儿里有蛇，蝴蝶花是属于蛇的神花，那些开得越紫越幽冥的越美丽的，都是属于蛇的。这样阴湿幽闭的土，蛇莓也长得好，蛇进出时洞穴时，会在那些红色的，被我们称作老蛇莓的植物上留下它的口水。人如果不小心误食了有蛇口水的莓，就会中毒而死。

可是我还是采了一朵蝴蝶兰，我心中的马兰花，举在太阳底下。我总在想"勤劳的人在说话，请你马上就开花"，会给我带来什么样的幸福。

幸福是什么？

幸福是上下学的路变得短一点。雨天河水不要涨得那么汹涌。潘二妹死后，矿部决定在河的下游修一座桥。

那座桥要修起来，还需要很久的时间。

坐在土坎上，我就看到了开在石缝儿里的蝴蝶花。幽紫幽紫的蝴蝶花不是马兰花，可是，还有什么花的美丽能是马兰花呢？采一朵插在头上，让太阳直接照着它。

你就等着蛇挡住你回家的路吧。这是故事里说的。马兰花的故事里没有这个。李珍还给我讲了祝英台蹲着解手，她告诉梁山伯人都是要蹲着解手的。我不会知道这一男一女的故事说了什么，心里却伤悲。李珍讲的故事让她更成熟，让我感觉到有更多的秘密在她的身体里面藏着。

涂矮子吹着口哨走过来。他的头很大，阳光下他一摇一晃地走着，像一棵从土里面凸出来的巨型蘑菇，浑身散着无法估量的毒液，在某一个瞬间就会突然炸开。

我的心怦怦乱跳，他的一举一动，都让我感觉到害怕。李珍假装没有看到他，将镰刀伸进绿草深处，唰——唰——唰地折断了的蒿草液里有一股浓重的香味，熏得人发晕。

土坎上的背篓装满了草。

我走到土坎上，假装抖掉鞋里的泥坷，悄悄地朝涂矮子看过去。涂矮子牵着马缰绳一歪一扭地走在马的前面，朝着河岸走。

他就要靠过来了，我心里有了想跑的念头，河岸上小船随着风而漂动。李珍的哥哥还没有来，他是去水库那边安放雷管去了，等到雨水来临的时候好炸鱼，近日的天气预报总是说有大到暴雨。

我偷偷地看李珍，她已经将地上的篓筐背到背上，歪了两下很快就迈开脚往前走。她弯着背，像被篓筐压得直不起来了，镰刀横抱在两只手上。

我们和涂矮子在两条平行的土坎上走着，马蹄叩在土路上和马摇晃的声音，让我渐渐平静下来。

涂矮子丢下缰绳，跨过土坎跳到河岸的沙地上来，马在他身后的土地里吃着草。我们都到了河边，李珍靠在一块石头上，放下背上的篓筐。

我站在离船不远的地方，随时准备拉开脚就跑。

李珍抬起手用袖口擦了一下额头上的汗，然后她似笑非笑地朝着涂矮子笑了一下说："谢谢你，我们走了。"

涂矮子很高兴，他蹲下去捡了两块石头，歪斜着身子将石头打进水里。石头在水面上连漂了几下，然后落进水里。这是打漂漂石，我也会打，需要手的方式和力度，我打出去的漂石，在水里最多连跳两下就掉进水里了。

李珍的哥哥来了，他把粗大的绳子丢进船里，还有鱼篓里面有几条刚死的白鲦鱼。我们坐的船就完全离岸了。李珍的哥哥用镰刀划着水，河水浑浊地朝后面退去。

涂矮子站在岸上，很快在我们的视线里变成了一棵用来拴马的枯树桩。他身后的马慢慢悠悠地移动成一个影子。

5

同学在远处拍着手喊：涂矮子，涂矮子。

我和李珍在蚕豆地的坎子下面用棍子挖茅草根。上课钟响了，这一次是用铁锤敲的，所以那种钢音很震耳，回声很大，连远处的树林都能接应这种声音，把它传出很远。我们丢下泥棍朝教室跑。在踏上教室走廊石阶时，涂矮子歪歪扭扭地走过来。李珍停了下来，我回过头去看她，她拦住涂矮子说："他们爱打你，你就不要来学校了好不好。"

涂矮子不说话。我朝着教室跑去。

老师叫我的名字，我没有听见。潘小梅在我的后排捅了我一下。我溜号溜得太远了。我感觉到所有的目光都涌向一处。我被淹没了。黑板颤动起来，老师用手中的木棍使劲地戳着黑板，眼睛盯着我，示意我赶快跟着读，每一棍都像打在我的头上。

走廊上的破钟终于响了起来，值日老师用一块砖头敲打它，那个声音在我的心里戳下一个一个的印迹。

那口破钟，它甚至戳破了下午的时光。

我被一股热浪和破烂的钟声推了出来。同学疯笑着跑向坝子，绕过正在垒砌的两个乒乓球台，朝着远处开着花的田野跑。

躲在墙的拐角处拉直弹弓瞄准我的，都是住在公社街道上的几个男同学。他们给李珍说谁让你是居民户口呢？谁叫你整天能吃大米白面呢？

这是他们要用弹弓瞄准我的毫无余地的理由。

一颗、两颗、三颗弹无虚发，打在我的腿上。我忍着痛快快地跑。我不想哭，咬着牙埋着头往前跑。接二连三地举着弹弓，闭上一只眼迅速地转换位置，像电影里的狙击手，随着我的身体移动的速度射击。

一颗石子打在我的脚踝上，我本能地跳了起来，然后我蹲下去，听见嗖嗖的声音从耳边穿过去。

我们朝着饭堂跑。如果去晚了，饭盒里的饭就会被先爬上饭甑的人，在慌乱中打翻在地。有时候他们是故意打翻别人的饭，拿起一个饭盒盖子，将所有的饭盒翻个底朝天。急了就把上面的饭盒从甑子里丢出来砸在地上。拿了自己的跳下灶台，大摇大摆地吃着饭走了。

饭堂在学校后面的一家院子里，这是旧社会大户人家的住宅。我一直以为那是一座旧庙，被高高的皂角树挡着，皂角树的树枝伸进院子。伙房就在一座拱形圆门旁边，我们冲进没有灯光的屋子，阴湿的气味被热腾腾的蒸汽盖住了，耳朵里是叽里咣啷翻找饭盒的声音。

我看见我的饭盒"呼"地从甑子里飞出来，甩饭盒的人整个地弯进了甑子里，像搭在甑子上的一块浸了水的湿麻袋。灶台上找到自己饭盒的人跳下灶台，一脚踩上来我的米饭变成了黑色的。

饭是不能吃了，我蹲下去把它们刨进饭盒，想着带回家喂鸡。我抱着饭盒爬上高高的皂角树。姐姐也爬上树，她从她的饭盒里拨了一点饭给我，我不忍心吃她的饭，她每天下午要打篮球。

阳光透过枝叶的缝隙照在我的脸上。我躺在树上等待着回家吃饭的李珍，能如往常一样给我带来炒苞谷花。

我在树上睡了一会儿。李珍从远处的树林走来，这个时候的我已经饿过了。看到她我还是来了精神，不等她走近就从树上跳下来，堵在她的面前。

她看着我，我伸出手。她很抱歉地将两只手插进衣兜，然后将之翻了个转抖出来。

她说她中午忙着煮猪草，没有时间炒苞谷花。

我像一只球突然泄漏了一样，连骨头都发软了。我朝着树林后面的村庄看去，小路上涂矮子正朝着我们走来。小路上那座砖窑正冒着青烟，一缕一缕地往外冒，变成滚滚浓烟。我们都喜欢在浓烟突起时，故意从那儿路过。跑慢了就会被浓烟裹住，呛得透不过气来。我们把这个当成游戏，在放学的时候用来惩罚同学。

浓烟出来了，涂矮子跑不及被烟尘裹住。

李珍也回过头朝树林里看，她说他早晚要被烧砖的烟呛死。我们转头往学校走，我的肚子叽咕叽咕地叫。

坝子里跳皮筋的同学，三五成堆地各占一个地盘。我和李珍插进去，跟着同学一起跳。我们在阳光下，从这边蹿到那边，跳出不同的花样，不断地升级，难度也在增加。

马兰花、马兰花，马兰开花二十一，二五六、二五七、二八二九三十一……

李珍用劲抬腿，她飞跳起来的时候，一张带血的纸从她胯里掉了出来。大家都停下来，顿时那张带血的纸，成了让所有动作停止下来的根由。

几个跟李珍一起跳着的人不动了，她们是想证明自己与那张纸保持的距离。李珍的脸一下子红到了颈根，她还想假装纸不是从她身上出来的，准备继续跳。

我们笑她不笑。然后在她勾脚的时候，将那张方格作业本，写满了铅笔字的带血的纸，踢到皮筋外面。

我不知道那是月经。难怪李珍有一天拿着语文课本，指着几个地方让我读。"暖洋洋的太阳照过来"，她让我把"暖"字读重点儿，我读了，她咻咻地笑。我不知道有什么好笑的，又读她指着的另一处"月经天地"，她笑得更加厉害。她说你再读，我有点开始怀疑她不怀好意，就关上书。我问她为什么笑。她不说话捂住肚子笑红了脸。

事后，我们对李珍胯下掉出来的纸说三道四。猜想她已经结婚了。我们说她的乳房说她的臀部说她晚上睡觉留在脸上的迹印。连她走路的样子我们也不放过。说来说去就是为了说明她不再是个姑娘。她身上埋藏着的所有不为人知的秘密，都是我们跟她继续玩下去的理由。总之，她的秘密越多，我们就越想跟她玩。

6

年复一年的冬天，风雪遮住上学的路。河水结了冰过河不用踩进水里，石磴上也结了冰，早上和放学过河都要非常小心。矿部修的桥还没有完全建成，河面上只打下了几根石头垒起的磴子，施工因为凝冻而停了下来。看来桥是要等到来年的春天才会接着修了。

雪铺天盖地地下，路变得更远更寂寥。飞鸟在雪雾里的声音，像一道闪过的寒光。雪盖住了道路也盖住了道路两边的田野，白茫茫的大地白茫茫的山川河流，白茫茫奔跑着的我们，迎着风雪，寒气呼进胸腔隐隐地痛嘴巴也木了。

汽车，来了一辆汽车。轰隆轰隆来了。每一次我们像得救了一样兴奋。有汽车扒我们到家里天就不会黑。我们做好准备，等汽车爬坡时，拉着汽车的后车厢跑一段路，借着司机换挡的时候，我们就扒上车去。站在车上迎着风，我们高兴极了，叉着手站在车厢中间唱着歌。司机从背座的小窗口看我们一眼，继续开他的车。

汽车上完坡，穿过山谷中的那座桥，我们准备着，准备着汽车减速时，到达我们要拐过去的小路口，一个个从车上爬下来。一般的司机上完坡，会缓慢地开一段路，然后再加速向前。而现在，我们能感觉到车速越来越快，我们忘了车轮是加了铁链条的，所以司机不怕。我们的手抓住的每一个地方都结着冰。如果我们在那样的速度里跳到地上，根本不可能如以往那样，在惯性中跑上一段路。我们只要脚一着地，就会摔倒。

　　怎么办？我们不再敢发出声音，一定是我们疯闹的声音惹恼了司机。没有司机会故意不让我们跳下车去的。来往于此路的司机，对于我们扒车早已经习以为常。如果司机把我们拖到城里，或者把我们拖得远远的再放下来，天就要黑了，那么冷的天我们怎么办？

　　我们一起高声地喊叫着，用手拍打着驾驶室的篷顶："停车！停车！呜呜……"

　　我们真的哭起来。几个孩子一起哭起来的声音，在冰天雪地里飘扬。是不是有过这样惊慌的教训，我们就会停止扒车？我们不会停下来，昨日的记忆到了第二天，就被我们一起抛到九霄云外去了。

　　潘小梅从来不扒车，每当汽车经过她身边的时候，我们都会有一种居高得胜的胜利感，把唱歌的声音扬得像天那么高。

　　这些冬天昏暗的记忆，总会在来年的春天里被我们忘掉。不扒车的时候，我又满山满野地采食各种可以吃的东西。

　　没有汽车就扒马车，连自行车也不会放过。雪天路滑，我们一路小跑着，跟在自行车的后面。我们跑呀跑，我们迎着寒冷的风。骑自行车的人被我们拽着，他被迫跳下车来。我们围向前去，见他无可奈何地朝着我们笑，我们就更得寸进尺，拦住他不让他走了。我们问他从哪里来，他说他从城里来。我们问他来公社做什么，他说就想骑车到处转转。

有人跳到他的自行车后面坐着，车身歪斜到他的身上。他用身体支住自行车。我们问他是干什么的，他说他是城里京剧团的。我们问他京剧团是做什么用的，他就对着我们唱："栽什么树苗，结什么果，撒什么种子，开什么花……"

这个我们都知道。我们让他继续唱。他唱了一遍又一遍。雪花簌簌地飘落下来，落在我们的头发上。他被我们推搡着，我们一路跑一路叫着。

我总想问他，那么在雪地里撒下马兰花的种子呢？这个他不知道，我们也不知道。我想起李珍的肚子，潘小梅说李珍的肚子要暴出来了。李珍穿着厚厚的花棉袄，她不再跳皮筋，她只愿意给我们绷着皮筋。我们还是一边跳一边唱：马兰花、马兰花，马兰开花二十一，二五六、二五七、二八二九三十一……

我们跑着跳绕开绷皮筋的人，在每一句起落的时候腾跃而起，穿梭在皮筋不断升高的跨度里，以示我们的灵敏和技巧。

马兰花、马兰花，请你马上就开花……

潘小梅双脚飞起来，可是她在落地时没有站稳，猛地撞到李珍身上。

李珍倒下去时用手肘着地撑了一下，她摔得很重。我们以为没有什么，停下来等着她起来。她将头伏在手臂上，收缩两条腿，使之与整个身体的距离更近一点。我们静静地等了一会儿，然后我走到她身边，我发现她的身体在抽搐。

她的身体出血了，血是顺着她的大腿内侧流出来的，渗到了她裸露在外的脚踝上。她没有穿袜子，她的脚上长着几个红红的冻疮。

上课钟响了，同学抛下李珍朝教室跑去。我也转身就跑，可是我回头来，就在我回过头的一瞬间，我看见李珍在地上挣扎了一下，她想爬起来。我反身回去，我蹲下身去目的是挡住不远处走来的老师。老师没有走向我们，而是走进了教室。

学校一下子安静下来。我和李珍像掉在潮水中的两块石头，现在潮水退去了，我们被搁浅在岸滩上。冬天的风真冷，风里夹着冻雨，淅淅沥沥地打在树叶上。

我扶起李珍不敢往教室里走，我们朝着学校外面的树林走。我们找到一堆草垛，我扒开被雪盖住的稻草让李珍躺进去。血顺着她的腿淌进鞋里，寒风吹过树梢呼呼地响。

李珍哭起来。我靠在草垛上束手无策地听着李珍的声音变成沙子，冰冷坚硬的沙子灌进我的耳朵。

漫天的雪飘落下来，我仰着脸，静静地等待着。我不会知道李珍是小产，我怎么会知道这是要出人命的？更不会知道在这个寒冷的冬天，在郊外的树林里的草垛上，是我与她同学一场的最后情分。

她拉住我的手，像拉住一根稻草那样，紧紧地紧紧地攥着。

马兰花、马兰花，请你马上就开花。

马兰花开在冰天雪地里，蝴蝶花不是马兰花，我的固执的想象现在变得苍白。这是那个骑自行车的人跑累了停下来告诉我们的，马兰花是红色的。

马兰花、马兰开花二十一……

我们再唱马兰花的时候，马兰花已经变了颜色。

马兰花怎么是红色的？

虱 子

1

夜里花嘎又撞开门，它总是深夜突地撞进来。它伸进一条腿，门吱嘎一声打开了，它整个身体卡在门上。然后我又看见她们了，穿着黑口布鞋、长筒白线袜、百褶裙。

夜晚总是很长，透过窗子看到的星星很远有点零碎。花嘎退出去，从灶孔的另一面钻回圈里。有人从煤井里下夜班经过我们家门口，他们的脚步东倒西歪地落在黑夜里，花嘎扑出去了，它的声音在黑夜里，形成一个又一个隆重的黑色的圈儿向着夜空扩散。可是，一会儿它就嗷嗷地叫着退回来了，它被人用石头打了。

花嘎怀了狗崽，自从它怀了狗崽，就很少有人在白天举着涂满红药水的手，或者站在窗下捞开裤腿露出伤来让妈妈看。它不咬人了，可是人们还是想打死它。他们告诉妈妈，没有见到天日的狗是大补。我身体不好，出门进门都要先咳一阵。妈妈先是给我吃了胎盘，医务室的田医生拧开自来水，哗啦啦地冲洗胎盘，托着医用盘子血淋淋地从我们眼前走过。有人说胎盘，我们不知道胎盘是什么，说话的人跑了，我们跟在后面跑，以为胎盘是可怕的东西。不知道那是要拿给我吃的。

人肉，胎盘是人肉。姐姐只要骂我，就会说我吃人肉。一个连人肉都吃过的人，什么事情干不出来呢？从木工房通往厕所的陷坑是她挖的，疯跑时关掉木工房的灯，拍打小伙房的门，也是她干的。房间里面的人正在学习，听到拍门声出来开门，听到跑进暗暗的哄笑声，知道又是恶作剧，站在门口大吼几声吓唬我们。我们已经跑出很远了，正在跟着姐姐还有她的同伴，奔赴下一个目标。

职工们把这些事告上门来，所有的事都成我干的了。我只是跟在后面瞎跑而已，我当然不会承认干了那些事，我告诉妈妈不是我，也都是因为姐姐先要把事情推到我的头上。结果我又成了叛徒王连举（京剧《红灯记》里的人物），这个外号她喊了很久，只要她不高兴，就会这样叫我。这个外号真是羞耻，就是夜里睡在床上，想起来我的脸都会红。

又有人上门来说敲掉花嘎的事，连司务长王和明都来劝妈妈，他油光水滑地想吃狗肉真是可恶。妈妈一直很犹豫，每一次她都吞吐着回绝来者的劝说。她为什么要吞吐？因为她心里发虚，花嘎咬伤的人太多了。她没有理由拒绝。

我告诉妈妈我不会吃花嘎的肉，我不能吃。我知道我吃了就根本抬不起头来了。

2

我又看见她们了，我的确又看见了她们，穿着黑口布鞋、长筒白线袜、百褶裙。每天夜里撞开门，我就在那个声音里突然惊醒了。妈妈说那是花嘎。我说不是，我亲眼看见的，花嘎的脚不会穿鞋。她们没有进屋来，因为花嘎也总是会在这个时候，对着下夜班的人狂叫。我反复地告诉妈妈，希望不要打死花嘎。有花嘎在我虽然看见她们，但是我并不害怕。

姐姐也说看到里屋一个女人背对着门面朝镜子，就坐在爸爸妈妈的床上梳头。姐姐每次偷偷摸摸地进里屋，就是想在家里没有人的时候进去偷糖，被我撞上就分两颗给我，我把糖捏在手里，跑出去绕着坝子转。姐姐说话我看她的时候，她的脸就涨红了。

　　妈妈一边往我们头上撒"六六粉"，一边把我们看到的当成笑话，说给一起打扑克牌的李叔听。李叔说我们住的地方，以前是长满杂草的坟地，我看到的也许就是那些苗族妇女，这里的苗族妇女都穿那样的鞋袜。走那么远的路，脚每天踩在杂草丛里，鞋袜竟然还能那么干净。

　　我埋着头站在妈妈面前，头发上的水顺着脖颈往下淌。想着晚上迈进门来的那只脚，在窗外射进来的灯光下停住不动的情景，她们怎么不走进屋来，为什么只站在门口，只露给我下半截，花嘎的叫声是在她们之后传来的，她完全有时间走进门来。

　　妈妈拽住我的头发往前搡一下，撒上"六六粉"又搡，我埋着头来来回回地移动。三妹四妹蓬头呲牙东摇西晃，甩落一地的水。妈妈叫姐姐去找潘小梅和她的妹妹。姐姐说她不去，老潘那么坏，凭什么还要给她们包头？

　　妈妈把一块湿毛巾搭在我的脖颈上，她的手冰凉地通过我的耳朵，将"六六粉"一点一点撒进我的头发里。她说不叫也行，从今以后不准在一块儿玩，她们头上的虱子不消灭，你们的罪也白受了。

　　姐姐蓬着头不情愿地走了，出门时把门摔得很响。妈妈又搡我一下，对着李叔说我的胆是被潘二妹吓破的。潘二妹死了，经常来找我。潘二妹没有来找我，我只是经常看见她。妈妈说都一样。我就埋着头不说话。

　　姐姐说妈妈跟李叔有问题，不然李叔不会天天守在我们家里，对我们说三道四、指手画脚。家里没有人的时候，我躲在窗户外面的黑暗里认真地偷看过妈妈和李叔，他们只是坐着说话，并没有任何异样。

往头上撒"六六粉"，将头发打湿能更好地焐死虱子，让它们连"呛"带"溺"无处可逃。这也是李叔说的。所以每次撒"六六粉"时，妈妈烧一盆热水放在桌子上，我们依次将头发打湿，依次等待她将"六六粉"撒到我们头上。轮到潘小梅她们来时，水已经凉了。可是她们从来不吭声埋下头扎进水里，又连水带头地抬起来，弄得满地是水。

李叔半倚在桌子的一角，两条腿交叉眯缝着眼一直保持着笑的样子，对着我们说："这种东西顽固得很，这次包死了，过一阵子又来了。"

姐姐从外面进来，她带了一股风走过我身边。我抬了一下头，妈妈迅速地将我按下去。"六六粉"刺鼻的气味，刺得我睁不开眼。

李叔的五个孩子在农村，每个人的头上都长满了虱子，他认为这是消灭虱子最好的方法。姐姐不喜欢李叔说他空口白牙地净说些整人的话，虱子不死总有一天我们倒要被整死。

李叔一如既往地眯缝眼睛看我们，像在看一个笑话，他对我们能够分享自己的这一发明很满意。他正等着妈妈给我们撒完药后，好一起去孙叔家打纸牌。那是一种我无法明白的游戏，他们乐此不疲地让输家戴一顶报纸折出来的高帽子，下巴贴着用报纸剪出来的胡须。赢家视若无睹地继续打牌，他们看上去都很滑稽。抽烟的人让烟雾遮蔽了灯光，屋间里乌烟瘴气的，灯泡从糊了报纸的簸笆顶篷上垂吊下来，昏黄得让人觉得世界的尽头就是那种奄奄一息的灯光。

我不喜欢看到王和明，他又老又胖。经常坐在面对窗户的位置，满面红光，他的旁边坐着孙叔的老婆吴娘。他的身体里面永远有一种褪不尽的油水的气味，原因可能是他在煤矿做着食堂的司务长，食堂里的菜饭他可以随意吃喝，他的身上就有这样的一股油腻的优越感。

他不在牌桌上或食堂时，就喜欢纠正我们说的所有的话，用他肥大的手敲打一下我们的脑壳，让我们感觉到不舒服。我们在石阶上看到他远远地走来，我们掉转方向从房子的背面包抄过去，从他的后面俯冲着跑过，把现学的一些莫名其妙的话对着他大叫一气，目的是想让他措手不及无以答对。

姐姐从城里的中学回来，她教我说"蚂蚁蚍蜉谈何易？"我问姐姐是什么意思，姐姐说你不用管，他保准不知道。我多么佩服我的姐姐，她竟然能让上过大学的王和明哑口无言。

我后来知道蚍蜉是蚂蚁，可是姐姐并不知道，我猜测王和明也不知道。当我们再次遇到他，就得意忘形地冲着他大吼：蚂蚁蚍蜉谈何易！蚂蚁蚍蜉谈何易！我们这样喊着叫着从他身边撞过去，他理都不理我们，可是我们很得意地跑出很远了，还回过头来叫着。

李叔说孙叔戴了顶绿帽子，而孙叔天天戴在头上的是一顶灰色的鸭舌帽，我以为灰色和绿色是可以混着说的。孙叔的绿帽子是王和明给他戴上的，而王和明实在太老了。他浮肿的脸上，那些隐约的老年斑无处可逃。他平时高高在上，站在伙食堂的窗前看账目。我们去打馒头，这个时候，我们就不敢冲着他大叫了，他也不会是平时见到的样子，他像一座与粮食有关的山峰，高不可攀。

刚刚揭开甑子的馒头，白乎乎的馒头，香味里充满着一股暖气，我们会仰着鼻子拼命地吸。王和明站在雾气缭绕的伙食堂，他的身后是厨师将菜倒入油锅的哧啦声，呛鼻的油烟里弥漫出辣子的味道。王和明慢慢吞吞地看着账本，月底了，那些欠着账的人家该还账了。家家户户赊账的记录本，被一双双记账的油手弄得乌黑不堪。几乎所有的人家都会赊账，唯独我的妈妈以此为耻，她把我们的生活计划得出入正常。

3

绿帽子就是女人偷人时给他戴的帽子。不，不是这个意思。管他是什么意思，反正他戴了一顶绿帽子。什么是偷人？就是拿人家的东西。不对。反正是这个意思。

我怎么看孙叔戴的帽子都是灰的，他打牌时乌黑的脸涨得青红，一言不发地坐在牌桌前。像一只夜里盘踞在树上的猫头鹰，难怪他们背地里叫他孙猫头。李叔指使四妹揭了王和明的帽子，王和明的帽子也是灰色的。他的秃头露出来了，一个人的头上怎么会不长一根头发？四妹把帽子交给李叔，李叔拿着帽子，面对王和明一脸的怒气，他的笑有点尴尬。他把帽子举起来，王和明一把抓过帽子冲了出去。

他是个秃子，所以才给别人戴帽子。这跟他是不是秃子无关。他为什么不戴两个帽子？我跟在姐姐和小英后面，她们翻爬过洗澡堂的墙，顺着通往山坡上的烟囱往上爬。那堵墙我翻不过去，她们知道这样就甩掉我了。

回到家我告诉妈妈，姐姐又去爬烟囱了。妈妈说她想死。李叔说烟囱虽然高，但是顺着山坡往上修的，即使摔下来也无大事。妈妈不理他继续扫地，故意朝着李叔站的地方扫，李叔就不停地改换着站的地方。妈妈故意用扫帚戳他的脚，他跳起来咧着嘴痴笑。妈妈数落他是个木头脑袋瓜，唆使四妹揭王和明的帽子，他怎么能想得出来人都得罪完了。

妈妈看不起李叔，说他是木头老呆瓜。他的头又大又硬，真的像用木头做成的。有时候他还笑着让我们敲一下他的头。他的头的确很硬，让我们觉得的确是木头。公社演电影，我们成群结队地去看电影，李叔总是把我的弟弟举在头顶上。弟弟抱着李叔的头高兴地抓着他的头发说：驾！驾！有时李叔还会跑起来，学着马的样子发出声音。我们的声音朝着黑暗的土地，向着深不见底的地方传播，让人感觉到大地的暗沉带来的不可知的颤动。

我甚至希望能够永远走在这样的黑夜里，把白天上学时漫长的行走隐去，把风雨统统都隐去。把妈妈同意打死花嘎隐去，把王和明吴娘所有走在黑夜里的人都隐去。那么这个世界又会是什么样子呢？那只深夜撞门而入的脚，再不会让我心惊胆寒，再不会有弹弓飞速而来的石子打在腿上，再不用担心下课晚了，饭盒被人故意打翻。

路总是要走完的天总是要亮的，一切都会照常。

姐姐和小英趴在我们家的自留地的土坎上，她们嗑着瓜子满天吐皮。她们把小人书《一块银圆》丢在草上，我采来白地莓用来换小人书看。姐姐说不行，你包里有糖拿出来。我用手抓紧衣袋。她翻了个身仰面朝天，眯着眼睛说不肯就算了。她也有糖的，妈妈分糖一人一颗，我没有舍得吃，她就知道我舍不得吃，晚上会摸出来亮她。

我从衣兜里摸出一颗水果糖，我是多么不情愿。谁让我想看小人书呢？不看就可以不买姐姐的账了。姐姐剥开糖放嘴巴里咬，咬出来的第一块她给了小英，然后她抿嘴，糖就被她包进嘴巴里，她把手心里的一点点碎末给了我。

银圆缺了口就会滴血吗？姐姐和小英一起抬起头来嘲笑我，说没见过比我更笨的人，没看见是敌人用枪打出来的吗？我知道敌人开枪了，就在银圆上打出了一个缺口。多么忧伤多么悲痛的故事。跳过开着野花的沟渠，想着坐在莲花灯中间的童男童女，恶霸地主李三刀给他们吃了水银，他们就坐着死了。医务室里的体温表里面，那个会升会降的水柱就是水银，不小心吃到了是不是也会坐着死去呢？

我把体温表举起来看了又看，故意掉到地上摔断它。用纸把还没有米粒大的水银包起来，如获至宝，明天就把它带到学校去。把水银放进饭甑里去，让那些故意打倒我们饭盒的人吃了它。把它放进用弹弓打我的男同学的课桌上去，让它粘到他们吃进去。

每天夜里我都会想象着吃了水银的同学，他们坐在草地上，或者坐在教室的过道里，就那么死去的情景，心惊肉跳难以入睡。爬起来打开书包翻开包水银的纸包，它还在。

明天，明天就把它们洒进河里，把它们洒进河里我就可以安心入睡了。可是妈妈还是同意了要打死花嘎。我的水银真是无用。

我从大伙房捡回一块骨头叫花嘎出来，它趴在圈里，头枕在前腿上，两只眼睛幽幽地看着我。我站起身来，它从圈里出来围绕着我的腿，它的身体在颤抖。我蹲下身去，它安静地任由我的手在它头上摸来摸去。它并没有像往常那样把骨头叼进圈里，它只是用鼻子嗅了嗅骨头，就又钻回圈里。

人的胎盘也没有见过吗？他们从医务室拿出来，血淋淋地在自来水管边冲洗。我们家晚饭桌上多了一份肉，除了弟弟和我，谁都不能吃。肉就放在我跟前，我心里犯疑，姐姐一直低着头吃饭。妈妈见我不动筷子，她先往弟弟的碗里夹了两筷，抬起碗倒了一半进我的碗里，好像我吃了身体立即就好起来了。

我说我不吃胎盘我不吃人肉。妈妈说谁告诉你胎盘是人肉？我想说是姐姐她骂我吃人肉。可是一想到王连举，我就不敢说了。妈妈说吃吧，吃了胎盘就留着花嘎。我哭起来，夹了一块胎盘往嘴巴里放。胎盘的味道很腥，但是为了花嘎我囫囵咽下去，每往下咽一口，我都会朝外打呕。妈妈说那么好吃的东西，都舍不得吃，你还不满意。

那么好吃的东西，为什么我还想吐？一个吃了人肉的人满身的腥味，走到哪里都能闻到。大家都知道你吃了人肉，吃人肉的就是鬼了。不要出门了，不要整天到处跑，待在家里吧。我听了姐姐的话，不敢出门。

李叔从煤井里上来，戴着黑黢黢的安全帽，满身煤污看不到脸，只有一口白牙，穿一双深筒雨鞋，哼哧、哼哧地走来。我张口一笑，他就说黄牙又露出来了。我捂住嘴巴跑远，松开手喘着气再张开嘴巴时，我丧失了笑的信心。我有一口黄牙，又吃过人肉，不会有人原谅我了。我把自己藏在门后，紧闭着嘴巴。如果我吃了水银，会是什么样子呢？

妈妈把我满口的黄牙，归咎于我们整天喝的是被煤污染了的锈水。李叔却不以为然，他说牙齿黄是天生的。他在井下的工作是将雷管和炸药联在一起，炸塌坚实的煤体。而他却从井下拿来一种，类似于洁厕净那样烈性的东西。他没有说是什么，用一个小玻璃瓶装着让我用来洗牙。妈妈也不怀疑，李叔说他家孩子的牙都用这个洗过了。李叔说药水只能刷到牙齿上，不能刷到牙床上，否则会烧烂牙床。

我仰着脸，妈妈用一根棉签蘸上药水，刷到我的牙上，哧啦啦地一股浓烈的酸氟味侵蚀了我的牙。我张着嘴，尽量地张大，生怕它烧坏我的嘴巴。我能感觉到它的烈性对我的损坏，却无法说出来。我为什么不怀疑？为什么不会想到它对我的伤害？我的嘴巴生涩得快要张不开了。

我的牙齿白了，当场就白了。隔两天又往上面刷一次，牙釉洗掉了张嘴闭嘴感觉生涩。

我满山地跑，跑过山中的一片玉米地，野花在太阳下闪着光，野藤蔓盘绕着石崖结满了豆荚。崖豆荚在山风中摇摆。崖豆荚的藤在春天开紫色的小花，牵着藤顺着石缝长。我们把豆荚采下来，放在煤灶上烧煳了，用火钳夹出来去了皮就可以吃了。又面又香的崖豆荚虽然好吃，如果烧不熟吃了就会中毒。

我就中毒了，不知道一定要烧煳烧透。坐在门口靠在墙上，天地旋转。口舌发麻，然后是呕吐。花嘎在我身后的圈里，它哼哼了几声，竟然悄悄地钻了出来。它紧挨着我，我感觉到它的身体在发抖。

我也在发抖。

4

夜里我梦见自己变成一颗透明的石头，河流、沙地、树木凝结成我的肢体，晶莹剔透。她们的脚落在我身体的沙地上，变成了星光。炫目耀眼的星光，变成枷锁沉重地叩击出叮叮当当的声音。

一个一个的饭盒从甑子里飞出来，米饭，白花花的米饭……我正要为打翻了米饭，中午又没有饭吃了而哭，突然就醒了，门又吱嘎一声开了。又是一双脚，是花嘎的脚，它哈哧哈哧地伸进半个身子。我伸出手轻轻地叫唤它，它慢慢走到床边，它的肚子越来越大了。它温顺地靠在床边，我把头挨近它。

花嘎就快要死了，就快要因为我而死了。我怎么能原谅自己？所有的人都不会原谅我的。哗啦啦的雨水堵塞了门前的水沟，脏水从沟里冒出来顺着斜坡往下淌，响亮的声音让我不能入睡。

清早妈妈正在把鸡圈往屋外搬，夜里下了雨，到处湿乎乎的，鸡屎的气味满屋子都是。我们家养了四只鸡，白天搬出去夜里搬进来，家里有一股鸡屎味。姐姐经常为打水冲洗屋子里的鸡屎恼怒。

太阳出来的时候，姐姐就会往我们家泥巴地上泼水。一盆水泼下去，她就用扫把不停地往外扫水，扫把上粘起了很多泥。妈妈说那样做是不行的家里的地干不了，长年累月的家里就长满霉菌了。姐姐不屑于听妈妈这样说，把地上的泥水扬得很高，抱怨着别人家不会把鸡圈放在家里。妈妈也不喜欢姐姐边扫水边抱怨，说别人家放在家里要给你请示汇报。谁让你用水扫地的谁请你做这些了。妈妈关门时用的劲很大，感觉我们家门要被砸垮了。

姐姐满头是汗，直起身子，我看见她哭了。她说我们的妈妈跟别人家的妈妈不一样，我们的命多苦，妈妈只顾着打牌，家里生蛆了也不管。她看我一眼，将扫把上的水甩在屋外的墙上，把扫把拍得啪啪响。

那么虱子呢？下雨天淋湿了头发，太阳一出来虱子就长出来了。坐在田埂上咬虱子的老太太是不是也因为淋了雨。她整日在地里劳动，雨来了她跑不快，一会儿太阳又出来了她接着干活。虱子长满了她的衣服，里里外外全都是。她怎么不用开水烫呢？开水一烫虱子就全部死了。

妈妈把我的头往下按，我的背就弓了起来，"六六粉"的气味刺得我紧闭双眼。她的手在我的头发里翻来翻去，为的是让"六六粉"能均匀地撒遍我的头发。水淌进我的脖颈里，混合着"六六粉"的水，烧得我的皮肤一阵赤热。我感觉到那儿已经变成了红色，我喊着告诉妈妈脖颈灼痛，她用她的手在我灼痛了的地方，用湿泞泞的手抹一把说死不了人的。我就不敢再吱声地忍受着。

她给我裹上了毛巾，外面疯跑的同伴正玩着天天都在玩的"躲猫猫游戏"，他们的声音像抛向夜晚的沙子。我迫不及待地跑出去加入闹声中。以往妈妈总会说，早点回来洗头，包久了会死人的。现在连这句话都省去了，她知道死不会降临在我们身上，至少不会以这样的方式降临。所以她可以放心地去打牌，全然不想我们头上包着毒药。

我的头我的眼我的身体也像落满了沙子，无论我跑到哪里躲起来，我都能感觉到它们的存在硌得我生痛。小英高高地举起手，她的手张开在夜晚的灯光下，我们伸出的食指顶在她的手掌上，仰着头等待她的裁决：

　　　　顶锅盖，油炒菜，辣椒辣倒不要怪，捧一口风，捧两口风，抓到一个大蜜蜂……

　　我的手在她喊"捧一口风"的时候，就开始抖起来。生怕从她手里抽慢了，被她一把抓住，然后成为在黑暗中将躲藏的人一个一个找出来的那个人。茫茫黑暗的寻找是寂寞而孤立的，把所有的人从黑暗的旮旯里找出来，天晓得他们会躲在哪个鬼地方，有时候一个晚上的时间就这样没了。所以每个人的食指在手掌下，在那"捧两口风"的叫喊声里，都会将手缩回来，其实往往我们都是在缩回来又伸出去的时候被抓住了。

　　我蜷缩在堆放木料的墙脚揭下包在头上的毛巾，刺鼻的"六六粉"熏得我们睁不开眼睛。风在远处带走黑暗的声音，我看着天空，想象着头上的虱子死亡的样子。不知道为什么，总是没有人来找我，似乎整个夜晚只有我一个人躲藏在黑暗里，游戏从来就没有开始过。为什么轮到我找他们的时候，我那么老实，一个一个地将他们从黑暗中揪出来？轮到了他们，一个个都销声匿迹了。

　　我从木料堆里爬出来，一个人沮丧地走在黑暗里，脚下是锯木屑灌进鞋里的酥痒。黑夜里除了狗偶尔传来的叫声，只有"六六粉"刺鼻熏眼的味道，这一切像自己娱乐自己。灰溜溜地回到家里，先将头放进热水盆里。如果妈妈在家，她会把我们拉到跟前，用毛巾擦干我们的头发，一层一层地在我们头上找，一颗一颗地挤着虱子蛋。我喜欢她的手在我头上挤死一只虱子，或掐破一颗虱蛋的那种感觉。

　　我们相互扒开对方的头发捉虱子。我们已经能够辨别哪些虱子蛋是活的，哪些是死的。活的我就将它挤压在两只大指甲盖中间，"吧嗒"一声脆响不是发出来的，而是通过指甲感知的声音，让我有一种快乐的冲动，然后把它从头发上剔下来，认真辨识它是否真的死了。

我们对着门上的玻璃专注地找。偶尔进城在黔灵山公园里看到猴子，它们坐在铁栏内的横梁上，相互找虱子的情形跟我们很相像。为此我们相互取笑打闹相互哈喇着，叫着对方母猴，然后追出门出。

整个夏天，妈妈都在为消灭我们头上的虱子而忙碌。虱子的生命力似乎越来越顽强，一次一次地卷土重来。妈妈似乎也丧失了信心，她整天忙于工作或者打牌，没有时间给我们包"六六粉"。我们干脆自己抓一把"六六粉"胡乱地撒在头上，然后用毛巾一裹，忙不迭地跑出去玩。

对于我们头上的虱子，"六六粉"已经毫无用处。即使是在冬天，太阳出来的时候，它也会爬到我们的头发外面来产卵。我们从教室里走出来，站在石坎上转过脸，妹妹用手按住我的太阳穴，她说虱子爬出来了。我感到一股热乎乎的东西，从头到脚地烧了起来。妹妹当着别人的面，把虱子用两个指头捏死了。每个人的头上都长虱子，我为什么还那么害臊？

我有点儿无地自容，将脸转向别处。我们向着学校后面那片树林走去，拐上小路时潘小梅说："所以，你妈妈往我们头上包'六六粉'是不对的，要先把你们头上的虱子打整干净。"

明知潘小梅说话带刺，却无法回击她。她在我们面前，永远都像一个大人。妈妈知道我们头上的虱子不消灭，的确是一件让她难堪的事。于是她无师自通地改用"敌敌畏"。

"敌敌畏"的气味浓烈，熏得人头脑发胀，妈妈用毛巾挡住我们的前额，目的是不让它流到我们的眼睛里。她用梳子将"敌敌畏"梳散，尽量不落在头皮上。

李叔说"敌敌畏"他没有用过不知道效果。他为什么把自己孩子没有用过的毒药，怂恿妈妈用在我们头上？他没有，是我们的妈妈自己想出来的。我们妈妈的想法也太离谱了，我们早晚要死在她这些离谱的想法里。

被树枝挡住的月亮，像挂在树上的一幅画。

5

冬天来了，我们头上的虱子，没有夏天那么多了。

门又开了，我浑身哆嗦，将头埋进被子露出两只眼睛。还是先迈进来了一双脚，穿着黑口布鞋、长筒白线袜、百褶裙。妈妈说她再进来，就大声地喊叫。我的喉咙被卡住了，我喊不出声音。她站在那儿，静静地站在那儿看着我，她朝前走了一步，仅仅只是一步。

我终于听到了自己的喊声，从被子里发出来的声音。没有人能听得见，嘶嘶的像哭声。

家里的鸡在圈里翻腾了一下，只是一下，就再没有声音了。花嘎进来了一次，它出去时身体撞了门一下。她出去了，没有顺手关上门。

第二天，门是开着的。我告诉妈妈昨晚我们睡觉时关了门的。门是花嘎撞开的。不，花嘎是在她们的后面进屋来的。你总是做梦。我没有做梦，我一直醒着。我还听见鸡在圈里翻腾的声音。鸡叫了吗？鸡没有叫。远处的鸡也没有叫。哦，鸡还没有打鸣。是的。鸡如果打鸣了，她们就不会出来了。

妈妈还是用眼皮试试我的头，她说也许你退烧了。起床上学去吧。妹妹们在灶台上拿红薯，她们把烤得锃黄出着油糖的红薯装进书包。我起来时，一个好的都没有了。她们一路走一路吃，我手里的红薯冷冰冰的，我吃进了一肚子的冷风。我问妹妹半夜起来拿红薯，有没有看到那个女的。反正我从来没有看到过她的脸，年龄不会太大。妹妹们不以为意地吃着红薯，她们不会觉得我说的话，会比将红薯吃进肚子重要。

晚上弟弟告诉妈妈说他看到屋子里有个女的。妈妈笑嘻嘻地抱着他，问他女的长什么样子。他说她在对着镜子梳头，没有看见她的脸就跑了。妈妈问他怕不怕，他说不怕。他跟姐姐见到的一样。妈妈叫我坐在下象棋的凳子上，没事的时候爸爸总跟她杀两盘。我偶尔也会跟妈妈下两盘，都是输，输了就哭。这次妈妈学着爸爸每次让她三个子一样，她也让我三个子，并且故意让我赢了一次。她问我晚上看到的女人什么样子，我说只看到脚，从来都只看到脚。

我们家里到底有几个人？他们都是什么人。李叔叔嘿嘿地笑而不答。他的牙白晃晃的。这些人是我们编出来的，还是李叔？他为什么要说我们住的地方是坟地？妈妈跟爸爸说着搬家的事，爸爸觉得妈妈小题大做，说等天暖和了再说。我们放学回家，我们家门上贴了红纸剪出来的各种图样，我们睡觉的门上挂了一面红镜子，还插了一把剪刀在镜子的旁边。

大人们继续打牌，王和明继续坐在吴娘身边，一切都是原来的样子。我盼望着春天快点到来。将头伸出窗外，想象着夏天的天空和月亮，我喜欢月亮随着风移动。潘小梅说过月亮是不会动的，是云在动。她怎么就什么都知道。

屋檐下的鸽子笼里，又多了几只鸽子。我们家的鸽子里有一只拐鸽，每次飞出去，都会将别人家的鸽子拐回家来。叽喊咕噜地叫着，一只鸽子钻出笼子，它大概是被挤出来的，站在笼沿边扇动两下翅膀，就又钻进笼子。飞了那么远的路，什么时候它才会飞回去。也许等不到飞回去的那一天，就成为主人的下酒菜了。

夜晚的寒冷使人无法入睡。外面疯跑的人发出一阵尖叫之后，黑夜回到先前的平稳里。感觉腰部有东西在爬，拉开灯实在是太冷了，便又关掉了灯。夜晚重又回到黑暗之中。脑子里总是映出夏天坐在田埂上的老太太，用牙咬虱子的老太太，她的头发被阳光照得透明发黄，白头发变成了黄头发。她的牙顺着裤腰，嘎嚓嘎嚓地一路咬过去。一整夜我的脑子里全是嘎嚓嘎嚓的声音。

姐姐睡在跟鸡圈很近的屋里，她在我们睡觉后，将门关至可以伸进一只手的距离，然后在将扫把放在上面。她说有人进来，扫把就会打下来。我白天问她门上的镜子是干什么的。她说是照妖镜。我想了一下，埋着头进到屋子里，心里有些害怕。镜子里会不会留下那个女人的脚，或者脸？又会不会留下我的脸？

夜里老太太咬虱子的声音消失后，花嘎从圈里钻出来，我听到它在屋子里发出唑唑的，像嗅到什么东西的声音。第二天，扫把打到了妈妈的头上。妈妈正在发火，有人来敲门，妈妈打开门。来人说司务长说这个周末不杀猪，正好可以把花嘎敲了。

妈妈有点迟疑，她总是说让我好好想一下。面对哭得不成样子的我，她又总是若无其事，从不提起这个话题。既不说打，也不说不打，就像从来没有人说过此事一样。这让我更加不安。花嘎每天蜷缩在圈里，它已经不再发出任何声音。也许它希望通过这样的方式，向我们祈求饶命。

可是，那一天会来的，我知道它会来的，花嘎知道吗？王和明戴上了眼镜，他戴眼镜走在路上。他从大伙房的路口斜插过去，隔着一条排水沟，就是木工房了。那排房子就在排水沟的土坎上，人过去要跳过水沟。他们就是在那儿举起木棍打死花嘎的。他们拿了绳子和棍子，我哭着不让他们动手，用身体挡在狗圈的洞口，拿棍子的人站在我面前，他像没有看见我一样，将棍子通过我的腿伸进狗圈里。我哭着，泣不成声：求你们了，不要打死它。没有用，一点用也没有。他们对我视而不见，对我的哭声听而不闻。他们全都坐过牢，全都变成了铁石心肠。我的妈妈呢？我的妈妈早早地跑到哪里去躲起来了，她怎么不来面对这一切？

花嘎被他们用棍子捅了出来，我抱住它。他们用绳子套在它的脖颈上，拖着它往前走，它用后腿蹬地，死死地往后坠。它夹着尾巴发出哼哑的细微叫声，那声音是从它的肚子里发出来的，细若游丝，轻轻一碰着会破损消散。

我知道一切无法挽回，坐在地上哭喊着说，求求你们打它的时候轻一点。我把声音哭得满天都是。

看热闹的人来说，王和明打的第一棍，别的人看见花嘎哭了，迟疑着不动手。是王和明从别人手里拿过棍子。我一直哭。妈妈不知从哪里溜回来，一言不发地收拾屋子。打狗的人告诉妈妈花嘎哭了。妈妈一句话不说，妈妈像做了亏心事一样，她从我身边走过，手脚显得轻便了许多，她小心翼翼地开门关门。

晚饭时，大伙房的人把蒸好的狗崽送来了。我们正在吃饭，那个人站在门口，我们都停了下来，他抬着个浅绿色的洋瓷汤钵。我嘴巴里含着一口饭，眼睛里的泪水在打转。我忍受着不让眼泪流出来，忍受着咽不下口里的饭。

妈妈说："吃吧，不要让花嘎为你白死了。"我没有想让花嘎为我死，是他们想让它死，是你想让它死。我又哭。妈妈哗地将碗放到桌子上，她说你还有完没完，哭一下就算了，你还来劲儿了。我也放下碗丢下筷子，我突然间觉得我不怕她了。妈妈发起火来说花嘎真是该死，它咬伤了多少人，万一哪个得了狂犬病，谁去偿命？人命还抵不了狗命吗？

我止住了哭，我知道我再哭就要挨打了。

6

春天就那样来了，后山上的鸟成群地飞过房屋，树木吐出来的新芽被骤雨打落下来，地上铺了一层淡淡的绿色，我很快忘记了花嘎的死。

我们家正忙着搬家。家里乱成一团糟，妈妈在家里烙饼，我们家的面板大得可以当门板，过年的时候用来擀面包饺子，可以将包好的饺子放在面板上，然后再下锅煮。妈妈烙的是山东大饼，把剁碎的葱撒上盐铺在面饼上，慢慢地将面饼裹起来，扭断成团压扁扑上干面粉用擀面杖擀薄，这样烙出来的饼就成了千层饼了。

潘家三个孩子围站在我们家窗下看热闹。潘小梅没有过来，自从老潘生病住院、米缸事件之后，她就再也没有出现在我们家门口。老潘留在米缸里的图案是五个手指张牙舞爪地排开，中间画了个像太阳的圆圈，然后是筷子交错在上面，极像一幅迷宫图或者咒符。缸本来是很大的水缸，就放在他们家灶台边上。可是他们家却用来装米，缸太大米太少，人要将整个身体弯下去，才能够得着里面的米。

潘三当时是将整个身体投进去，妈妈才发现老潘在米缸里打记号。老潘惹怒了妈妈，可是妈妈为什么不当面冲着他发火呢？为什么不当面质问他的目的呢？而是整天在家指桑骂槐，试图用声音击败老潘。他会在乎吗？每次听见妈妈的声音，他总是充耳不闻从容地抽着烟。那是老潘家的米缸，他当然可以在里面做任何记号。可是妈妈说那是对她的侮辱。既然是老潘侮辱了你，为什么拿我们出气，打我们故意打得噼啪响。让老潘听到她愤怒的声音，又有何用？棍子又不是落在他们家孩子的身上。有本事你就直接打他去，打了我们还唱《红灯记》，你又不是李奶奶，更不是李铁梅，你唱得再好电影也不会让你演。

我们站在门后面哭，被打的屈辱还在心里，妈妈唱京戏的声音加深了我们的屈辱感。她背对着我们认真地听着收音机，听着听着她就唱起来了。三妹在她身后，她也许不会知道棍子打在我们身上有多么痛，她逼着我们认错又有多么屈辱。反正我是不想认错的，当然我是认错最快的，我惧怕棍子更惧怕认错。我依然喊着我错了，我错了。

如果妈妈知道我心里的屈辱，她会不会停止打我？如果她知道，当她唱戏的时候，三妹正在她身后比手画脚地做着打她的动作，她唱戏的兴致会不会被打消？

当然，一切的屈辱很快就会被打消和覆盖，只要妈妈架上油锅，我们很快就忘记了发生的一切，哪怕是发生在前一刻的事。

妈妈架上油锅开始烙饼，满屋子的油香，香得我们淌口水。我们学着她把扭断的面团压扁。我喜欢用擀面杖将面团碾平，摊开用擀面杖在上面来回地擀，直到绿葱从面里露出来。

妈妈用锅铲敲打着锅吆喝潘家孩们说：去去，走远一点，不要挡着窗子油烟呛死个人。

他们不吱声也不动，像没有听见。潘家在我的脑子里是个巨大的黑洞，他们屋子里的气味，熏得人头脑发昏的尿味；他们的肚子，像永远也填不满，总可以像吞噬黑暗那样，将所有的东西吸进去不动声色。她们身上的虱子永远也灭不完，就像长在她们身体上一样。

这也是我们身上的虱子为什么总灭不掉的原因。妈妈早就看出来了的，她们在我家吃完晚饭，妈妈在她们头上洒下"敌敌畏"。她们的头都用破衣服或裤子包着。她们在我家吃饭时，埋着头不说话，夹一筷子菜，饭就下去了一半。她们大声地吃饭，妈妈说吃饭不要出声音。她们像什么也没有听见，或者她们认为别人说的话永远与自己没有关系，流着汗晃动在油灯下的影子映射在墙上，像整个夏天的夜晚，都要被她们的声音和影子填满。刨完了碗里的饭，起身来看妈妈一眼，还想往碗里盛饭。妈妈假装没有看懂，说吃完了快快出去玩一下回家睡觉。我对她们的羡慕也因为粮食而减弱。

李叔来了，他人还没进来，就先吆开了潘家的孩子。他的口气里面明显带着大人对小孩子的惯有的威胁。我们都生气了，李叔一点不生气，走进屋来。大概刚下班从澡堂里出来，身上冒出来的气，是澡堂里混合着蒸汽与香皂的难闻的味道。

姐姐最烦李叔这样来我们家，他不仅大咧咧地吃着我们家刚烙好的饼，还取笑姐姐脸上有粉刺。姐姐反感李叔，也许是李叔将姐姐进入青春期这个秘密看透了，让她很难堪。姐姐翻着眼睛恨李叔一眼，将妈妈烙好的面饼抬着，愤然转身打开碗橱。

李叔对着妈妈说："你看你们家大妹，多会当家。"

妈妈不说话，用锅铲移动大饼，让饼上的油顺着锅沿淌下来。李叔在妈妈身边坐下来，他问妈妈知不知道王和明要死了。妈妈往锅里添了一瓢油，翻了李叔一眼说："你一天到晚就喜欢乱开玩笑，这种玩笑不能随便开。"

李叔大口地吃着饼说："这个不是玩笑。"

7

我们朝着王和明住的地方跑，跑过一个斜坡，跨过矿车轨道，那儿有个碉堡已经聚集了很多人。王和明住的屋子与那片春天开黄花的矮树林，正好隔着一条小路。从前在这片树林里穿梭，总会看到王和明从吴娘家那条路上走来，他抽着烟，然后在屋角摁灭烟头，扔掉，若无其事地走过沙地拐上小路。

屋外站满了看热闹的人。我从人缝儿里钻过去，站到了他的床跟前。然后我随着人挤人的惯性朝后退了几步。王和明还没有死，他还有一口气。医生来过说他瞳孔已经放大，没得救了。有人就说他在等他的家人，从乡下赶来，所以不肯断那口气。

他是喝酒栽倒在路边，昨晚被人发现抬回屋子的。

有人打开了窗子，一股风从外面吹来，扬尘的刺鼻的味道扑进屋来。这时候，太阳出来了，屋子里一下子亮了许多。

虱子，成群结队的虱子，从他的脖颈一直爬满了他的头顶。

他的嘴巴张得很大，虱子通过时，在那儿绕了一圈，然后通过他的鼻子爬到额头。人死了，身上的虱子是不是全部都会爬出来，爬得满身满脸满头？我确信这将是我见过的最多最浩荡的虱子。

那个夜晚，我又看到了她们。穿着黑口布鞋、长筒白线袜、百褶裙。她们被嵌进石头里，还有我们家的花嘎，成群的小狗变成无头的石雕。我又变成了一块石头，我在石头里逆流而行，拖着沉重的石身。

她们朝着我走来，石头里的河流一样宽广，水流缓慢。石头里的经纬如同我们寻常看到的那样，细密地伸向远方。

她们迎着风，将秧苗举过头顶，发髻上带着闪闪的蓝光。

石头里的星光灿若开放的山花，满山满野都是。石头也被照亮了，我又回到前面的梦境里。透明的石头，映照着天光。

我在萎缩，慢慢地萎缩成一只虱子，凝固进透明的光里。

风雪和粮食

1

妈妈进屋来紧闭了门,像永远都不会再打开那扇门似的。她整个身体贴在门上惊慌失措,身体里像灌满了夜里的寒风,一只手在身后的门框上拉着把手喘着气,一只手从头上滑到胸上。她抬起脚轻轻将撮箕朝前挪动了半步,也许她并不想让我们看到她的惊慌。打开门出去之前,她拿着撮箕转过身对我们说谁也不准出来,听到没有。三妹和四妹不说话吃着东西,她们不知道外面那些人是来打架的,那么多的人像要把房子一起抬走了似的。妈妈站在那里看着我们,直到我们一起说听到了,她才打开门出去。

我们家煤棚就在屋外的檐下,锅炉房斜坡上围困我们的村民能清楚地看到她,弯腰慌乱地往撮箕里装煤。他们看着她,蹲的蹲站的站,缩头抱胸抽着旱烟。锅炉房煤堆上和斜坡上浅浅的积雪被他们踩化了。他们下午就来了,成群结队地站在我们家外面,大声武气地吼叫着叫爸爸出来,叫煤矿领导出来。

妈妈背靠着门站在那里,她也许需要想清楚进屋之后该干什么。外面的寒冷被她带进屋来,煤块上粘着的雪粒,让我们感觉到隐藏在夜晚孤寂中的恐怖。妈妈背过脸去对着窗子，她想通过上了绿漆的玻璃，看清窗外黑暗里的一切。她的影子投到墙上，被放大了的影子，在我们春天才搬进来的新家里，形成一种压迫。墙壁是新粉刷的石灰，白晃晃地映射着灯光。厨房是废木板搭出来的墙砖砌的是单层，感觉透着风，外面一片树叶飘过的声音，都像近在身边。如果村民冲过来，厨房会毫无遮挡地被他们冲垮。现在才知道我们住的地方不堪一击。姐姐在她单独的从厨房隔出来的小屋里。祸事是她惹出来的。如果不是她的原因，外面不会有那么多的人，他们直接摆出要取我们家性命的样子。当然他们攻击的目标主要是爸爸，虽然祸是姐姐惹的。

姐姐吓坏了，整天躲在自己的小屋里。小英的脸贴在窗玻璃上，对着姐姐挥手：冬麦！冬麦！姐姐走过去，用手护着嘴巴小声地问："他们还在吗？"小英说："还在，人走了一些。"外面飘着冻雨，玻璃上有一层湿雾。那么冷的天，他们还能在外面站多久。即使是穿着棉衣腰里扎着草绳子，风还是会灌进身子。他们抖擞着在地上小步跳跃着，以此来驱走寒冷。前天也是在这样寒冷的下着冻雨的天气看电影，如果天不下雨，我们就不会打伞。不打伞会不会就不会发生那一切。老潘的女人，她披散着头发细雨落在她的头发上，所以在放映机透出来的光亮里，她看上去有点张牙舞爪。她的手从黑暗中划过来，一次又一次地划过来，像在空中抛东西。她怎么可以那样骂姐姐？小烂市！多么下流。她还是麦乃村的老师呢，怎么可以这样骂人？村民们都是他们家的亲戚，一个村子都是他们家的亲戚？这不可能。不可能他们怎么全都来了？不可能全都来了。那么多的人，不是全都来了是什么？冬麦骂她什么了？我不能说，妈妈不让我说，说了要了命了，这不来了这么多人，分明是来要命的，不是来要姐姐的命的，而是来要我爸爸的命的。老潘说姐姐说的那句话，是爸爸说的。

怎么可能是爸爸说的。可是村民们相信了。

有些话我还不能说。虽然曼霞的爸爸吩咐她跟我玩要多照顾我，她对我俯首帖耳扒心掏肺地好，至少表面上看上去是这样的。她的爸爸犯的是国法，所以他不会讨好巴结干部。他让曼霞那样对我，完全是因为私人感情。我的爸爸对他更多的像朋友，虽然他同样是留场就业的。曼霞总是比我懂得要多，她是从城市里来的，哪怕她是城乡接合部来的，她的见识表达都远在我之上。她像个成年人一样，这也许跟她的爸爸有关。他是个唱京戏的，可他从来不唱给任何人听。知道我的妈妈没事的时候喜欢哼上那么两句，就对我的妈妈格外地亲近。

钟声当当当地响起来，钟是临时挂在篮球架上的，回荡在夜晚的球场、空旷寒冷，带着风雪中的黑暗和急促。这是每天晚上职工们下学习的钟声，让我们颤栗的钟声如期地响了起来。我们都知道，钟声响过之后，我们的爸爸就会从职工们学习的宿舍里走出来，走过围困我们家的村民。

姐姐屋子里的灯熄了，她上床的时候不小心碰翻了凳子，"嘭"的一声巨响，像黑夜里的一颗炸弹，让我们心惊胆战魂不附体。我的身体就那样哆嗦起来，妈妈的脸色骤然间在那声巨响里变了。她嘴唇哆嗦发白，她推开姐姐的房门，外面的声音打扰了她。妈妈没有责骂姐姐，关上房门重又回到窗子跟前，这回她没有向外看了，而是低了头认真地辨识着外面的风吹草动。

那句话明明是姐姐说的，老潘为什么要说是爸爸说的。村民因为那句话是爸爸说的愤怒难填，围守在我们家门口。李叔说这就是老潘的目的，借村民手里的凶器削减爸爸的志气和威风。

我们家门口是一条马路，马车可以拖着放映机直接去到球场坝。球场坝四周住满了刑满强制留场就业的人。通过姐姐房间的小窗户，可以看到他们的灯渐次熄掉。那天晚上，我们家铁炉子里的火怎么也燃不起来。添了好几次煤，火就是燃不上来。妈妈捅了一次又一次，添进去的煤是乌煤，很难将火引燃。以往我们会到理发室后面的锅炉房铲一铲粗花煤倒进炉子。这种煤容易燃烧不熬火，所以我们家煤棚里都是乌煤。现在那些人站满了锅炉房，他们缩头哈腰地等待着，我们哪里还敢去铲煤。

脚步声！是的，脚步声哗哧、哗哧地响了起来。从黑暗宽阔的尽头，伴着风吹树枝的声音，由远而近地过来了。整个夜晚都被那样的声音掀动起来了，让人感觉到地底下，就连地底下都涌动着这样的声音。是爸爸！一定是我们的爸爸回来了。我们的心一起怦怦地跳了起来，我们竖起耳朵，声音落在耳朵里，轰隆轰隆地连成一片。当它清晰地扑踏扑踏地充斥在整个夜晚时，我感到黑夜隆重地包裹了我们的全部。

妈妈关掉灯，屋子里一片漆黑。妈妈关了灯为的是能更清楚地看到外面的动静，而外面的人无法看清屋内的情况。她轻手轻脚地将身体移到灶台前，整个身体倾斜过去对着窗子，听着外面的动静。风摇动树枝的声音变得尖厉刺耳，像在黑暗里戳出了一个又一个的蜂眼，密集地布满了我们的耳朵。我们屏住呼吸，脚步声过来了，稀里哗啦响成一片。我们听出来了，我们都辨析出来了，不是一个人走来的声音。是几个人，李叔、孙叔还有彭叔，连同爸爸一起走了过来，他们就要穿过斜坡上等待的人群。

那会是怎样的情景？爸爸身上有一把54式手枪，他可不可以开枪？他的枪会不会被人夺走？我的心跳得厉害，堵住了我的呼吸。我用手捏住喉咙，生怕一不留神心脏就冲出来了。一股力量聚集而来，我感觉到了。它们正朝着我们家门口聚集过来。那是肉与肉相互靠近、骨与骨暗中摩擦形成的力量，隔着黑夜隔着墙，隔着我的耳朵，隔着遥远的世界聚集而来。

我的心脏如同泥湿的水浪，翻涌而来更加强烈地堵住了我喉咙。我感觉到我的血液，如浪潮般扑打在我的心壁上，我快要喘不过气来了。我想哭，想用哭声冲破黑暗瞬间的变幻。

"哪个敢过来，他身上有枪，子弹是不长眼睛的。"吼叫声，李叔的吼叫声。脚步声散开了，感觉他们拉开了距离。李叔的声音像从一个长管猎枪里突然爆破的铁砂，散开时随着夜风飘浮，落进无边无际的黑暗。

他们走了过来，敲响了我们家的门。妈妈连忙打开门。几个叔叔前呼后拥地站在门口，感觉爸爸是被推搡着挤进门来的。他的沉默极像夜晚给他的脸上涂了颜色，使他极力保持着平衡和警觉。

他们的身后是漆黑的夜晚，我从来没有感觉到黑夜那么黑过。他们带来了寒夜里所有的恐惧。他们在炉子前坐下，妈妈给他们倒了茶水。爸爸一言不发地坐着，煤火还是燃不起来，李叔帮着妈妈掏空了炉膛里的煤灰，家里充斥着呛人的烟气。

2

夜里下雪了，是雨夹雪。

清晨天还没有亮，妹妹忙着在灶台上往书包里面装红薯。我打开门，外面灰蒙蒙一片。昨天夜里村民占领过的地方，露出新的泥巴，石头上留下踩过的痕迹。这种硝烟过后的寒冷，让整个清晨变得无比的荒凉。

曼霞背着书包从球场后面的斜坡上跑下来，她叫了我一声。她提着饭盒跑起来哗哧哗哧地响。她的弟弟跟在她的后面，球场的灯光还亮着。他们的声音被灯光映出来的雨打湿了，让寒冷的早晨变得漫长而狭窄。

曼霞告诉我她的饭盒里带了鱼。她的爸爸爱钓鱼，前天他提着半截鱼（一条很大的鱼的最好的部位）来我们家。以往他告诉爸爸，大鱼要到深山里的深河里才能钓到。他一去就是几天，前一天往水里下钩静候在水边，要有足够的耐性。爸爸学着他钓鱼，却从来没有去往他说的深山里。那个地方也许太远了点，爸爸就带着我们到李家冲后面的水库钓鱼。爸爸钓鱼不过是做做样子，星期天闲下来带着我们姊妹五个在水边玩一下，被瓢泼大雨淋过之后，爸爸基本不出去钓鱼。曼霞的爸爸告诉我们，那条鱼至少在水里生活了十年，也许还要久一些。比十年还要久的时间是多长，我肯定不会知道。

曼霞跑了几步，然后我们一起到大伙房去买馒头。她看着冒着热气的馒头咽了一口唾液。我咬了一口，撕下一小半递给她。她一口就吃进去了，说这个还不够我卡牙缝儿。我说那么你自己怎么不买呢？她说她已经把前半个月的馒头票吃完了。我无语想起妈妈说的南方人就是好吃，心里有点不愉快。在我们家里，吃是一件丢人的事情，谁要是喜欢吃什么，大摇大摆地吃是要挨棍棒的。

曼霞的眼睛依然在我的馒头上，我不会再撕下一点点，哪怕一点点给她了。我们背着书包呼哧呼哧地走着，类似于跑。煤场上，矿车从高处往下倒煤。夜晚留在煤场的雪粒像拉了一块黑布开出白花，顶上的煤倾泻下来，眼前变成了一片漆黑。滚落在道路上的煤上依然留着的霜白，我们的脚一踩上去，软软地就化了。雪下得不算大，路两边的枯草以及松土上都结了冰，走到垭口上风如刀一般。我们飞快地跨过锈水沟，拼命地跑一段路，跑过风口，走到山崖下逼仄的小路上，人就暖和了。

曼霞又问我他们为什么要来打你们家。我看她一眼，觉得她是故意要那样问我，朝前急走了几步。你又不是不知道吵架了。小烂市是什么意思？骂人的意思。这个我知道，我是说什么意思？曼霞看我一眼笑起来，追上我要拉过我的书包，要帮我背书包。我不肯让她背。她说她爸爸说我的身体不好，要多帮着我一点，我的心就又软下来。

我们穿过结着冰的田间小路，故意踩着那些结了冰的野草，嘎吱嘎吱地走着。快到河边时，我们看到河对岸迎面而来的人群。他们说话的声音遮盖了冬日早晨的寒冷，他们呼哧呼哧地走着，大人小孩足足有一个村子的人，黑压压地在寒风中移动。今天还有饭吃吗？有。真的还有吗？给你说有了，还要问。问话的人小跑着跟上所有的人。我们到底是去做什么？去吃饭。寒冷中他们的笑声飘散，化为一缕风浮游在结着冰的泥田上。

我停下来看着他们，曼霞靠过来站在我身后，我能感觉到她吐出的热气瞬间变冷，就在我的脖颈上。他们呼呼啦啦地踩进水里的石磴上，这是枯水季节他们过河如走旱地。他们全然没有在意我，他们继续一路说笑着，他们不认识我，他们根本不需要认识我。我不是他们的目标。

去吃饭？这是什么意思？我问曼霞。他们又去围你们家了，老潘管他们吃饭。哦哦，谁知道他们在想什么。老潘真有本事，发动了一个村子的人出来。我们跳下土坎，从狭窄的土坎垒起的小路通道来到河边。他们走过我们的身边，他们的身上散发出冬天烧柴取暖的柴烟味。他们大声地说着话快速地走着，像要去赶一个盛大的集会。他们的声音哇啦哇啦地飞扬在冬天早晨的上空掠过田野，惊扰了天空中飞过的几只乌鸦。

我们过河时，曼霞将我的书包举到脖颈上。她站在一块石磴上，离河岸只有几步远的地方，她问我怕不怕。我不说话抬头，天上飞过的乌鸦已经隐没在树丛中。山坡上的积雪消融了鸟的叫声。曼霞跳到岸上，她说不怕，他们不敢对你爸爸动手的。如果他们动手呢？你爸爸有枪啊！一枪一个，看谁敢动手。我朝着河水的下游望去，冰冷的河水蜿蜒而流，我有点黯然神伤地说，可是，我妈妈说了，枪是对付坏人的。他们不是坏人，爸爸不能开枪。

曼霞也有点黯然神伤。那怎么办呢？那么多人，如果真的动起手来，我们家会是什么样子？我爸爸说了，他们在你们家门口站不了几天，就都会离开的。为什么？你爸爸怎么会知道的。你刚才没有听见吗，老潘哪里有那么多粮食给他们吃？那么他们不会自带干粮吗？他们为什么要自带干粮？如果他们自带干粮，他们还会离开吗？曼霞回答不了这个问题，她低着头，先前成竹在胸的自信消失了，我陷在她没有了信心的沉默里，被一种前途未卜的绝望笼罩着。

我们一路沉默，跳过牛踩出的结着冰的坑洼，曼霞背着我的书包手里提着饭盒，哐咻哐咻的声音盖住了我的心跳。拐弯处的土路上砖瓦窑青烟缭乱。上学的同学，一个个从我们身后跑了过去。

3

下午放学回来，跳过锈水沟我的心就开始慌乱起来。我问曼霞你爸爸说什么，曼霞背着我的书包，一只手正在脖颈上用力地捏着，她一边走一边捏着。我说你爸爸说他们不会围我们家太久。曼霞笑着把我的书包放下来，提在手上甩开手走了几步。然后她倒退着边走边笑，她的牙齿很白，一颗一颗的小米牙朝外闪着光一样。她的眼睛也很小，笑起来倒像脸上落下的一道痕迹。老潘不会有那么多粮食。

我希望曼霞的爸爸是对的，这话他对我妈妈说过，曼霞说得比她爸爸更有把握，现在她忘记了我们早上的对话，忘记了她也回答不了的问题，好像她已经胜券在握。我们刚走到大食堂的门口，就看见蹲在斜坡上的他们了。

风从山垭上夹着暗沉沉的天色扑面而来。冻雨打在脸上，跟开了一道口子一样。蹲在地上的人，腰间的斧子从衣服里暴露出来。他们一边抽着烟一边用手往里掖，因为他是蹲着的，所以他的手徒劳地动了几下，斧子依然露在外面。

爸爸从球场那边的土坡上走来，他有些心不在焉，腰挺得很直，脚踏踩下去时，用了比平时更大的劲。李叔彭叔孙叔一前两后地走在爸爸身边。他们三个人形成个三角形，这样为的是不论村民从哪里靠近爸爸，他们都能迅速地用身体挡住爸爸。几个包着头巾的村民，他们一起抬头看着爸爸，他们就那样一动不动地看着。然后他们慢慢灭了烟，站起来，他们缓慢地站起来，将手放入腰间，朝前移了移脚，眼睛落在爸爸的腰上。

爸爸穿着白色的民警服上衣，枪从腰间凸显出来，一起一伏地随着爸爸迈动的脚步抖动着。如果他不穿这件衣服，村民还会在判断走在一起的几个人中，哪个是他们寻找的目标而犹豫不定。爸爸走了过来。近处的和远处的村民慢慢聚拢来，他们缓慢地靠过去。三个叔叔用身体隔开越靠越近的村民。爸爸不露声色地走着，他坚定地看着前方。曾经身为军人的爸爸，他就那样面无惧色地走在路上。他扛过枪打过仗，他的一只耳朵在战场上被炮弹炸聋过，至今听不见声音。爸爸只有一只耳朵能听得见声音，我们说话的时候，他总是要侧过身去。以前我们不知道爸爸上过战场，负过伤杀过敌人。我的爸爸多么英勇无畏，他怎么会惧怕手拿板斧的村民。

我哭了，即使是在梦里面我也哭得嘤嘤的。醒来，四周一片漆黑，风吹得远处的树林呜呜地像有人在呜咽。一切都是梦，为什么不是梦？我掐手掐大腿，好痛。如果是个梦，醒来什么都不用再惧怕担心了。这个比梦还要漫长可怕的夜晚，是那样地真实。李叔彭叔在外屋打鼾的声音一起一伏地，像波浪一样打在我们家墙壁上。他们昨天夜里担心村民会冲进我们家来，所以他们睡在了我们家的外屋。那么隆重的鼾声，惊天扰地地植入我的头皮，让人口舌发麻。

轰咻！轰咻！妈妈把缝纫机踩得飞快，转啊转啊，转得我头晕。为什么还要给潘家孩子做衣服，蓝布衣服一件又一件，妈妈不分白天黑夜地踩缝纫机。妈妈你烙的大饼都拿去喂狗吧，给她们吃了也白吃。妈妈的声音，妈妈站在车间门口叫潘小梅，老潘病了。他住院了，就让他病着永远不要出院了。妈妈好心肠，照看他们家的孩子。米缸里的手印，五花大手印，荡漾开来，魔咒！他的手张开成一张破网，米粒从他的指缝里撒落下来，铺满了一地。老潘画地为牢，用魔咒为我们家和他们家铺设了地牢。去死吧，你活该住院。

为什么要把钥匙交给妈妈？交了钥匙又怕妈妈偷他们家里米，所以在米缸里画了手印。天哪！我的妈妈怎么忍受得了这个？可是老潘面改色心不跳，他侮辱了人，他好像不知道他侮辱了人。或者他就想那样。活该我们家，活该妈妈的好心。什么是好心当成驴肝肺，就是这个样子。又做梦了，我用手掐腿掐脸，我的腿我的脸，怎么变成了木头。长芽吧，我的身体里爬出的藤蔓遮蔽我，谁也看不见我，连我也看不见我了。我变成了荒草，满山坡地长。

妈妈把冰冷的体温表，放进我的腋下。发烧了，39.9摄氏度，高烧快40摄氏度了。孩子要烧焦了，妈妈哭。她是该哭了，她怎么能承受那么多的事情？她用一块冰冷的湿毛巾捂住我的额头，我感觉舒服一点了。吃药时我睁开眼睛，到处都闪着金光。外面的人走了吗？他们走了吗？天开始下雪，好大的雪。雾气那么大，他们还能看见我的爸爸吗？他们坐在雪地里吃馒头，他们不是轮换着去老潘家吃饭吗？老潘把馒头送到了他们手上。

外面还有多少人？比昨天少了，已经是第三天了，他们什么时候会动手？妈妈把弟弟整天藏在屋子里，都说了他们的目标是我的爸爸，可是万一呢？他们不敢冲进家里来，他们冲进来了，就是私闯民宅。那样爸爸就可以开枪了，爸爸一开枪事情就大了，人命关天。他们来了那么多人想要了我爸爸的命，不是人命关天吗？我的头都要炸了，能不能离我远一点？

弟弟站在我的床边，他给了我一颗糖。上海奶糖软软地流了我一嘴巴，却没有丝毫的甜味。想起来了，头一天我被吓昏了。姐姐走过来，她哭了。我看见她因为我哭了，她不敢喊我王连举了。他们是不是要动手了，当时他们朝着我的爸爸走了过去。我的爸爸看见了我，我看见他的眼光里闪过一丝惊慌，那是我一生中唯一一次看到他的惊慌。很快他转开视线，放慢了脚步。他在有意推迟可能发生的事件，他也许想如果事情发生，好让我能够有足够的时间回到家里，而不致于在混乱中将我卷进去，吓着我或伤着我。

他走得越慢发生打斗的可能就越大，双方都拥有了出手的时间和可能。靠爸爸最近的几个人晃荡了一下身体，目的是撞开李叔他们形成的合围，让爸爸抽出枪做出反应。他们把手放在腰间，故意露出刀斧来示众。那时我觉得他们有能力让天地崩塌，甚至能让飞沙走石起落或停止。

我倒了下去，我看到爸爸的手始终在腰上，他没有拔出枪来。我的心脏已经跳到了雪地里。倒下去的瞬间，我多么希望他拔出枪来。他做了一个保护自己的动作，他的手始终地保持了一个姿势，这个姿势使村民们同样保持了警惕。他们每靠近一步爸爸，都显出一种异乎寻常的谨慎。

4

妈妈往火炉里倒煤，火焰一下蹿得老高。爸爸坐在炉子边，他展开一张揉皱的报纸"参考消息"，心不在焉地看着。那是一张丢在炉子上好几天、滴了油污的报纸，报纸上面"蒋介石死了"的消息，使屋子里沉闷的气氛变得舒朗了一些，这则消息犹如往死水潭里扔了一块石头。蒋介石是谁？不知道。打倒蒋介石那个蒋介石吗？好像吧。

我们坐在姐姐的屋子里，曼霞织着手套，她不会在意我说的话，她的心思在大人那里。大人们坐在火炉边，简单地说了几句蒋介石这次可能真的死了的话后，他们对台湾的事情知之不多，谈论起来也是有一句没一句的。更重要的是爸爸此时，他不关心台湾和蒋介石，外面的村民比台湾更具体。

有那么一刻村民是不存在的，我希望大人们一直看报纸，一直说台湾的事情。可是他们很快又说起了眼下的事情。已经是第四天了，如果他们一直这样围下去，总得想出解决的办法。昨天，教导员以及革委会的领导出面来调解。村民们对领导根本是视而不见听而不闻，他们一个个仰着脸站在领导面前，他们甚至觉得领导说的话是好笑的，他们憋闷着总是想笑的样子。他们心里想什么，只有天知道。

我们不用去上学了，因为我们的人身安全受到威胁。村民没有要伤我们的意图，可是我们就可以不上学了，不用每天走那么远的路风里来雨里去的。这是妈妈为了扩大影响的策略，公社的社长来了校长也来了。村民才不理那一套，对于身为居民的妈妈的聪明，他们无动于衷，他们才不管我们上不上学呢？他们只管每天来围住我们家，只管交换着去老潘家吃面条。即使站在寒风中，抱手叉腰的只等一个机会，那就是靠近我的爸爸。

他们怎么还不动手？他们夜里有可能会突然闯进来，打个人仰马翻。为了防止他们夜袭，李叔孙叔他们已经在我们家里守了四天了。夜袭？我的脑子里映出一个电影的镜头，漆黑的夜晚，三个士兵趴在树丛里，他们学着蛤蟆的叫声，在黑夜里爬着，往敌人的铁丝网上挂东西。多么惊心动魄，炸弹炸了，密集的枪声响起来。为什么我的脑子里全是电影里的黑暗？

那天夜里下雨了，雨下得不算大，是冻雨，通过放映机投射到银幕的那束光里，雨水的形状落下来，被光吸附。放映员撑开伞挡住放映机，看电影的人都把伞撑开了。我们会撑着伞，透过晃动的伞缝昂着头看。冬天冷得不行的时候，我们撑开伞，把它放在脚边，用来挡一下夜里夹着冻雨的风。姐姐在这个时候，也就是在全场清风雅静的时候突地站起来，她裤兜里的一分硬币从破了的洞掉到了地上，那一分钱掉到地上的声音是听不见的，可是她感觉到了，所以她蓦地站起来，她的身体正好挡住了放映机，她的影子在银幕上晃荡了一下，她慌张地在地上摸到了钱。

我们听到了一片唏嘘之声，其中就有老潘的女人，她的声音如同闪烁着金属的尖利之器，扎入越来越密集的寒冷雨夜。因为她就坐在我们身后，隔着两排人的距离。她也许因为我们无法辨识她的声音，所以她在骂姐姐的时候，骂得非常放肆。除了小烂市，她还骂了别的。

那天看的是什么电影？《闪闪的红星》？不！不！这个看了一遍又一遍，朱昌公社前一周才演过。那个跃然而出的音乐，四面放光的大大的五角星，总是让我怦然而动。为什么我们总要看这个电影？还要走那么远的路？在公社的坝子里站在人群后面，通过密集的脑袋看到的映山红满山满野地开，红军突然出现在镜头里，不仅仅是潘冬子盼望的，我也一直盼望着。我们家对面的山上，到了春天也会开满了映山红。

我动了动身子，妹妹的脚仍然在我的背上。每天晚上睡觉时，我就是她们的热水袋，她们不知道我也会冷。她们把冰冷的脚伸进我的衣服，踩在我的背上。总有一天我会被她们冻僵的。幸好看电影时妈妈没有给我们烧火盆，不然姐姐跟老潘的女人拉扯起来，火盆就会打翻，就会烫伤我们。老潘的女人扑过来的时候，姐姐往她脸上吐了口水。不！不！是老潘的女人破口大骂的时候吐的，这个领导来调解的时候已经说清楚了。

老潘家很少看电影，或者很少会坐在球场坝中间看电影。我们家搬走后，他们家依然独自住在车间房靠山的地方。他们知道放电影的消息时，我们早在头一天里就画线堆石头地霸好了位置。又是《奇袭》，看了一遍又一遍，还是生怕出一口大气，敌人就发现了黑暗中的志愿军。老潘的老婆干脆冲到前面来，又是骂又是一搡，姐姐朝后一仰，倒在了别人身上。老潘老婆的声音和姐姐的哭声，盖过了电影的声音。坐在前面的人都站起来，银幕上出现了大团的黑影。电影停了，整个坝子一片混乱。妈妈挤进人群，她怎么知道是我们？妈妈喜欢骂一句，断了脊梁骨的癞皮狗，这回妈妈骂的是断了脊梁骨的疯母狗。脊梁骨在哪里？为什么妈妈一骂这个话，老潘的女人就真的像一条疯了的母狗，她扑过来又哭又闹。

　　姐姐骂老潘的女人什么？她没有骂下流的话啊，为什么老潘可以用那句话，叫来一个村子的人？村民们围在我们家门口不走，电影是看不成了。教导员说了，那样会发生一场混战，无法想象结局，不仅仅是村民与我们家的战斗了，弄不好就业人员也暴动了。暴动？暴动就是反革命。打起仗来谁也活不了，电影里面我们都看到了的。枪是不认人的，整个煤矿将变成一片火海。电影看多了吧。教导员就是这么说的。我不信。

　　不管怎么说，看电影还真是一件快乐的事。尤其是看"跑片"，一个晚上看两场，真是痛快。这边演完了，放映员骑着自行车，在黑暗中哐唧哐唧地跑着，把这边的送过去，再把另一个地方的片子拿来。画地盘垒石头用粉笔画圈，天还没有黑就早早地摆上凳子，炒麦子炒毛栗爆米花。爆米花的人很久没有来了，他也知道这里发生的事情吗？

　　我们一家人只能待在家里，妈妈也不上班了。只有爸爸依然进进出出，妈妈叫爸爸也不要上班，要闹就把事情闹大一点，我们的人身安全受到了威胁。爸爸不听妈妈的，倒不是因为他认为那是妇人之见，而是他不会被任何威胁压倒，他是堂堂正正的军人出身。他怎么可能接受妈妈的建议，让他成为缩头乌龟？枪林弹雨他都经历过了，怎么可能被村民吓破了胆？那是多么的耻辱。

5

雪停了，太阳出来了。推开窗子能看到对面山上的树丛积雪正在滑落。第五天了，他们还没有走。只是先前黑压压的人头减少了很多，他们的人数在减少。为首的几个人还在，他们包着头巾，青乌的胡子遮住了他们的面颊，看不清他们脸上的表情。那么冷的天穿着单薄的解放鞋踩在雪地里，抽着旱烟悠闲地蹲在斜坡上。

他们是村民中的主要力量，他们悠闲的状态表明了，这是一场暂时不会结束的战争。李珍的爸爸和她的二哥来了，他们怎么来了？一定是爸爸找人去告知他们我们家的情况。李家冲和围困我们家的麦乃村隔河可以相望，两个村子的土地交错，却互不侵犯。他们来了，我的胆子也就大了起来。

开始谈判了，其实也只是李珍的爸爸一厢情愿的谈判，有点儿可笑。他和他的儿子站在麦乃村民的面前，他们之间也许相互都面熟，同为一个公社的社员气息之间大同小异。他说你们辛苦了，你们一定误会他们家了。误会？根本就不存在，他们跟我们家哪里跟哪里啊？蹲在地上的人将脸转向另一面，他们根本不想听李珍的爸爸说什么。李珍的爸爸自我介绍说他是李家冲的村支书。他还说了，不要欺负外乡人，如果两个村庄的人都参与别人家的矛盾，局势就大不一样了。他们转脸来看了他一眼，带着不屑和几分嘲讽的神情转开了脸。他们才不在乎，天皇老子来了都没有用。

外乡人！这个词从李珍的爸爸嘴巴里说出来，在有阳光的冬天，像一道刺眼的光扎进心里。什么是外乡人？从遥远的地方而来举目无亲，现如今落此大难？这是妈妈表达的。我们是外乡人，我怎么没有想过？爸爸有村庄妈妈也有村庄，如果不是远隔千里，眼下会是什么情形？每个人都有自己的村庄，离开了就没有村庄了。可是麦乃村也不是老潘的村庄，他凭什么就能当成自己的村庄？

李珍的爸爸和哥哥走的时候，妈妈到伙房买了十个馒头。李珍的爸爸推辞不要，妈妈硬塞进他们的布包里。村民蹲在斜坡上，几个去老潘家吃饭回来的人，也从包里掏出馒头，蹲在地上的人看着馒头说，就这个冷冰冰的？拿馒头的人从腰包里取出烟袋，点上火蹲下去，目送着李珍的爸爸的背影说，有这个就不错了，老潘鬼得很，人都找不到了，他还说有几个人不是他叫来的。来人都是帮他的，他还说那样的屁话，这么冷的天，不管饭谁替他卖命？曼霞走过他们身边，把这些话都听进耳朵里，我怀疑她添油加醋地编了一些，更重要的是为了说明，一切都在她爸爸的预料之中。

夜里他们撤退后，寒风呼呼地吹过坝子，威逼之后留下的空旷，在心里形成了个无底的黑洞，让我沉沉地陷下去。爸爸妈妈在屋里说话的声音，成为黑洞里飞扑的蝙蝠。门开了，我的心快跳出来了。是妈妈，她开了灯。我一动不动地躺着，假装睡着了。妈妈在我床边坐下，我们姊妹三个睡在一张床上。我一动不动地睡着。妈妈叫了我两声，我缓缓地睁开眼睛，灯光刺得我不得不重新闭上双眼。

妈妈知道我醒了，但她不知道我一直醒着。风吹得窗子呜呜响，我感觉到了害怕，前所未有的害怕。妈妈又叫唤了我两声，直到我睁开眼坐起来。妈妈说话前冷静地看着我，我在她若有所思的注视里，感觉到黑暗原来是无路可逃。她不得不说，我知道她不得不说，事情迫在眉睫。

她说:"二妮,你知道外面的人是来干什么的?"

我点头。头很沉重。其实我并不知道他们会要人性命,更不会知道双方一旦出手,局面就无法控制。

她说:"你一定记住,如果半夜里,那些人闯进来打倒你爸爸和我,记住了,柜子里有云南白药,瓶子里面里的药棉里包着一粒保险丸,给你爸爸吃了,能救他的命。"

妈妈说完这样的话,黑夜戛然而止,我的脑子里就出现大量的光斑、血泊和云南白药。

不到十二岁的我,第一次感觉到死亡、祸患,以及天塌地陷的灾难,就是千钧一发时的刀光剑影。云南白药,给予了我昏暗的远离死亡的希望。我曾不止一次借助于凳子的高度,偷偷地打开柜子,颤栗地揭开那瓶白药的盖子,诚惶诚恐地观看那粒小小的药丸。那粒小小的东西,如同一粒种子落在心里深深地扎下去,盘绕纠缠形成一道暗黑的根须。

6

第六天了,斜坡上只剩下几个壮年男人,他们依旧蹲在那里,虎视眈眈地注视着镇静自如的爸爸。他穿着白色的民警制服,妈妈说那是有威慑力的,坏人都惧怕民警服。晚上妈妈把衣服洗了放在炉子上烤干,反正晚上他们有大把的时间用来烤衣服。留下来的更危险,也许都是些亡命徒,说不准他们急了就乱来了。

明天,明天爸爸的战友于叔叔的弟弟,就会带着贵钢的工人来了。他们早就该来了,他们要上班没有时间。明天妈妈开始上班了,我们也开始上学了。

两辆解放牌汽车,轰隆隆开到坝子里。不是说明天才来吗?怎么提前了。惊心动魄的时候到了。司机故意将喇叭按下去很久才抬起来，让那个声音持续了很久，几乎所有的人都听到了那个惊天动地的声音。很多的人朝坝子聚集而来。车上站着几十个小伙子，他们都是贵钢的工人。

妈妈听到汽车声从缝纫房跑出来，于叔叔从车上下来，径直走向我们。妈妈站在门口迎了他们。村民见车上呼啦啦下来了那么多从城里来的小伙子，不露声色地蹲在地上，慢慢地抽着烟，像在等待一场与己无关的事件。于叔叔的弟弟从另一辆车上下来，他故意将时间向后拖延了几分钟。然后他走向村民，小伙子们抄着手也走了过来。

于叔叔穿着早年在朝鲜战场上穿的旧军服，爸爸也常穿着那样的军服。他停下来，正好与村民保持了不即不离的距离。村民们相互看看，没有一个人站起身来。坐在最前面的，大概是个领头的村民，他不紧不慢地吧嗒着旱烟，不紧不慢地啐着口水。

于叔叔的弟弟说："是哪个敢动我哥一根毫毛，站出来。"

小伙子们在他身后站齐了，有一股黑压压的气势。我兴奋得心快跳到嗓子眼上了，盼望他们赶快动手，赶快打个落花流水，赶快结束暗无天日的围困。村民们还是不动，看着站在面前的一群人。也许他们被突如其来的阵势弄蒙了，他们心里知道，各自都在心里琢磨下一步可能发生的事情。

领头的村民咳了几声，他磕掉烟灰慢慢收起烟袋，他腰里的斧子就露了出来。于叔叔的弟弟将眼睛从那把斧子上移开说："今天我给你们把话说明了，哪个敢站出来？"

还是没有人动，于叔叔身后的两个小伙子，举起一个塑料桶，他们的手在空中晃荡了几下。然后他们放下来，拧开塑料桶盖子，一股浓浓的汽油味飘散在空气中。

于叔叔的弟弟说："桶里装的是汽油，那一桶是柴油，足足可以烧掉一个村子的房子了。"

这句话好像不是他事先想好的，所以他好像也被这句话镇住了，他居然停了下来，回过头来看着我们，而不是村民。村民们像没有听见，一动不动地，还是蹲的蹲坐的坐。于叔叔跟着爸爸进了家门，他的弟弟和工人们与村民形成两群互不相干，却又对峙的人群。他们就那样两两相距地站着。村民们的士气早已经没有前几天那么高涨，这会儿就更没有底气。他们显出一种死撑的阵势。回去吧，死撑有什么用。谁要是动了他一根汗毛，你们的村子就没有了。这个话说得那个痛快，像把连日来所有的恐惧和屈辱统统驱散了。可以扬眉吐气了，我们上下来回地在坝子里跑。明天，我们就要回学校上学去了。

　　午饭时，妈妈从食堂里买来几十个白面馒头，小伙子们拿了，一人一个站在村民面前，大口大口地吃起来。他们饿极了，大概早上从城里出来就没有吃东西。空气突然间在他们的吃声里松弛下来，村民们也开始动了起来，他们站起身来。他们也饿了，大半天大半天地蹲在一处，没有喝水没有吃东西，他们一定饥寒相交了。他们稀啦啦地往潘家走，走在最后面的人故意说，老潘如果连碗面条都不肯煮，明天我们就不来了。

　　老潘已经很久没有露面了，他让这场战斗彻底地变成村民与我们家之间的了。老潘也失去了开始几天威风凛凛的得意劲儿，从我们家门口走过，故意歪着头往我们家看。他在领导面前说人不是他叫来的。不是你叫来的怎么会在你家吃饭？亲戚嘛，来了不可能不让人吃顿饭。现在怎么不是亲戚了？村民们也开始争吵、不满，相互怪罪和指责，老潘没有叫张三也没有叫李四，可是他们都来了。谁叫他们来的呢？他们像小孩办家家那样吵个不停，没有叫你，你跟着来做什么？我也不知道你们来做什么，来凑热闹还不行吗？不行，也可以，但是就别想着吃人家的面条，人家又没有请你来。老潘家又不是红大院。不是红大院你们怎么天天来？

7

轰咔！轰咔！矿车的声音，它从高高的坡上滑下来，一直滑到充电房门口。天还没有亮，轰咔轰咔的声音灌满了耳朵。

第七天了，我们要去上学了。雪下得很大，白晃晃的光透进屋来。推开窗户，大雪封住了山坡和道路。

这么深厚的积雪，也许河流出被封住了。还有那些村民，他们不再会踏着积雪而来了。雪化之后春天就会来了。

像花一样

1

　　小小姑娘，清早起床，走过大街穿过小巷，卖花卖花声声唱……

　　银幕上《卖花姑娘》天光昭然，花妮走在原野上，原野上开满了花。多么美丽的花，多么忧伤的歌曲，从清晨到薄暮，她的身影映在大街小巷和山岗。

　　春光照进我心怀……

这是什么意思。

她采花采得多。

不对。

她高兴。

她不可能高兴，她妈妈都要死了，她怎么可能高兴。

解放了。

没有解放。

我们每天都会争论不休，跳过高高的土坎跑进山林，把身体探进刺蓬里，采蕨苔采蕨苔采那个季节所有可以吃的东西。躺进茅草丛里吃着野莓。天上有飞机飞过，很高，隐在云层里。我们站起来，朝着飞机飞过的方向跑起来：飞机！飞机！飞到北京……

飞机不见了，我们的脖子都仰酸了，我们还在拼命地跑，希望脚下的速度能撵上飞机的速度。

北京在哪里？

很远。

毛主席为什么住那么远？

……

毛主席吃不吃折耳根？

不吃，折耳根是草。

折耳根是能治病的草。

毛主席不会生病。

锄头碰到了石头，石头上的火花倏地一闪，我的手心灼痛。穿过密密的树林是开阔的土地，我们顺着土坎绕过开着浅色紫花的洋芋地，来到松树林前的一片空地。空气中弥漫着花粉的香味，那种夏日里被太阳暴晒之后，往下掉粉的香气味很浓。

折耳根！我们看到了折耳根，整块地里都是折耳根。这不可能！折耳根怎么可以长在地里？生长在田埂或者石缝里的折耳根，像从天而降专门为我们生长的一样。管他三七二十一，我们冲进地里之前，还是稍微犹豫了一下。环顾四周寂静无声，然后我们举起锄头，无须用劲轻轻一挖，折耳根长长的根就出来了。新鲜的泥巴翻出来，一行一行地带着折耳根的香气，风把我们的声音送进了树林，我们满头是汗，抬头看天云层很低遮住了太阳。为了能记住这个地方，在以后提起这里不被别的人识破，我们得意忘形地要把这里封个名字叫作"农业学大寨"。我们妄想着明年这里还会长出更多的折耳根，明年我们还会再来。

有人从远处跑来，他的声音是从风中飘进我们的耳朵的，带着不可遏制的怒气泼散出来。他边跑边用手指戳着我们。我们也开始跑，朝着树林里跑，拼命地跑。要是被他追上了，他会没收了我们的折耳根，还会把我们抓到公社去。公社的那间黑屋子我们见过，一个男同学被反手捆在凳子上，踢打他的人的脚是飞着下去的。

那个情景太可怕了，记得那天我们站在公社卖油条的店铺前，妈妈给了我们买油条的钱，排队的人太多了，当我们站在窗前的时候，油条已经卖完了。男同学被人踢打的声音从黑屋子那边传来，我站在店铺那里，听着那个声音心里想着油条。口水就流出来了，可是我不知道，还在专心地听着那个声音。妹妹抬起手来，她在我的嘴巴上擦了一下，她说你的口水淌出来了。

想起这个我的脸就会发红，真是太丢人了。我们加快了速度，迎着山风跑，必须在雨下来之前跑进树林深处然后藏起来。那个人扛着锄头喘着气，他一进树林，我们就听到了雨下来的声音。

下雨了，我们的身体在刺蓬底下打战。他走过来了，他身体里的热气消散在雨点里。他被绊了一下。他没有看到我们。他跑过去了。前面是密密丛丛的刺蓬缠绕的沟壑，他把锄头朝着地上的石头上敲打，闷沉沉的声音被雨点遮住了。

我们在树林里躲了很久，雨稀落落地下着。我们的头发被打湿了，我们一直趴在地上，松针的香气满鼻子都是，天上的云开始散了，树林里亮了起来，追赶我们的人走得无影无踪了，我们的心还在跳，生怕他就躲在什么地方，我们一站起来就被他抓住了。

树林里又响起了哗啦哗啦的声音，我们将头埋伏下去，脚步声近了。我们的心跳和脚步声一起一伏地响着。脚步声远了，我们抬起头，看见理发匠走过了开着紫花的藤条树丛。唔，他被树枝挂住倒退了几步，这让我们看清了他肩膀上的棍子挑起一只兔子，它的一条腿正在滴血。

风吹散了天上的云层，吹散了稀零的雨点。我们站起来，跟在他的后面朝家的方向一路小跑。

《卖花姑娘》为什么这么黑？

因为是黑白片。

别的黑白片没有这么黑。

旧社会太黑了，穷人白天晚上干活。

哦，电影拍的都是晚上。

有太阳也是黑的。

花妮妹妹的眼睛被烫瞎了，她是白天站在地主家院子里，她想吃枣子，地主婆吃枣子的样子好香啊。她蹲下去刚一伸手，地主婆就把滚烫的药灌泼到她眼睛上了。我也想吃，爸爸老家湖北也有枣子，堂姐来的时候给我们带了枣子，可是我一点不记得枣子是什么味道。妈妈说我像花妮的妹妹，我就闭着眼睛，想着如果自己也变瞎了，会不会像她那么漂亮。

听说有彩色的电影了。

什么是彩色电影？

就是有颜色的。

有颜色是什么样子。

花是红的吧？粉的吧？看见了吧？

看见了。我们采啊采，学着卖花姑娘的样子，把花放进篮子。没有街巷，煤矿通天一条路，谁会买你的花呢？电影里的有钱人，穿着金光闪亮，衣服全是缎子做的。下煤井的职工一身漆黑，他们眼睛里的花是彩色的吗？他们不需要买花，满山都是花，就算他们有时间，他们也不会自己上山采，他们的屋子黑漆漆的，就算插了花也看不见。所以我们就是想卖花，也找不到买花的人。

我们漫山遍野地跑，我们能采杜鹃花、野蔷薇、紫藤花，白地莓开白花，野百合的气味太浓，插在瓶子里满屋子都是花粉的味道，熏得人头脑发昏。我们喜欢攀上山崖把它采下来，举在阳光下遮挡太阳。戴着野花编成的花冠，迎着风向远处瞭望，在密密的苞谷地里穿行。

什么时候我们能够看到彩色电影？

快了。

理发匠种的苞谷也快熟了。

我们会意地笑起来，曼霞扯下苞谷须放在鼻子下面。长胡子了，我也扯下一绺放在鼻子下面。我们都长胡子了，我们踩倒了苞谷地里的黄豆，在地里钻来钻去。布谷鸟怎么不来了？它只在山林里面，它的声音隐藏在早晨的薄雾里，它一叫就云开雾散了，空气也就晾开了。

你看到过理发匠的老婆没有？

我为什么要看到她。

她不会走路。

她不会走路？她是小孩吗？

曼霞抱起一块石头朝山下扔去，我们站在高高的坡上，看着石头呼噜噜滚下去，滚进草丛。接下来我们用脚踢下所有成块的石头，看着它们滚进草丛和深沟，用来消耗掉一个早上或正午的时光。

"有太阳的时候，理发匠会把她抱出来晒太阳。"

曼霞朝着开满野花的小路跑，我跟在她的后面。我问她为什么要晒太阳，曼霞边跑边说人不晒太阳就会死的。我们跑过长得很高的刺蓬，刺蓬开出的花香味很浓，整条路都是香的。蜜蜂飞舞的声音充斥在午后的阳光下，让人昏昏欲睡。黄昏的时候，大人们喜欢沿着这条山路去公路对面的河边，他们坐在高高的山上看我们下到河里游泳。我的爸爸会把大气胎从山坡上一路滚下去，让弟弟坐在水里的气胎上，我们站进水里围绕在气胎周围狗刨沙。我们离开气胎乱蹬几下，就会赶紧抓住气胎。我的弟弟泰然地坐在气胎上，任由我们摇晃着气胎来回摆动。

理发匠的老婆，她坐在木头做的房子前面。那些木头全是井下用废了的黑木头，透着油松的气味。曼霞家住的房子也是那样的木料搭出来的，整个山坡上的房子全都是。刑满后安了家的人，全都住在半山腰上。他们在门前种了苹果树，只开花不结果的苹果树，成了他们晾晒衣服的好地方，树上挂满了白的内衣蓝的褂子。每一次我都会跑着经过那些树，担心树突然倒下来压倒我。

2

小小姑娘，清早起床，提出花篮到处窜……

我们唱着跑过半坡上职工住的乌黑的木屋子，废弃的灌了沥青的木料，在阳光下散出来沥青的油味，随着风飘进鼻子。我脑子里还是满山遍野的花，多美的花。花妮为什么要把妹妹背到地主家去？是啊，她为什么要背着妹妹去？

我们无法回答这个问题。我问曼霞你爸爸怎么说的。曼霞笑笑说我爸爸从来不跟我们说电影，他只对我们说那是电影。

我爸爸说那是阶级斗争。什么是阶级？话到嘴边几次，我还是忍住没有问。就像我不能跟曼霞讨论什么是劳改一样。关于地主和穷人的问题，我们也从来不讨论。我们说不清楚我们之间隐藏着的一种微妙的关系，谁是地主谁是穷人？好像我们两个角色都是。

有时候我们的话题说到这个上面去了，我们都会突然选择停下来，换一个话题。我们的家庭教育里没有歧视，我们把所有的刑满的人，都喊叔叔和伯伯。妈妈说他们犯的是国法，跟他们的辈分没有关系。要我们喊他们的名字，他们有的花白了头发，我们喊不出口。爸爸为此挨过批评，说我们家敌我不分，喊劳改释放的就业人员叫叔叔伯伯。妈妈就让我们喊师傅，某某师傅，这个喊到天上去，都是说得过去的。为什么可以喊师傅呢？因为师傅是做工的。师傅没有敌我之分，没有把敌人跟自己划到一起。

空气中那股焦煳味散尽了，天就像比往日高了。曼霞认为我一定会去看理发匠的老婆坐在太阳底下的样子。瘸着腿歪坐在木屋前有什么好看的呢？看她坐在太阳底下，皮肤下的血管像绿色的毛毛虫一样布满全身。我不喜欢他们屋前水沟的气味，散着永远也化不开的腐败味，就算曼霞的爸爸整天用水冲洗，那股气味也没有减少丝毫。

理发匠已经打开了理发室的门，这会儿他正在将一些动物的皮拿出来晾晒。风中就飘散着那样的腥味，这个让人讨厌的魔鬼，把血腥的气味散布在空气里。曼霞急急地跑着，我跟在她后面跑得上气不接下气。老远我就闻到了那股腐败味，曼霞说那味道是我想象出来的。我们一路争吵着来到她家门前，跨过臭水沟时，她一脚踏下去，溅出的脏泥污了我的裤子。我飞脚跳过去，一只脚还是落进了沟里。我指着脚上的污泥让曼霞闻，她只笑不说话，一只手放在脖颈上捏来捏去的。我说我的鞋脏了。她说是你自己弄脏的。我就脱了鞋踩在地上，一瘸一拐地朝着她家走。曼霞只好倒回去提起我的脏鞋，走在我的后面。

理发匠的女人双腿盘曲着坐在地上，横在地上的拐杖对她一点用都没有。但是理发匠每次把她抱出来，还要故意在她身边放一个拐杖。我们就猜想理发匠在山林里砍了太多的木棍，一定都是事先想着要给她做拐杖的。

几个女人坐在屋檐下做鞋垫，她们包着头巾，背靠着木屋。老远她们就看见我们了，苹果树上晒着的衣裤在风中摆来荡去，她们坐在那里，我就不想停下来。我心里发虚，想着心思已被那几个女人看透，就感觉到脸红。曼霞已经在她的屋子前停了下来，她侧着身体靠在她家的门坊上，把我的鞋丢在地上的太阳光下。

曼霞家的房子很小，搭房子时为了节省木料，两幢房子交错着的中间的缝隙里是一个拐角，从屋后看房子是拼凑的三角形，跟两边连得很紧。墙都是木板密密地钉在一起，木板无论再密集也都有缝隙。曼霞的爸爸用画报的反面糊在墙上，这样白色的墙体使得他们家大概只有八平米的屋子，却放了两张床的空间显得极为紧凑。那样的"白"，却又与"煤"形成极不和谐的对比。曼霞的爸爸每天都要下井，回来时抬个小盆，在门口的小树枝间拉出的绳索上，晾晒刚从澡堂出来换洗的衣服。那些衣服无论是夏天还是冬天，都冒着热气。他总是要将洗好的衣服，拿到锅炉房接开水烫一道。

隔着一道木板墙，新近结婚的理发匠就住在她家隔壁。他才从乡下娶到的女人，队里没有房子，临时调了一间存放炸药的房子给他们结婚。其实也不是专门存放炸药的房子，是先一个临时保管炸药的职工，他探亲回去了。队里就把屋子拿给理发匠做新房。曼霞的爸爸不在时，曼霞每天在屋子里隔着木板，听懂了那些吱吱嘎嘎的声音。曼霞要想看清屋子里的动静，就得爬上他爸爸那张铺。她爸爸的铺总是铺一条白色的布单，白得与一个煤矿工人的身份完全不相符。

曼霞每次爬过床之后，都无法还原。无论她怎样拉扯，都会被她的爸爸一眼看出来，知道她爬过他的床。虽然他并没有想过，她为什么要爬床，单就爬床的行为，都是他无法容忍的，他都会照着曼霞的头，给她重重的一"瞌拽"，也就是来一个脑瓜崩。他下手极重，痛得曼霞抱着头咬着牙不敢让眼泪掉下来。眼泪掉下来，接着还要遭第二次。

小雨天，曼霞一边织着纱线手套，一边说着她看到的事。说那些事时，曼霞的身体会不经意地摇晃起来，大概是想表示对事情了解的程度已经不在话下。她的这种态度，一下子拉近了我们之间的关系，就好像她把这个世界上，最隐秘的东西告诉了我，我们共同隐藏同一个秘密，心里有了一道通向别人生活的甬道，自然是不同的。

曼霞有一身牛劲，不用纱线织手套的时候，她就会给我背书包。她织手套织得很奇特，先织拇指，一只一只地织，然后才织起全部，所以我每次看到的都是她织着的某个拇指。上下学的路上，只有我和她的时候，她把我的书包往肩上一背，目的是让我听她说理发匠屋子里的事时，能够在速度上跟得上她。

曼霞比我大一岁，她身上却有一种比我大十倍的力气。公社的男同学都不敢惹他，包括那个从城里转学来穿着小港裤的黄小同。黄小同的头发用烫发的钳子烫过了。班上的同学觉得他是超社会的，没有人跟他玩。曼霞不怕，跟他一起打角角、滚铁环。他唱"美酒夹�飞（美酒加咖啡），我只能喝一杯"，我们就一路跑一路笑。

曼霞就跟着他一起唱，我们笑那是一句下流话。曼霞不笑，她说太好听了。我跟曼霞的距离，就是她听懂了那样的被我们认为是黄色的歌曲。

喝一杯跟喝两杯有什么呢？你想喝几杯就喝几杯，谁管你那么无聊的事。反正都是资产阶级的生活。资产阶级是什么？就是坏人。你爸爸说的吗？我爸爸没有这么说。反正我们不懂的都是坏的。曼霞说着就跳过了土坎。她指着将军山的山脚下说：你看那天我们就是从那根管子上走下来的。

那是一根很粗的铁管，是用来把山上的水引到下面的田里面的。如果走铁管从上面摔下来，就会摔个半死。我倒抽了一口气问："美酒是什么？"

曼霞把脸转向另一边，她想了一会儿说："就是我们喝不到的一种酒。"

想起往事，一杯又一杯，喝那么多？

你连这个都不懂？醉了！有心上人了。

谁有心上人了？我的脸一下子又红了起来。

唱歌的人啊。

哦，除了黄小同，我不知道有谁还唱这支歌。

这个流氓歌是黄小同自己编的吧？

不可能，这是城市里流行的。

什么是流行？

就是大家都唱。

不可能，你的意思是大家都是流氓了。

曼霞语塞，她把我的书包还给我。我不接，她就丢到土坎上。我们就那样冲着气走了，走了好长一段路，曼霞又笑起来，然后她倒回去捡起我的书包，跑着追上了我。我们就又和好了，坐在田埂上吃着随手采下的苦蒜。

我们走过垒着土坎的逼仄的道路，跑下土坡快到水井边时，就又看到黄小同从远处的田埂上走来。他为什么每天都要到井边来洗衣服？曼霞的脸红了。我们穿过土坎下的小路来到井边喝水，黄小同沿着田间一路走一路吹着口哨，吹的还是"美酒夹胚飞"。

他看到了我们，放慢了走路的速度，然后弯下身一路采着田埂上开出的小黄花。他举起手里的花朝着我们挥了一下，口哨吹得更响亮了。

我们站在井边看着他，他在田埂上歪门邪道地走着。他就是一个超社会的流氓，曼霞为什么不怕沾染了流氓气息。她还说要叫我去看理发匠的事，想想我都脸红，妈妈要是知道了，腿都要给我砸断。

3

明知道妈妈会砸断我的狗腿，曼霞来叫我，我还是跟着她去了。我和曼霞一前一后地走着。她总是停下来等我，而我心里有一种说不出来的害怕，或者是羞耻。

太阳煌煌地照着地里被煤尘扑散了黑灰的白菜，因为天一直不下雨菜已经焉了。几只蜻蜓在我们头顶上飞着，和众多的夏天一样，那是一个无聊的夏天。时间在太阳光里总是被拉得很长很远，长得我们不会知道下一刻该做什么，长得我们不会知道时间是有尽头的。

几个女人坐在屋檐下晒太阳聊天，屋前的冬青树绕着苹果树种了一排。冬青树深紫色的籽，像开出来的紫花一样点缀在树叶间。她们为什么要从农村嫁过来，嫁给刑满就业人员？嫁过来就不用种地了，就可悠闲地坐在太阳底下纳鞋底。

曼霞带着我在她家房门口站定，我们东张西望，假装在地上墙上找东西。当我们确定不远处的女人没有在意我们的时候，曼霞把脸贴在木板墙上，通过木板的缝隙往屋子里看。我站在她身边，埋着头悄悄地朝那几个女人看去，她们在说笑着，不经意地朝我们这边看了几回。

曼霞抓住我的手，她用力地捏紧我，我知道她看到了屋子里发生的一切。她一使劲就将我拽到了跟前，我犹豫地朝屋檐下那几个女人看去，她们中间除了纳鞋底那个女人没看我们外，都咧着嘴看着我们，她们停止了说话，看着我们。

曼霞将我的头按到木板上说："你到底看不看？"

我僵直地将头抵住木板，透过缝隙我看到屋子很小，太阳光透过木板的缝隙，在屋子里闪耀出一种阴湿的光。屋子里除了床，沿着墙摆满了存放炸药的木条箱。煤矿井下用的炸药，有一半堆放在他们的屋子里。理发匠这个魔鬼光着身子，游动在一缕光芒中。那是透过木板缝隙射进屋里的光，一缕一缕闪动在屋子里。他上下地忙乎着出了一身汗，如同一条垂死的鱼那样，让我感觉他即将被沙土吸干而死。这个杀动物不眨眼的刽子手，也像一只动物那样快要死了。

他们的影子，落在身边装满炸药的木条箱子上，形成一道时隐时现的光，让箱子上放着的碗筷也动起来。我的脑子里想着炸药的事，想着它们在井下炸开一条煤道的情形，我不知道我的脑子里怎么会出现那样的情景，耳鸣震得我的脑子轰轰响。曼霞将头挤过来，我们头碰着头地挤在那儿。耳鸣还在继续，曼霞不会懂得这一切。她不停地用手掐我的手臂，我用手肘拐她，她就咻咻地笑。我的手臂钻心地痛，我抬起来，阳光下，我的手臂青一块紫一块地加深了我的疼痛感。

我生气地用身体撞她，用脚踩她，她笑得更厉害了，然后她的手落在了我的屁股上，又捏了我一把，我跳了起来，她使了更大的劲。

我叫起来，朝着她没好气地说："你疯了！"

我照着她的背狠狠地捶了几拳，她不说话也不还手，将头缩进脖子咧着嘴笑。屋子里的动静比先前更大了，我们又重新将头抵在木墙上，屋子里雨汗交织。屋檐下的女人在喊曼霞、曼霞！你个挨刀的、砍老壳的，你爸爸回来不打死你。她们喊着骂着大声地笑着。

我掉头就跑，我跑得飞快，希望所有的事情都在我的脚下消失。跑过蜿蜒错落的一排排木房子，在阳光下混合着沥青气味的房子，差一点迎头撞着队长和另一个人。队长是新来的，专门负责煤井爆破的领导。之前那个男人就来取过炸药，我和曼霞上来时，正好也遇着了他。曼霞说他在门口叫了几声，屋里的人没有应声，那个男人在门口等了一会儿就走了。他是要到他们屋子里取炸药。这些人曼霞都认得，甚至知道他们在井下做什么活。跟队长在一起的那个人，就是在井下专门爆破的。

我一边跑一边想队长他们撞进屋子的情形。虽然我无法想象那样的情景，还是忍不住乱想了一气。不过等跑过球场坝时，便将一切抛到脑后了。希望这件事情就像风吹过一样，如果妈妈知道了，我将被打得皮开肉绽。我心跳加速，连嗓子都干裂般地痛起来。不过，想想那几个女人，她们连跟妈妈说话的机会都没有，便又心安理得地推开家门。

下午饭时，曼霞从我们家门口路过，她是要去食堂打饭。我太不想跟她有任何联系，特别是在当天，我不想别人知道我跟她都干了什么。我站在门口，故意将身子转向我们家屋后的那条巷子，两只鸽子在屋檐下的笼子里，来来回回地走着。那是我们家喂的鸽子，是两只拐鸽，会把很远的菜鸽子拐到我们家来，我们家常常有鸽子肉吃。

曼霞从大伙房打了饭返回来，她一只手提着饭盒，一只手抬着菜。她走过来，站在我身后。

她轻轻地撞了一下我说："我看见了。我跟着他们进屋去了。"

我不理她，往前挪动了一下身体，抓出一把苞谷沙，学着鸽子咕噜咕噜地叫，然后将苞谷沙撒向空中，鸽子们飞起来，我仰着头，细碎的灰尘和鸽羽飘下来，扑进我的鼻子。

曼霞重又走过来靠近我说：我跟着他们进出，我看见了，像花一样！

4

妈妈提着篮子走到门口，又折回身去找布口袋。我站在斜坡上等妈妈，她要带我进山里打毛栗，理发匠又告诉了我们一个新的毛栗树<u>丛</u>。理发匠正在阳光下剥剐一只兔子。那只兔子被他倒挂在一根木桩上，露出来的血肉正冒着热气，理发匠满手血污。这个长着酒糟鼻子的矮男人，一年四季穿一件深蓝色的长褂子，袖口油亮衣服上总是沾着许多碎发。他只负责给干部理发，因此他在煤矿的待遇很特殊。可以去深山里打猎，可以去赶集市可以结婚，还可以请假回老家。

理发店的后面是一片苞谷地，我们穿过那里，有时候理发匠会躲在抽穗的苞谷地里，在我们弯着腰跑到窗下正要朝屋子里看时，他突然发出一声吼叫。我们不问青红皂白地四处逃窜，他似乎也很得意站在那里看着我们跑。我们总是心里发虚，理发匠的后屋里养着让我们惧怕的动物。理发匠在深山里下铁夹子，隔三岔五就有动物深陷铁夹子。正午的阳光下，他会把跛脚的动物，系在一条凳子上，包扎它们的伤口。

看到理发匠我们为什么要跑？他的身体里有一种动物死亡的气息。腐蚀的气息弥漫了他的整个脸部，他或许不知道。他很得意举着扒了皮的动物，血红的手像夜里张开的犬牙交错的恐怖记忆。他是魔鬼的化身，我在夜里奔跑，绕过他的理发店，在隐约的灯光照射下，瓣走他种的苞谷，用石块击打他关着动物的屋门窗。他来了，他从职工学习的宿舍走出来，我们呼啦啦跑得无影无踪。

顶锅盖，油炒菜，辣椒辣倒不要怪，捧一口风，捧两口风，问你按着哪个的鼻子摸一摸？

按着、按着理发匠的鼻子摸一摸……

我们聚在篮球架的灯光下，举着一根指头顶在别人手心里，心扑哧扑哧地跳，听到最后一句，我们跑，一群人朝着充满血腥的理发匠跑过去。这个游戏我们天天都在玩，只要是过路的人，我们都会冲过去摸他一下。理发匠正在水管边清洗剖腹剥皮的小动物。我们跑过去了，冲到了他的面前，有人朝他的头打了一下，接着他们都朝着他的头摸了一下，我绕过他的身边跑开了。我不愿摸着他，他是魔鬼，他身体里全是死去的亡灵。我为什么要这样想，我不知道。理发匠直起身来，虎着脸朝我们吼叫，摸了他头的人发出来的笑声，盖住了我们奔跑的脚步声。

理发匠在山里转，他发现了大片的没有人知道的毛栗树。他不会把那些捕获的动物送给我们家，可是他会把发现毛栗树的秘密告诉妈妈。他还一路做了记号。他在理发店门口斜坡的一根木桩上剐着竹骝的皮。妈妈走到我们家与理发室之间的那条路上时，他停下来将手抬到头顶，然后指着远处的山坡说："沿着那条路走，翻过去后朝左边的林子一直走，不要怕我在路上做了记号，回来时照着路走就是了。"

妈妈怎么会相信理发匠的话？每次都顺着他指的路去打毛栗，每次都满载而回。我们要走的路很陡，路穿过树丛像向着天空伸去一般，因为太阳从茂密的树丛透过来，照亮了弯曲的小路。从下往上看，小路是透着光的。

我跟在妈妈后面，我们要经过曼霞家住的那排木板搭出来的房屋，走过杂草丛生的荒地才能踏上小路。我跑了两步跟上妈妈，说："理发匠又关了一只狐狸。"

妈妈像没有听见我说的话，她叫我回去跟理发匠要一根棍子，说遇上野猪就坏了。我磨蹭着走在妈妈后面，我不想去见理发匠，希望妈妈放弃这个想法。妈妈回头看了我一眼，她自顾自地走着，我又朝后跑，跑过逼仄的小路跑过沙石铺的路，就看见理发匠已经将竹骝的皮完全剥下来了，竹骝身体里散出的薄薄的热气挡住了理发匠的脸。他是个血淋淋的人浑身都浸在一片深红之中。他没有看见我，将一双血手放进盆里，血浸漫开来。

前几天，他在门口放一只穿山甲，他故意让它爬给大家看。

穿山甲长相极丑，浑身都是跟石块一样颜色的鳞甲，爬得极慢的原因是它的四条腿又粗又短，看上去又脏又蠢。它像把它所知道的时间全部地嵌入自己的身体，所以它的爬动中注满了时间的缓慢重量。

理发匠对妈妈说，穿山甲的每一片甲都是药，它是一只浑身上下都是宝的动物。它的鳞甲都是为了更好地穿地钻洞而长成那样的。我虽然惧怕理发匠，却巴盼着他能给我们家一片穿山甲的鳞片。妈妈说他才不会把那么珍贵的东西给我们家，他会给官比爸爸更大的。那么他屋子里养的狐狸，他会不会送给那些特允他像个自由人样的可以在周末回家，或者去赶集市的人呢？妈妈说理发匠养狐狸是为了悄悄地卖了，谁知道呢？他神出鬼没的。

理发匠见我从坝子里跑过来，他抬起盆将水狠狠地朝着马路上泼过去。我跑到距他不远的地方停下来，他本来要回屋了，然后退回身来问我："你想要什么？"我迟疑和躲闪了一下，还是迎着他说："棍子。"本来我转身想跑，看见他进屋去，我怯怯地站在那里。他拿出棍子杵在地上说："遇着野猪不要跑，它跑得比人快。"我站在远处不动，他把棍子放在水泥台上，转过身去自来水管边接水去了。我拿过棍子就跑。那是一根樟木棍，理发匠在棍子的一头包了一层铁皮。理发匠为上山打毛栗的人准备了很多棍子，他除了擅长打猎，就是喜欢用不同的树枝做成棍子。

妈妈已经上到山垭上了，她的影子和树影重叠在一起晃动，太阳将树影照映出的光斑投在妈妈身上，远远看去她像个聚光的物体，太阳照亮着她，她也照亮着太阳。

架在山垭上的一棵梨树上的喇叭响了起来，不知是谁打开了广播。广播里唱："无产阶级文化大革命，就是好呀就是好……"每次我上山采蕨苔的时候，会沿着那个声音听，专心地想听清它唱的那个"好"究竟是什么？可是，这首歌就只有这两句，翻来覆去地唱，一唱可以唱一个中午，就是不说好在哪里。不过，有广播倒是好，可以让独自走在山林中的我不会感觉到害怕。万一迷了路，还可以循着声音回来。

曼霞站在坡坎上喊我，她问我去哪里，我只是边跑边抬头看她。妈妈要带着我去找理发匠新发现的毛栗树丛。理发匠说那里没有人去过，毛栗树丛密集，毛栗都张着嘴掉下来，满地都是。在煤矿打毛栗是家家户户都喜欢做的事，打回家去用锅一炒，晚上看电影时边吃边看。在深山之中发现新的毛栗树丛，这是不能让别人知道的秘密。

5

我埋着头跑过曼霞身边，我知道她的手一定在脖子上捏来捏去的，她的脖子那一处，被她捏出一个特别的疙瘩。她一直站在那里看着我翻过一座土坡，也许她不会知道我为什么突然不想理她。

那个炎热的夏天，我对自己感到很失望。我没有自己的想法，没有自己的主见，她说什么就是什么。要么就跟姐姐和小英当跟屁虫，她们是不是也会因此而轻视我。我对曼霞的成熟感到陌生，虽然她跟我在一起玩，更多的是接受她爸爸分给她的任务照顾我。可是她总是一副老谋深算的样子，让我感觉自己的蠢笨。

我和妈妈沿着那条本来不是路的路，穿行在树林里。妈妈放弃以往我们打过的毛栗树，直奔一条我们根本不熟悉的路。山林里植物混合的味道，让我知道我们已经走进深山之深。我渐渐感觉害怕，整座山林里除了风声鸟的叫声，什么声音也听不到。

妈妈急匆匆地走着，她走得既忙乱又自信。她弯腰低头抬手扒开树枝，寻找理发匠系在树上的带子。这一路上，妈妈都在寻着理发匠为我们打下的记号。风吹着远处的树枝呜呜响，太阳高高地悬在天上，仿佛已不是平时悬在我们头顶的太阳，它离我们更近了，鸟在树丛中飞扑得很快。

　　我说妈妈我们遇着老虎怎么办？没有老虎。我们遇着狼怎么办？没有狼。我们遇着野猪怎么办？妈妈忍无可忍地停下脚步说："能不能闭上你的臭嘴？"

　　我闭上了嘴一路小跑着，脚绊到树桩上一个跟头栽下去。树丛中有一堆动物的骨头皮毛，血是风干了留下细碎的骨肉，被蚂蚁们拱出蓬蓬松松的土。妈妈回过头来，她也看见了，她懈怠下来，刚才那股劲儿突然烟消云散了一般。

　　远处的树林里有人。我和妈妈都停了下来，妈妈迅速地将身体藏进矮树丛里，我也将自己藏了起来，山林更静了，只听见树丛里哗哗的声音，朝着我们这个方向走来。接着我们看到了两个人的脑袋在树林里晃动。妈妈站了起来。两个男人说话的声音越来越近，是老石和另一个人。他们扛着猎枪，朝着密林深处走，他们没有看到我们，或者视而不见。每次相遇，我总会远远地目送他们朝山的更深处走，想着他们有一天走不回来的情形，眼睛里就只留下了那个恍惚的枪口。

　　我们终于看到了毛栗树，密密丛丛的毛栗树夹在杂树丛中。结出的毛栗球，也都不是一齐张开嘴，总是东一个西一个地让我们去寻找。妈妈把篮子放在毛栗树下，用手里的小棍子，对准那些张开口的毛栗球，轻轻地一打，熟透了的毛栗子嘭地掉进篮子里。有时候，遇上半张着嘴的毛栗，妈妈会戴上手套，用一把剪子夹住毛栗，然后将之剥离出来。我们一路地寻着打着，就走进了更深的地方。毛栗子张着嘴的越来越多了，妈妈打得满头是汗，手里的棍子在风里挥舞得噼啪作响。我找一棵阴凉的树下蹲着，从篮子里抓一把毛栗吃起来。

太阳偏西了，山风吹过树丛送来凉爽的风。山风习习天色暗沉，妈妈像突然间想起时间的。她猛地停下来，看看天。天色已晚，山谷里已开始降露，阴湿的空气里飘浮着松针浓郁的气味，让人感到夜色笼罩下的山林是那样的静谧。

妈妈把目光转向我，她有些慌乱地放下手中的棍子。我从她的眼睛里感到了一丝恐慌扩散在暮霭中。雾气降落下来濡湿了树叶，我们满鼻子都沉浸在湿乎乎的植物的香味里。鸟的叫声变得寂静，而我们被巨大的恐怖笼罩起来。天如果完全黑下来，我们在深山里不仅迷路，还会遇到野兽。

妈妈将一袋子毛栗扛到肩上，她把篮子递给我，拿过我手里的那根木棍。她行走的脚步越来越慌张，以至于她几次都歪歪扭扭地撞到树枝上去。我感觉到她找不到回去的路了，她一路东张西望，在树枝上寻找着理发匠系的带子。我听到她的喘息里夹着心脏急促的跳动。我走在她的后面，紧走两步又回过头去，总觉后背会突然地被一只手抓住，抓得心惊胆寒。

雾气更浓了，笼罩在树林间。暗淡的天色使整个山林变得更加迷茫起来。我想哭，我感到我们就要被封锁在这山林中，我们就会被狼或野猪吃掉。我开始小跑，我想跑到妈妈前面去，又不知道那些东西到底会从哪个方向出来。

天真的黑了下来，雾气笼罩中透出的光是通过树叶摇动反过来的。没有了鸟的叫声虫的声音格外明亮，仿佛天是被它们鸣黑的。

月亮升起来，挂在树梢上。云随着风慢慢移动，挡住月亮的时候，我们听到了一声尖厉的叫声。那个叫声从密林深处穿过来，顺着风来到了我们的耳朵里，像一根针一样扎进我们的身体。

狼！走在前面的妈妈两只脚向前一歪，就跪了下去，身体软软地耷拉下去，我也就随着跪了下去。那一瞬间，我看见妈妈回头看了我一眼。她无助和绝望的神色，使我彻底地垮掉了，我嘤嘤地哭起来。妈妈双手紧紧地握住棍子半举在空中，在我的哭声中等待着狼亦步亦趋地向我们逼近。

让我在哭声中死去吧。山林里回荡着我的哭声，幽幽的寂静的哭声，使雾气更浓地笼罩下来。

之后我们听到了枪声，整个林子都震动了。

猎枪和夜晚

1

爸爸喜欢把猎枪挂在墙上。一支很长的钢管枪托的木料上了桐油的猎枪，对着门赫然地斜在那儿。

这样就完全消灭了我们对猎枪的想象。

猎枪是一种装饰，至少对爸爸来说是这样。爸爸从来没有用挂在墙上的猎枪，打回来一只猎物，使得我们对猎枪本身也失去了信心。

而住在我们家后屋小英的爸爸老石，他的猎枪是放在门背后，立在那像见不得人。老石每次外出打猎，却总是满载而归。

爸爸的猎枪虽然只是个摆设，他却也有热衷于打猎的时候。或者爸爸打猎也跟他的猎枪一样只是个摆设。

爸爸每次打猎，他的肩头上一边挎着猎枪，一边挎着猎枪用的弹药。弟弟骑在他的肩上，我们跟在后头，这样浩浩荡荡地去打猎，不过是做个打猎阵势而已。爸爸打猎时，总爱穿那件抗美援朝时的旧军服。似乎那才更能与猎枪匹配，我讨厌他总是穿着那件衣服，却连一只兔子的毛都打不到。

也许爸爸从来都没有像老石他们那样投入过，或者像他们那样真正地热爱打猎。

打猎在煤矿似乎是男人的某种智慧和能力的象征。

爸爸把弟弟放下来，让我们蹲伏在低凹的树丛里。然后他就朝着林子的深处走，我们看着他消失在树林里的背影，心里突然就害怕起来。我告诉弟弟要趴下，这样就不容易被发现。弟弟不听我的，他喜欢仰面朝天地躺在地上眯缝着眼看天。

蓝蓝的天空，被树枝分割的天空，是那样的让人充满了想象。太阳高高地升起来了，布谷鸟叫着飞过生长着玉米的土地，杜鹃花开得灿若阳光。听着蜜蜂嗡嗡地在杜鹃花瓣上飞，想着爸爸每一次带着我们空手而归，走过众目睽睽的球场时，就感到害臊。

那种特别的羞耻感不会有人明白，我们从山坡上的小路走下来，太阳总是在那个时候，准确无误地隐没在树丛中，我们在那片映着落日的暮色里走下山来，鼻子里灌满了植物枯燥的气味。那个时间，正好是职工们刚吃过饭闲坐在屋檐下，等待晚上学习的钟声的时候。

我们怎么能在那样的时候走过球场坝，爸爸扛着一把空空荡荡的猎枪丢人现眼地走过那里。理发室在我们家的正对面，理发匠也会蹲在门口，这个打猎的血腥高手不露声色地看着我们，我能从他的眼睛里看到所有人对我们的蔑视。

夜晚学习的钟声如果早一点响，或者我们再回来得晚一点，让那些坐在屋檐下的人如潮水退出一般涌进房间，我们就不会那么丢人了。

理发匠蹲在斜坡上，他也在等着学习的钟声。他没有住在那种十多个人一间的职工宿舍，这个矮个子红鼻子的老头，因为会理发的手艺，特允他住在理发室里。而理发室就斜对着我们家。所以每一次我们都要从他的眼前经过。如果他住在职工宿舍，他打回来的那些猎物放在哪里呢？一只猴子或者一只狐狸在十多个人的屋子里，走在污浊的空气里，它们会怎样？

每天晚上揪出来的反革命里面，为什么就没有理发匠？他们相互揭发，怎么不揭发他？我就亲眼看到过他用有毛主席语录的报纸点火。停电的时候，坝子里用竹竿拉线挂几盏马灯，照得坝子透亮，我们围绕着坝子疯跑，职工们相互检举揭发，一晚上揪出十多个反革命。他们之间似乎也更乐意相互那样检举，一个晚上把对方当成反革命，使整个会场变得热闹激烈。我们在坝子里跑跑停停，在一片高喊打倒的声音里。

除了理发匠，我们还会遇到老石的女人，一个嘴巴里镶了金牙的女人，烟抽得跟个男人似的面黄如土。爸爸见了她会突然地变得猥琐起来，这是他没有意识到的，也是让我感到更加羞耻的。爸爸扛着猎枪，一边走一边跟她说话，他会变得没有底气，像他从山里回来，做了什么见不得人的事。而她总是会不以为意，从我们身边走过吐出一口烟缭绕自己。我也更加讨厌这个让我感觉没有颜面的女人。

老石为什么不说话？他不是哑巴，却跟个哑巴似的。每次遇到他给人的感觉都是黑沉沉的，他的身体里像永远浸染着一层黑煤，他被那些东西包裹着。在煤矿他是分队长，他的主要工作是负责看管好职工井下的作业。可是他对管教职工的工作毫无兴趣，他所有的热情都消耗在打猎上了。晚上他在煤井里上夜班，下班回家睡上一觉，扛着猎枪就进山了。

他的老婆更是他的另外一半，也是黑沉沉的不说话。不过他们夫妻俩不同的是，一个是白天的黑，另一个是夜晚的黑。

他们屋子的门总是半开着，屋子里很昏暗，她叼一根烟跷着腿坐着，我们喜欢躲在半开的窗子后面，看烟雾缭乱中她的脸。她的脸她的牙都漆黑一片，在烟忽明忽暗的光亮里，像一只深藏在洞穴里的龟壳，除了眼睛她与屋子竟然是一体的。

她知道我们爱窥视她，却对我们视而不见。我们把她当成女特务来窥视，她的头发没有女特务的那么卷，齐耳朝外用发卡别着，这让她看上去比实际年龄老了许多。

她从来不避讳有男人来他们家。她是个目中无人的女人。关于她的传说有很多，她才不在乎呢。老石不在家，进出她家的单身男职工假装拿一个盆，或者雨胶鞋掩人耳目。他们那样走进干部家属区，可能要自在一些。

不知道谁给她起了个"老窑子"的外号。背地里说起她，都用这个称呼。给她起名字的人也许将她与妓作比。旧社会将妓院称为"窑子"，是北方的说法。我觉得这个名字跟她的样子倒是很贴，她浑身上下都散发出"窑子"这个词本身的气息，让人觉得她朽不可言。

老石每次去打猎，他都去了哪里？深山密林中的天空是不是我们现在看到的天空？那些出没的动物会不会知道自己将死于枪口之下？狼和野猪认识老石吗？那一次他去了很久，大概是七天七夜吧，没有回家。煤矿领导叫人到深山里去找他。山那么大，到哪里去找他呢？回来的人说老石大概被野兽吃了。他们在山林里拿着棍棒找了他两天。他们喊他的名字，天黑的时候，他们回荡在深谷里的声音一浪一浪的，在暮色中渐渐变薄，倒是让他们也害怕起来。

他们的女儿小英见从山里走来的人中没有老石，放开声音就哭。老石的老婆倒是冷静，她说："不要哭，再过几天他不回来，就是被野兽吃了。到时候你再哭吧，现在哭得让人心烦。"

老石回来，已经过了半个月。

老石一个人坐在屋子里慢慢喝酒慢慢地想事，像跟很多人坐在一起那样，他会用上一个下午的工夫来吃一顿饭。他坐在他不在家时他的老婆坐的位置，举杯仰头慢条斯理地夹菜。他的老婆在他喝酒的时间，叼一根烟屋前屋后地转着。她从不串门，也不多话，只是一开口就带着公鸭一般的声音，也许连她自己也会被那种声音弄得措手不及，所以她会在听到自己的声音时立刻闭了嘴。因此她总是用抽烟来代替说话。

<h1 style="text-align:center">2</h1>

小英的脸贴在窗玻璃上，那是一扇无法打开的窗子，就在通往小英家的那条窄窄的通道上。通道两边是各家用废木料搭出来的煤棚，挡住太阳的光线，下雨天总是散发出一股阴湿的霉菌味和我们家鸡圈的臭味。

鸡圈就在窗子下面，小英蹲在鸡圈上面，她的脸歪斜地对着玻璃，比手画脚哈着声音叫姐姐，她用手朝着山坡的方向指着。我站在姐姐身后，她回过头来看我，我知道她是想摆脱我。我假装不知道她的意图，转过身去桌子上找东西。她问我找什么？我拉开抽屉发现了两支抽了半截的"南雁牌"香烟。姐姐走过来关掉抽屉，咆哮着叫我滚出她的房间。

我委屈地走出来，心里想着要不要把这个事情告诉妈妈，让妈妈暴打姐姐一顿。姐姐一把将我拉进屋里，关上门揪着我的耳朵说："你记住，有本事告状，看我不打死你。"

我惊慌失措地往后退了一步，姐姐用力把我顶到墙上说："如果你不想被全部人孤立，你还想晚上跟着大家一起玩儿的话，你以后就离我远一点，不准进我的屋子。"

她扯着我恶狠狠地摇晃了几下。

我想哭，但是我忍住了。我觉得不值得哭。

姐姐出门前变得理直气壮，她再也不用为摆脱我而费尽心机了。她尽可以大摇大摆地离开家直奔目的地，我再也不能成为她的跟屁虫，让她感觉很麻烦。

"你这个王连举。"

她头也不用回地朝山坡那条路上走去。

王连举是个叛徒，这让我倍感羞耻。把王连举这个词送给我的是妈妈。她怎么能够给我下这样的结论，让家里的人随便可以耻笑我。每次挨打我真是怕惹她生气才高举双手，在她的棍子刚刚举起来的时候，喊着我错了我错了。

而姐姐总是像英雄刘胡兰一样，用毅力抗拒着妈妈的痛打。打得她遍体鳞伤。打的人一定要打到被打的人认错，被打的人一定要被打到宁死不屈。这像母女之间的一场战斗，双方越战越勇。最后两败俱伤体无完肤。当然体无完肤的虽然是姐姐，妈妈也体力不支大汗淋漓。有几次我看妈妈体力发虚，棍子落下去打在门上或别的地方。

妈妈在厨房和面，准备烙大饼。她围着白色的围腰，用擀面杖摊着面团。我怯生生地靠过去，我想把姐姐屋子里的事说出来。我还没有说心就快跳出来了。我只有紧闭着嘴巴咬着牙，才能不让心脏从口里跳出来。

夜里妈妈出去打牌，很晚了还没有回来，我望着窗外等着妈妈。我一定要告发她们。如果我不想被孤立，我就得闭嘴。

小英教会我的姐姐抽烟，夜里跟男孩子约会。这一切如果我说了，晚上就不会有人跟我玩了。那些人跟我玩，都是因为小英。小英教会我们与男孩子一同玩打鸡的游戏，那是多么快乐的夜晚。如果我告发了姐姐，我将会失去那样的夜晚。

在锯木工房外，地上长年累月堆积起来的锯木屑，成为天然的地毯，供我们在上面打滚玩耍。那儿是上初中的孩子聚集的地方，没有小英别人不会接受我跟着他们一起玩，更不可能接受曼霞。有了曼霞我身体里像多了一个胆量，没有那么孤单和惧怕。

我总是和曼霞分在一边，我们成群结队地开战。敌我双方喊着开始的时候，就驾着一条腿，从远处一路跳着冲向前去迎战敌手。他们也驾着一条腿，同样从远处冲过来，为的是更有力量，使对手在迎面而来的冲击中受到惯性的冲击，一战而败。这一招过后，再进行真枪实弹的撞碰。驾着腿用膝盖骨和大腿攻击对方，双方僵持不下的情况下，有时候为了重新积攒力量，对方会转面绕圈而逃。另一方会乘胜追击，直到将对方逼到死角，放弃攻击。

最需要勇气和能力的游戏不是打鸡，而是跳弓背。其实就是跳木马，我们以人当木马。输了的人弓背弯腰地立在一处，所有的人排着队从远处冲过来，双手一撑从弓背上跳过去。一节一节地往上升，有时候可以升到站弓背的人几乎直立地站在那儿。总有充满勇气和斗志的人从远处的黑暗中冲过来，越跑越快迅猛地伸出手弹跳按住站弓背人的脖子，将他活活地按下去，然后从他头部跳过去。这已经是高难度的环节了，每当跳到这个程度，大部分人都跳不下去了，只能站在边上看热闹。

我总是没有勇气跳过去，从远处跑来，跑到弓背人的身边，突地便停下来了，甘愿弓下身去让别的人从我身上跳过去。跳不过去的，或将弓背人一起冲摔倒的，就立在那弓着背让别的人从身上跳过。最难跳过的是连环弓背，跳不过去的人，一个一个地排着拉开距离弓在那里，让身手敏捷的人一个一个跳过去。

记得开初我冲过去学着别人的样子，当我将手撑在别人的背上起跳时，我撞倒了弓背人，我们都摔倒了。地虽是锯木屑但毕竟是跳起来摔下去的，身体着地有一股力量，满身木屑只顾得赶快爬起来忍住痛弓下背，让后来的人从身上跳过去。他们总是健步如飞冲过来，双手一撑就跳过去了。我还是最怕他们跳到最高一级，直立站着，跳的人猛地一撑别人的脖子，他才不管你摔倒没有呢，在那样的力量下没有不摔倒的，只要他跳过去就是胜利。胜利了就跳马步桩，就是弓背的人竖立在那儿，如果飞跑的人跳不过去，他的脚就会踢翻弓背人的脸，双方仰面朝天。有时候弓背人的牙会被那么一踢流出血来。

能够跳到这一步的人不会超过两个，除了个子高而外，都有一种狠劲。想到这些让我心惊肉跳。

妈妈让我拣葱，不是大葱是小葱。我蹲下去从一堆妈妈拣过的葱皮中，仔细地拣出遗漏的。

妈妈问我姐姐一天到晚跟小英玩什么，我的心又怦怦地跳起来。妈妈正在将和好的面摊在面板上抹油撒葱。

我不敢说话，站起身用扫帚把地上的垃圾扫进撮箕。

妈妈说问你话，怎么不说呢？

说不说？这么好的机会。说了吧，让姐姐挨一顿暴打。可是以后我跟谁玩呢？

我抬着撮箕快步走向门外，我听见妈妈在我身后高声地叫我，她生气了。

3

小英总是在午后，顺着那条窄小的通道穿过来，她高挑的影子映在午后阳光下，反射到煤棚的墙体上，显得既阴湿又难以捕捉。

如果是去游泳，她们倒是会带着我和曼霞。只是有时候，她们也许不是去河边游泳，而是要去别的什么地方，我们跟着她们，她们就会东拉西扯或者在中途摆脱我们。

她和姐姐走在前面，我和曼霞跟在后面。她们几次都欲摆脱我们，朝着深山弯曲的路穿过开满野花的刺沟，故意引诱我们去摘野果。在太阳底下，踩死那些嗡嗡飞舞的蜜蜂，然后将蜜蜂的蜇针拔出来，扯出它肚子里的蜜，一口吃进去，非常甜。

采蜜蜂是曼霞教我们的，将飞舞在刺蓬里的蜜蜂用本子打晕，然后从蜜蜂身体的尾部，扯出它的内脏，蜜是藏在它体内的那个蜇人的箭上的，小心取下它的箭，就可以将如米粒样的蜂蜜，直接搁嘴里吃了。姐姐有几次，在慌乱中连箭带蜜放进嘴里，蜂箭上带有毒，结果舌头被扎肿了脸也肿了。好几天时间不消肿，一吃饭妈妈就念叨不停，妈妈说她那么大一个人，还会被曼霞这样的人牵着鼻子走，真是没有出息。姐姐埋着头不吱声，每下咽一口饭都要将脖子费力地朝前抻，似乎这样才能借助于外力将饭完全地吞下去。

我就是个没出息的人，永远被人牵着鼻子走，永远想象不出一个可以让别人跟着我玩的办法。

我们从高高的山上疯跑下去，翻过水泵房斑驳的石墙，然后沿着粗大的水管歪歪扭扭跑地了一段，阴湿的水管下面长满了青草，我们能清楚地听到抽水泵抽水的声音。我们跳下水管，沿着田间小路继续往前跑，把衣服脱在河岸上，然后跳进河里。

夏天不涨水的时候，河水是清亮的，在水浅的地方可以看到鱼，在河水中漂移的水草。彩色的细腰蜻蜓轻盈地点着水。它们柔软得一捉就碎了，所以更多的时候，我们只喜欢看它们在阳光下映在水面上的影子。

这是一条我们非常熟悉的河。河面不宽沿岸长满了刺梨开满了野黄花。在河水里泡累了，爬上岸在刺蓬里找刺梨。那些长着密密的细小的刺，藏在深处的刺梨被我们翻找出来，对着太阳咬一口，酸酸涩涩的刺梨连刺带毛地吃进去，在夏天炎热的午后，真是一件惬意的事。野黄花在太阳底下开得耀眼，我们顺手把野黄花采回家去，放学路上我们也会沿着河岸采黄花，回家后用开水烫过在太阳下晒干，冬天就成为一道好菜。

小英教我们将裤子的两条腿扎起来，两个人各执一端一起往水里用力一扎，借着那股子气裤子腿胀了起来。我们用它来替代游泳圈，就可以在水里游上一阵。我们在水浅的地方扑在裤子充出来的汽圈上，游不了几步远，裤子就泄了气沉入水中。我们一次次将它提起来打进水里灌气,然后扑上去乱游一气。

后来爸爸给我们用废弃的轮胎内胎打满气,丢在水里面不用担心里面的气会泄漏。气胎太大,是那种大汽车的内胎,我们一个人扛不动,经常要从山坡上滚动着下来。

我们只会游狗刨沙,将背弓起来两只手在水里像狗刨沙子似的划动。这种游泳方式只能齐着岸游很短的距离。岸边的水草太多,游泳时会被水草缠住脚。我们经常听说有人被水草缠住脚淹死的事。所以没有游泳气胎的时候每游一会儿,我们就会拉住倒伏在河里的树枝,有时候那些细腰蜻蜓飞过来,停在我们的手臂上。

小英在水里面如鱼儿得水,她一会儿游自由泳,一会儿游仰泳。她仰面朝天地漂在水面上胸高高地隆起,一动不动地仰着,透过白色的汗衫,我们能清楚地看见她的乳和那一圈暗红色的晕。有时候,她故意将身体歪斜着下沉,我们以为她要没进水里面了只露出一个头,她用脚轻轻一划,便又浮上来了。

水中淹死会水人。这是谁说的,曼霞对这句话坚信无疑。我虽然羡慕小英,想起这句话便又没有那么羡慕了。

小英在水里比在岸上好看多了,她的脸在太阳光下反出一种油黑的光嘴唇青乌,她闭着眼。那时她在我心里是世界上绝无仅有的,我甚至会觉得她的身上隐藏着一种我们无法看清的和靠近的东西。

小英躺在水面上唱歌,她的声音真是好听,像流水一样柔软清亮。她的妈妈发出来的声音像鸭子一般,她怎么可以有这么好的声音。我想起我的声音,被妈妈喻为只能在右边才能听的声音,还不都是因为爸爸的声音?他声音的五音里一定少了至少三个音,不然我唱歌怎么会缺胳膊少腿的呢?左嗓子,这个词从妈妈的嘴巴里发出来的是"坐嗓子",这个发音加重了我嗓子的缺陷,让我倍感羞耻,不敢张口唱歌。

小英说她爸爸的声音非常好听，可是他不喜欢发出声音。小时候她爬到老石的背上，老石在山林里背着她跑，她第一次听到了爸爸的声音，嘹亮宽广。因为他太高兴了，他对着深谷高声地吼叫。他的声音引来了老虎的叫声，她的爸爸背着她隐藏在石崖里面整整一天。我们问她看见老虎了吗，她说看见了。

曼霞说她吹牛。她看见老虎了，我们就看不见她了。曼霞说得有道理，她总是比我聪明，她的爸爸是不是在家里这样训练她思考问题呢？曼霞说没有啊。我不相信，如果她的爸爸不这样教育她，她怎么可能像个大人一样思考问题？

小英说不喜欢她爸爸的猎枪，更不喜欢他打回来的动物。她的妈妈也不喜欢，所以每一次只有她的爸爸自己吃那些他打回来的东西。她跟她的妈妈觉得那些气味腥腻得无法忍受。

她说她爸爸那次背着她跑到了虎跳崖。她问我们知道虎跳崖吗？我们看着她，然后摇头。曼霞也摇头。小英停顿下来，她想了一会儿，像努力回想她见过的情景。虎跳崖是一座高山，树林茂密，山崖上有洞，老虎就住在洞里。隔着一座山能听到老虎的叫声，她就是在那里听到老虎的叫声的。

虎跳崖那边有个村子。山那边有个村子吗？可是谁也没有去过。深山老林里有村子有河流。谁见到过？

曼霞对小英说的这些，保持着冷静的怀疑。曼霞说她爸爸说那个村子，是打猎的人编造出来的。既然没有人敢翻过山去，说明那个村子是想出来的。

这个我听不懂。心里想着小英家厨房的墙上，挂着的各种动物的皮，一张又一张地钉在墙上。我的脑子里常常映出那些动物在树林里躲藏的情形，老石要在怎样准确的地方，才能将它们一枪打中，让它们流血倒地。它们倒下去的那一瞬，它们眼睛里的天空，会不会与我们看到的一样蓝呢？

虎跳崖后面的村子，到底存不存在，对于我们都没有意义。

村子里的人被老虎封闭在深山密林中，他们看到的天跟我们的也许不一样。村子里的人是另外一个世界的人，我们谈论他们和想象他们都是多余的。

我不愿意去想虎跳崖和村庄，那是故事。

4

整个夏天的下午，总是那么慵倦。小英不带我们去游泳的时候，就把我们带到山坡上去找野果，然后甩掉我们。

我和曼霞在山林里采食野草莓，扒开落叶覆盖的草地，当那些白色的野草莓惊现出来在太阳光下，我们会美美地躺在地上躲在树荫下，午后的阳光是那样明丽。

从山上下来，我没有直接回家，而是绕到煤棚的通道后面，轻轻爬上我们家窗子下面的鸡圈，透过玻璃窗上油漆斑驳的缝隙往里看。那是姐姐的小屋，我知道姐姐和小英一定在屋里。眼前的一切让我心惊肉跳。小英和姐姐两个人赤身裸体地躺在床上，她们一人手里拿着一支烟，屋子里烟雾腾腾。姐姐的屋子，是一间只容得下一张小床的房间，紧靠窗子的地方有一张小桌子，窗外是一排木板钉的鸡圈。

小英的乳罩，那件白布做成的乳罩，是多么让人感到害羞。小英穿着极透明的"的确凉"衬衣，就是为了炫耀，她将胸脯整个地挺起来，让人感觉她在乳罩里藏了两只兔子，活蹦乱跳的兔子让我感到不安。她还给我们说，有个女孩，她发育了，她在自己的乳房里养了一条猪儿虫。这是一个多么让人恶心的故事，又多么让人害怕。她怎么想得出这样的故事讲述得绘声绘影。女孩每天让猪儿虫吃她的乳房，那条肥大的绿色的生长在冬青树叶上的虫，吃掉了她的大半个乳房。

这种既让人害怕又让人厌恶的虫，藏在冬青树叶的背面，浑身上下绿得深透。一个人怎么可以把一条这样的虫放在衣服里。我们没有追问女孩死没有，小英觉得也不必讲。她讲故事的目的并不是想告诉我们结果，而是讲故事本身其实就是乳房。

现在小英将白色的乳罩乱七八糟地丢在地上，让它失去了往日的神秘和不安。它成为一块脏兮兮的布，让我想起那条让人恶心的虫。我的心脏像要跳出来了，慌乱中我的头嘭地撞到玻璃上，然后我心惊胆战地从鸡圈上跳下来，拼命地朝小英家住的屋后跑去。她家屋后是一座山，半山腰的树丛里有一棵桃树，我躲到那棵桃树后面就不会被人发现。没人来追我，我想象着有人来追我，所以我跑得非常快不敢回头。躲在树后我双腿并拢整个身体靠在树上。天空中有蜻蜓在阳光下飞，飞得那个下午眼花缭乱两耳轰鸣。

我在桃树下睡了一觉，醒来太阳已偏西。回家时我的心还在怦怦乱跳。在屋子里遇到姐姐我不敢抬头，生怕一抬头藏在心头的关于她们的秘密就会露出破绽。仿佛丢人的不是她而是我。所以我不敢跟她坐在一起吃饭，妈妈问我下午到哪里去了，人影都不见。

我不说话埋着头，我知道姐姐看着我。

5

姐姐还没有到要穿乳罩的时候，小英给她买了一个。也许是姐姐买了乳罩，才暴露了自己的秘密——她已经长大，而引起妈妈的注意。

妈妈开始观察姐姐在屋子里的举动。有时候，妈妈轻手轻脚地走到姐姐的门口，立着耳朵听屋里的动静。我站在妈妈身后，想着要不要告诉妈妈一切。先说她抽烟再说她跟男孩子约会。还有一天我看到的一本书，也不完全是书，是一本手抄的厚厚的本子。我在她的枕下看到的，刚拿起来她就夺走了，还朝着我大吼大叫，样子像头狮子。

曼霞告诉我有一本书叫《少女之心》，曼霞讲这本书的时候，眼睛眯成一条缝。这是一本黄书，小英就有。我猜到了，姐姐枕头下的书，也许就是《少女之心》。我问曼霞什么是黄书，曼霞笑着说连这个都不懂，就是流氓一类的书。

我告诉妈妈姐姐看黄书。妈妈好像没有听懂，所以她问我怎么知道是黄书。我一时语塞，支支吾吾。

妈妈说："你是不是也看过了？"

我慌忙申辩，说是曼霞说的。

妈妈说："你也不是好东西，整天跟着曼霞五马六混的。你们都成野人了，再不收风就上天入地了。"

我知道祸事来了，如果姐姐挨打我也在劫难逃。这是妈妈的作风，平时她没有时间打人发火，火一旦点燃干脆就来个一不做二不休。我恨我自己，这就是叛徒的下场。叛徒都不会有好下场的，我的下场也一样。

妈妈大声地叫姐姐，姐姐还没有回来，已经是晚上十点钟了。以往这个时候，妈妈还在孙叔家打牌，她不会在意我们回家睡觉没有。我们像放在野地的羊爱回不回，反正也死不了。

妈妈像被一团火烧着一样，她焦虑、暴躁在屋子里转来转去。翻姐姐的屋子，不知道妈妈是怎样想出来的。就在当天夜里，妈妈进姐姐的房间翻了个底朝天，她只找到了一盒洋火。她拿着洋火从姐姐屋里出来，她的头发乱蓬蓬地竖得老高，她举着手中的火柴说："就是这个，烟在哪里？"

我悔恨我的一切，但是已经晚了。

我说："她抽了。"

妈妈说："你也不是好人，她现在在哪里，给我把她找回来。"

我说我不知道的时候，爸爸回来了。妈妈咿里哇啦地冲着爸爸说了一大堆话，爸爸站在那里不说话。妈妈就叫着我们一起出外去找姐姐。黑夜中她和爸爸走在前面我跟在后面。黑暗中我们拐上了山脚下的一条小路。小路在半山腰上，从这条小路走过去，可以通往煤场过磅房的大路上。

她一路走着，一路用手电照射着路边的树丛，每叫一声姐姐的名字，她都会将棍子藏于背后，生怕姐姐在黑暗里见了她手里的棍子而逃得远远的，或者是那样打出去更有力量，更能将寻找她的怨气发泄出去。平时妈妈找我们时，会放开嗓子高声地喊叫我们的名字。而现在在黑暗里，她小心地走在每一个姐姐可能蹲着或者躲着的地方，弯下身轻声地叫着姐姐的名字，将秘密通过那样的声音藏进黑暗里，还有她心中越燃越烈的怒火，我完全能感知得到，已经烧着了她的身子。

她一边高一脚低一脚地从山路上返回来，为了不让别人看到她，她甚至连手电都不用。她带着我们完全是在黑夜里摸索。爸爸也无声无息地走着，我无法知道爸爸心里在想什么，他一生都保持了军人特有的冷静。他的脚每踩踏下去一次，我的心就在黑暗中下陷一次。

该死的姐姐。

我知道姐姐跟那个叫大道的男孩约过会，纸条是姐姐叫我转的。大道聪明俊雅是煤矿有名的美少男，刚上初一能说会道才貌出众。煤矿的姑娘没有不喜欢他的，我也喜欢他。可是他从来都没有把我放在眼睛里过。我知道他跟小英好，还有另外三个女孩，他们是一伙儿的，现在还有我的姐姐。

姐姐让我把信交给大道，她用一个小牛皮信封装了，用饭粒压在信封口粘上。我拿着信朝着大道家住的方向跑，姐姐站在我们家门口的斜坡上一直看着我。我跑呀跑，跑过大食堂门口，再往下姐姐就看不见我了。

我看见大道坐在他们家门口，手里抬着个杯子，他们家住在路边上，他就正对着路坐着。他喝水的样子，在我眼里是那样的优雅和迷人。我就故意从他身边走过，他的小眼睛一次也没有落在我的脸上，这让我在面对他的时候没有一点信心。

我绕着圈从他的身边跑过去，跑到没有人的地方，我拆开了姐姐的信，抖擞着手展开写在横格本上的字：

亲爱的：

　　明天晚上，看电影时，我们在老地方见。

冬麦

天啦，她叫他亲爱的。多么放肆多么不要脸。我整个身体都抖动起来，信封被我弄破了，我用口水重新粘上信封死死地攥在手心里，跑到大道面前二话没说塞给他就跑。我跑到大食堂门口，姐姐还在坡上站着。大道的哥哥大学从食堂出来，他叫着我的名字:冬华！冬华！他边跑边喊，好像我的名字本身就是一个笑话一样。

这个令人讨厌的人，让我怦怦乱跳的心稍稍平息下来。我反过面冲着他说："你的鹅皮脖，什么时候才能缩回去。"我讨厌他不仅仅是他每次遇着我就叫着我的名字好玩，更重要的是他身体的比例失调，脖子是脸的两倍。我有时候会冲着他朝天吐口水。

想起这些我会羞愧得面红耳赤。

黑夜里我们走路的声音很响。妈妈继续将身子弓成一只虾的样子，在黑暗中的角落里寻找，从这条路上找到那条路上，然后与爸爸在木工房的小路上会合。木工房后面是一座山，山上杂树生长得密密匝匝，山脚下有一个猪圈，我们的走动惊扰了圈里的猪，它们开始发出唧唏唧唏的声音。

我们停在猪圈边上。妈妈绕着猪圈仔细地看过了，然后她对站在小路上一动不动的爸爸说："会出事的。"

她抬起头朝山上望去，那儿黑漆漆一片，风吹动着树枝。妈妈显出来的绝望是通过怒火燃过了的，是灰烬一样的感觉，让我胆战心惊。

爸爸不声不吭地走在我们前面，虽然我不能完全明白要出事的内容，却能隐约地感觉到一定是那样的事。我们三个人的脚步声盖住了风的声音，让我感到黑夜没有遮拦地延伸时，人的移动就像一块块石头。

我们从理发室那边斜插过来，老远我们就看见姐姐屋子里的灯亮着。我的心又怦怦地跳起来。妈妈精神陡然昂扬起来，她加快速度撞开家门，用一种势不可当的方式冲进家去。我放慢了走路的速度悄悄地溜进家门，妹妹们已经睡了。弟弟坐在铁炉子边，看见我和爸爸进来扑到我的身上。我抱着弟弟，我的身体在抖，弟弟歪着脸看我。他想从我的脸上寻找到我为什么发抖。

屋子里的响动很大，妈妈出来了，带着一股强劲的风，蓬头垢面地在门后面找棍子。那是一根青冈树的枝条，我们在屋外就听到了它嗖嗖的起落的声音。姐姐大概是受不了啦，她叫了一声。她只叫了一声，然后她从屋子里冲出来。妈妈在她身后劈头盖脸地乱抽乱打。

姐姐边逃边躲，她大概是想跑出门去。她躲到门边用手挡住她的脸，生怕妈妈一失手，枝条就落在她的脸上。

门被爸爸进屋时反锁上了。

6

那天夜里妈妈像浇了油的火一样越燃越猛。后来爸爸发火了，他问妈妈是不是不问青红皂白把人打死。

妈妈住了手问："死到哪里约会去了？"

姐姐上下地喘气咬着牙，眼睛看着玻璃。妈妈再次举起枝条，咬牙切齿地说："你到底说不说？"

姐姐咬着牙高声叫着说："没有约会，到公社看电影去了。"

燃烧妈妈的火好像渐渐地熄灭了，她坐下来说："跟谁去的？"

姐姐抽噎了一下，扭着头不说话。妈妈说："你不会说跟小英去的吧？小英死活都不知道。"

家里的气氛缓和下来。我们的注意力似乎都转移到老石家去了。

老石打猎去了。老石打猎去了，他去了很久。小英掉进河里没有回来他也不知道，他一个人在深山老林里到处乱走。有人说他是煤矿唯一翻过虎跳崖到对面村子里去的人。他也许就住在村子里，村子里到底有多少人没有人知道，只有老石知道。

小英的水性那么好，她可以任意地躺在河里，过几天她还要去参加省里的游泳比赛，她不可能被淹死，那是不可能的。

小英去了哪里？她的衣服放在河岸上，保持了她跳下水以前的样子。她怎么可以一个人跑到阴河里去游泳。

夜里我刚刚入睡，听见屋外的脚步声，突踏突踏地朝着一处跑。我也穿衣出门朝外跑。小英回来了，她穿着内衣全身上下都是泥，背她的农民呼哧呼哧地站在医务室的门口喘气，看热闹的人围堵住了门。

小英被水冲到人家的渔网里去了，她被网住了。农民去拉网把小英拉出来了。

公社医院太远，农民管她是谁，先背到煤矿来救人。

小英回来了，可是老石却没有回来，他打猎去了。

他去了十天了。

二十天了。

总不见他回来，煤矿领导派人去山里寻找，找了两天不见老石的踪迹。找人的人说去到虎跳崖他们不敢过去，那山洞里有老虎。

小英的妈妈说再等等再等等，他会回来的。

枪声，清脆而又沉闷的枪声，从很远的深谷中传来，惊飞了树林里所有的鸟，它们扑打着翅膀飞过天空。

那声枪响像漫天开花，我想那一定是爸爸的猎枪发出来的声音。我静静地等待着。弟弟从土坎上翻过背来看着我，他紧张地伸出手来抓紧我的手。我握住他的手希望他能安静下来。我的弟弟才三岁，他已经安静地等了很久了。

有那么一会儿，我以为他睡着了。我为他唱马兰花，他仍然一动不动地闭着眼睛。树丛中的鸟的叫声清亮，此一声彼一声地叫着。空气中有花的香味和泥巴的味道，沉浸在热闹而安谧的山风里，弟弟的小身体紧紧地挨着我，他的呼吸顺风而散。

我想起了狼、老虎，还有野猪。理发匠在山里打到过野猪，他说野猪也是要吃人的它还会爬树。我抬起头来，身后的那棵榉树笔直地伸向天空。一棵如此高的树，我不相信野猪能爬上去，理发匠说的树也许是那些倒伏在地上的矮树吧。

弟弟动了一下，我仍然抓住他的手。他睁开眼睛抬起头来看我的时候，我们听见哗啦哗啦的声音就在不远的地方。

我们都听见了，声音让我们害怕起来，感觉有东西在树林里钻动。弟弟说有鬼。然后他竟然笑了起来，他说这话是逗我。他真不会知道危险来到了我们身边。我在他的笑里稍稍松弛了一下。

风吹树枝的声音和那个穿行的声音混合在一起，让我感觉到那个声音朝着我们越来越近了。

弟弟看着我。他一定从我的脸上感觉到了危险，他的表情变得紧张。我把他抱过来让他紧紧地贴在我的手臂下，尽量让我们的身体贴近土坑里的杂草，让树枝和杂草挡住我们。

我们的心脏贴在地上，呼哧呼哧的声音越来越清晰，风吹过树梢的哗啦声与泥巴的气味混在一起。我把弟弟的头藏进腋下，用整个身体护住弟弟。

我们的身体开始发抖，近处的树枝也沙沙地抖动起来。我开始哭起来，弟弟也许感觉到了我在哭，他几次想挣脱我的手臂，抬起头来看我，都被我按了下去。如果我们都哭起来，狼或者野猪就会直奔我们而来，然后将我们吃掉。如果是狼来了，就让它先把我吃了吧。我边哭边想。

哗啦哗啦的声音朝着我们来了，我已经完全感知到它的形体。野猪！当这个念头进入我的脑子，我感觉到我的整个身体在膨胀，大地在膨胀树木在膨胀。它的脚每踩踏一步地就朝着下面陷落，我们也正随着那些声音慢慢地陷落。

我抱着弟弟，陷吧，陷吧！让草叶和泥巴盖住我们的身体，让我们逃过这一劫吧，老天爷！

咕咕！咕咕！一只鸟在树枝上叫着，哗啦哗啦的声音渐渐慢了下来。它停了下来。它为什么突然间停了下来。它发现了我们吗？我想抬起埋伏在手臂上的头，我的头重如千斤，地还在下陷，我知道它就站在我们的面前了，它太庞大了。

我听到了一声巨响，声音像从我的脑袋里发出来的。接着我感觉到了簌然而下的尘埃一样的东西从天空中倾泻下来。

轰然枪声炸裂的碎片，像开在空中的花朵。一头野猪倒在了爸爸的枪管之下。竟然是一头野猪。是的，在我悄悄抬起头来的时候，我看到了它的眼睛，它也看到了我。它离我们是如此近，近到咫尺，只要它愿意就能瞬间撕了我们。它看到我的那一瞬间，它的眼睛闪闪发亮。它为自己能吃掉我而发亮吗？我当然来不及想。只是它没有想到，从来都打不到猎物的爸爸，会那么准确无误地要了它的性命。

它倒下去了，它的眼睛无望地睁着，血从它的脖颈汩汩地流了出来。

这下好了，爸爸打到了一头野猪，我们可以大摇大摆地走过球场坝了。我听见我的心脏贴着地怦怦地响着。

我的视线被一丛影子挡住了，弟弟在我的身边动了一下。太阳的光从天空中通过树叶的缝隙扎入地上。我睁开眼睛，爸爸站在树影里，他把枪高高地扛在肩上。那儿有一团血红的影子，被太阳光映得闪闪发亮。兔子，一只灰色的兔子被高高挑起。弟弟也认出来了，爸爸的枪上挂着一只兔子，他喊叫着从土坑里爬起来。

这是我们第一次，也是唯一的一次凯旋。

有人从深山里拿回老石的一只鞋，鞋的确是老石的。还有一件外衣，撕破了的外衣挂在树上，老石的老婆拿着那件破衣服看了又看，她无法确认这就是她丈夫的衣服。那是一件谁人都有的工作服。

秧 鸡

1

铁匠又在沿着半山腰上的铁轨喊叫他的女人。她的女人是个疯子。

那是一条矿车专用铁轨，沿着山崖劈出来的平地，一直通到煤场。山崖上到了秋天就开满黄色的野菊花，香味一直绵延到冬天的第一场霜冻过后。

我喜欢站在山下，看矿车装着矿石或者煤从洞里疾速而来，喜欢把矿车当作火车来想象。有时候矿车上会站着一个人，是从井下上来的，衣衫褴褛地站在矿车与矿车接轨的地方，那是一种可以叫"风驰电掣"的速度，这个人正以这种速度穿过山崖，老远看去在半山腰上显得很威武。

疯子懂得躲闪矿车，她会在原地一动不动地站着。她发病的时候，沿着这条铁轨走，然后翻过山去，走失在树林和田野里。有时她也会藏在铁轨周围的山洞里一连好几天。

铁匠至少比疯子大三十岁，这是曼霞说的。曼霞什么都知道，大人的小孩的男人的女人的，反正没有她不知道的事。

铁匠迎着风弓着身子边走边喊："疯子！疯子！"

铁匠的声音裹挟在风中，他的声音一向虚弱。他是个瘦老头，干活闲下来时就抽旱烟。坐在铁工房的炉膛跟前，不停地咳嗽不停地吸烟。他几乎不说话，我听到他唯一发出的声音，就是喊疯子，沙哑得像受到什么阻隔似的永远不会散开。

　　铁工房在一个斜坡上，再往后爬到高高的山上，顺着铁轨走就能走到煤场。曼霞喜欢带着我往铁工房钻，我一个人时也喜欢朝铁工房里看一眼，也许就因为那炉终年不断的火塘，火花四处飞溅，铁匠的手起落都显得很不一般——他每抬起一次手臂，锤上都还扑散着星火。他朝外抡锤，这让我总是担心他高高举起的锤，在划过他的头顶时，会突然落下来。那把不断锤打在红透了的铁器上的锤子滚烫地落下，再撞击在砧凳上使物体变形同样会使铁匠变形。

　　冬天下雪的时候，我和曼霞在外疯跑够了，就跑进铁工房。火塘里的光将屋子照得热乎乎的，一进门就能迎着闪烁的火光和热气。火光是通过铁匠们的手挥舞出来的，能消散掉外面的寒冷。

　　我们站在堆放废铁的角落，铁匠们干着活对我们视而不见。他们围着发黑的皮围腰，被火星烙得千疮百孔。铁匠穿着深筒雨靴，往来于炉膛与砧凳之间，把手里烧红了的铁放在砧凳上，抡起大锤打出他们心目中想要的铁具的样子，然后放进水里淬一下。我喜欢那种突然寂静的声音和感觉，喜欢看那种由硬到软通透了的变形的过程。

　　一天中午，铁匠和疯子坐在铁工房的炉膛前吃饭，我从那路过，听见疯子不停地说话，就站在门口看着他们。铁匠埋着头自顾自地吃饭，抬头看见我时往疯子碗里夹了块肉。疯子一边说话，一边咪咪地笑，她笑弯了腰像要岔过气去。铁匠头不抬眼不睁地吃着饭，他像一块经过锻打后，被人丢弃又在雨水中浸泡的生铁锈迹析出，一种让人难以接近的暗沉。疯子越说越来劲儿，她坐直了身子抬起一只手上下地绕着，笑够了又换另一只手，她从中获得了无限的乐趣，所以她笑得一阵比一阵强烈，最后几乎喘不过气来。

铁匠吃完饭站起身，旁若无人地走到炉膛边拉了几下风箱，炉膛里的火一下子蹿了上来，他弯下身从水桶后面拿出一把刚打过的小锄头，放进炉火里烧红用钳子夹住锄头的弯头，使其改变了形状，之后他哧地将锄头丢进水桶里。

疯子看见了我，她突然停下来不笑了，屋子里的火光映得她的脸通红。铁匠从桶里取出锄头，他走过来，把锄头递给了我。他什么话也不说，转过身将另一把铁具插入火中。我忘乎所以拿着锄头转身就跑。跑到高高的山上挖开冻土，在寒风中满山寻着"折耳根"。整整一下午，我独自拿着锄头东挖西挖，仿佛山中的一切都可以在锄头下呈现。

那个时候，爸爸还让翻砂房的工人给我们家翻了两个盆，一辈子都不会用坏的铝砂盆，成了我们家的脸盆和脚盆。也就是从那个时候，我们家有了脸盆和脚盆之分。我不知道别人家是不是也有这些用公家材料做成的私人家用的东西，这是不允许的所以这反而让我有了优越感，一份来自于有能力占了便宜的优越感。也让我知道了，在这个世界上人和人之间是有秘密的。

除了保守盆的秘密，还有钩钩针。那时最让我自豪的事，就是钩钩针了。爸爸总会在晚上他高兴的时候，从怀里掏出一个钩钩针在我们眼前一晃，我们就蜂拥着扑过去。我们用它将棉线钩织出各种花连织在一起，搭到收音机或者茶杯上作为装饰。几乎所有的女孩都有钩钩针，曼霞有小英有潘家女孩也有。钩钩针的样式，也就是它的复杂程度，代表着家庭的权力。做一个简单的钩钩针并不难，而要做一个稍微复杂的就难了。这不仅仅需要技术。技术好的人也都是队里的骨干分子，一般人指挥不动，只有管着他生死进退的人，他才会去做一根小小的钩钩针。所以钩钩针是一种胜过言语的炫耀，使我不自信的虚荣心得到满足。

2

疯子回来了。她每次走丢了，过不久就会沿着路找回来。起初几次铁匠很着急四处去找她。后来铁匠都懒得出门去找。她总会找回来。当然谁也不会在乎她的生死，就更不会在乎她怎么知道又找回来。人们只在乎她每次回来肚子里的孩子。没有人知道她肚子里的孩子是从哪里来的。那不是铁匠的孩子，铁匠没有生育能力，开始铁匠试图想证明他还有生育能力，证明孩子是他的，如果孩子活着不管是谁的，铁匠都想把他们养大。可是每一次疯子生下来的孩子，要么患有溶血症，要么生下来就死了。铁匠也就不再想证明他还有生育能力了。他不需要去为一个来路不明的死孩子做辩解之后，疯子的来去孩子的生死，都变得极为平淡。

曼霞说："昨天下雨，狗从洞里叼出来了一个死娃娃。疯子又生了个死孩。铁匠还不想承认。"我们跑到山上，洞口果然横着个布包袱裹扎得很紧。我们慢慢靠近。山风里有一股潮湿的静谧，让我们能听到别人的心跳。我们都屏息而行惧怕听到一声突然的哭叫。偏在这时一只鸟，突地从崖石里扑腾而出，它凄厉地从我们头顶划过。我们一哄而散，喊叫着冲下山来。连滚带爬地跑衣服跟手都被树枝划破了。回过头来喘气，山洞被一团雾气罩着。

下过雨的早晨，地上的泥和草都是湿的，我们的裤腿和衣袖上，沾满了去年冬天留在草刺上的"每人打滚"，这种植物秋天结满了籽，满身都长着小刺借着人们触碰，粘在衣裤上被带到不同的地方来年再生根长芽。我们就故意把它扔到石头上，让它在没有土的石头上自然死掉。

打田栽秧排队排，一队秧鸡跑出来，秧鸡跟着秧鸡
走，一路走到河水来……

　　疯子又在唱那首歌。沿着河岸看过去，她的影子映在太阳光
照射下的草丛里。影子移动的速度跟她的声音形成对比，一明一
暗。明的清亮暗的浑浊。她把手举过头顶，整个身子依旧陷在草
丛里。她抓牢了秧鸡的翅膀，任凭它在那抹柱状的阳光中扑打。
我们疯跑过去，停在已经从草丛里站直了的疯子跟前。
　　我们就那样停了下来，没有人敢再向前移动一步，虽然谁都
想得到那只秧鸡。她转过脸——疯子脸上大面积烫伤的疤痕，
在太阳光映照下反出的粉色，让人忘了她还是一个产妇。产妇
是要躺在床上，然后吃鸡吃蛋的。这让我觉得一个人疯了，是
不是就会比一般人多一种能力，或者少一种能力，比如虚弱比
如疼痛。
　　疯子身上来潮的时候，她会到山上抓一把枯草垫到裤子里。
而我的妈妈是用布，一次次洗了晒在太阳地里，她说草纸不干
净。姐姐耻笑妈妈说是因为舍不得草纸。
　　我们跟在疯子的后面，学着她一路唱着。疯子很高兴，她带
着我们从高高的土坎上往下跳，她跳得飞快双脚像灌了气一般，
我们一个个掉到土沟里，连滚带爬地笑着。站起来时，疯子已经
走得很远了。
　　秧苗长到快要抽穗的时候，我们走在放学后的田埂小路上，
太阳不偏不正地落在田里，风从远处吹来，风里夹着一股特别的
香气，泥或者稻谷的香气。疯子的影子在那样的日光里，有一种
格外的游离感，仿佛她在另一个空间移动，她手里的秧鸡发出的
叫声，也来自另一个世界，与我们的世界隔着一层日光或者雾
气，那是她和它的世界。

疯子很喜欢在垃圾堆上找来转去的，曼霞说她在找空瓶子。而那次我看到她从垃圾堆里，刨出一个脏兮兮的布枕头死死地抱着。她将头靠上去，然后将脸埋进去。那是一个小雨天，脏水顺着她的脸淌下来。她浑然不觉，轻轻晃动肥胖的身体，哼哼地唱着歌。唱的还是打田栽秧的歌。也许她的心里就只有这首歌，可她唱得细腻清透，她的声音很低很低，她也许害怕声音大了，会惊吓着怀里的"孩子"。

我站在不远处的斜坡上，曼霞从我身边滚着铁环跑远了。我看着疯子，我觉得她一点也不疯。我站在那里刚举起手里的铁环，就又放下了，我突然害怕，我的转身和铁环的声音会惊扰到她。

3

我们从来就抓不到秧鸡，有时我们也能看到它在秧田里走动，却没有办法靠近它。于是我们相信，疯子和秧鸡是有默契的。

疯子手里拿着秧鸡，知道我们跟着她，一路唱着打田栽秧的歌，也唱出了几分颜色。太阳完全下到了山的那边去了，稻田以及河面都暗下来了，风中夹着泥的腥味。

疯子停下来，她转过身来看着我们，我们也停下来。她将手里的秧鸡举得很高，她的眼睛里掠过一丝惊恐，她的惊恐倒是让我们害怕了。她朝着我们走过来，我们看着她朝后退着，然后转身就跑。

我被同伴们快速地挤到了后面，然后我回过头去，疯子却并没有来追我们，她站在那里看着我们。我对她的害怕渐渐平息下来，故意放慢脚步，疯子就朝着我慢慢走来。我迅速地将手伸进衣袋里摸，希望能抓出一点芝麻。每次上学的头天晚上，妈妈会炒一把芝麻放在我的兜里。这个习惯来自于有一阵子，我们所在的公社小学修建新的教学楼，没有教室上课学生分成上下午上学。我每天下午上学，平时走在一起的伴儿都是上午上学，为了不让我走那么远的路感到寂寞，每次出门前妈妈就炒一把芝麻搁我兜里，我一路吃着芝麻，满口溢香也因此忘记了路途和害怕。之后就成了习惯，吃炒芝麻能健脑益脾，对于从小被疾病缠绕的我来说是非常必要的，这是妈妈告诉我的。

我从衣兜里抠出了一点点芝麻捏在手里。我想拿给疯子，我真的很想讨好她，我不知道为什么想讨好她。我停下来看着她，她也在一缕下沉的日光里看着我。然后她弯腰跳下田坎，拐向另一条田埂。我动了动握着芝麻的手，我想叫她但我没有叫她。我希望她回过头来，倘若她回过头来看我，我就会叫她，就会跑过去将芝麻递给她。可是她一摇一晃地走了，她的歌声在悄然降临的夜色里很清亮，沾上了些湿润的雾气。

4

疯子顺着河水往下走，她拐上一道土坎，跨到田间小路上来了。我摸摸衣兜，竟连一粒芝麻也没有。我看着她弯腰拿起一根棍子，在空中张牙舞爪地挥动着，她的整个人就像被一股力推动着，非得寻到一个口然后炸开。

我怕她突然跑过来撞倒我，前一天她就把人撞到田里，湿了全身哭着回家，铁匠为此打了疯子。铁匠每次打疯子，都要寻着一个出其不意的机会和方法，如果不这样铁匠真还打不过疯子。

疯子直接踩进有水的稻田，朝我这边奔来。我回过头，路上没有一个人，远处一只白色的鸥鸟飞过稻田，我感到自己无处可逃，便有了一种坠入黑暗的感觉。如果我加快速度拐上另一道斜坡，跳过坡上低矮的刺蓬，疯子也许就撵不上我，但是我对能否迅速地跳过刺蓬，没有一点把握。我就只能走在田埂上等待疯子撞上来。

疯子弯下身去，她的身体被秧苗遮住了，成了一团移动的影子。我松了一口气，正欲拔腿夺路而跑。她直起身来。她蓬头垢面地站在稻田里，像一头怪兽的影子。她摇晃了一下，举着双手，将秧鸡高高地举起。那时太阳已经下山，她的身体映在日落前的阴影里，如同一道痕迹印在湿而腐的老木头上。

她朝我走来，我心有余悸地放慢了脚步。她快走了几步，紧跟在我的后面。我能感到她身体里扑散出来的那股子要炸开的气焰，我浑身抖了起来。

她跟我并排走着，在只能容得下一个人的田间小路上。我的一只脚已经踩进田里。所以我停下来，任由那只脚滑进水里。她歪着头看我，一脸横着的肉红扑扑的。就在那一瞬间，仅一瞬间我看见她笑了，我从来没有看到她笑过直到她死去，那是唯一的一次。

她的脸上如果没有烫过的大面积的疤痕，她一定是很漂亮的。我想。

疯子把秧鸡给了我。

然后她唱：秧鸡跟着秧鸡走，一路走到河水来……

她的声音第一次给我带来了无限喜悦和想象。我以为顺着河水一路走下去，就会出现她歌里唱的情景，河岸上的草丛里到处是秧鸡。她每次离开家走失，也许她从山上下来之后，都会顺着河水走。

5

木工房周围全是锯木屑铺成的，脚踩上去很软。我们喜欢在木工房通往厕所的小路上，挖出一个一个很深的陷坑，用树枝架着，上面盖上树叶，再盖上锯木屑，使之与之前的路没有两样，然后躲到山上的树林里，等着我们心目中的敌人上厕所时陷进去。那是一种十分快乐的感受，我们成了战争中的胜利者。

我们躲在树林里，好几次我们看到的是我的妈妈远远地走来，她唱着戏，唱的还是我们早已听厌了的京剧"小铁梅出门卖货看气候，来往账目要记熟"。我刚站起来想叫她的时候，她已经陷进去了，我只能又藏起来，她陷下去时很狼狈。任何人陷进"陷人坑"都会很狼狈，唯独她陷下去的狼狈有点让人不堪忍受。也许因为妈妈平日里穿着举止都很讲究，毕竟她是个手艺很好的裁缝。我们的衣服、所有人的衣服都是经过她的手裁剪并做出来。她的衣服洗完之后，总是要用电熨斗熨烫后才会穿。

我不喜欢别的人看着她陷进坑里的样子，不喜欢她们回过头带着歉意的表情，实际上眼神里都有一种掩饰不住的快乐。我能看到她们的幸灾乐祸的快乐。

妈妈坐在地上，她整个人都塌了下去，像一堆垮掉的破布。她从陷坑里抽出一只脚，她要将鞋脱掉才能抖干净木屑。她边抖边骂，她的声音顺着风飘进我们的耳朵，失去了她每周六在广播里说话的光彩。妈妈除了做缝纫，还负责每周六的特别播报。她的声音一从广播里出来，我就会有一种与众不同的自豪感。到了周六妈妈还会放一些样板戏还会有山东快书。有时候，我们总分不清山东快书是妈妈说的还是唱片。

晚饭时，妈妈轻轻地踮着一只脚，爸爸坐在饭桌前抬起酒杯时，会将目光落在她踮起的那只脚上。这个时候，我又会想妈妈是故意踮给爸爸看的，心里的歉疚就会少一些。妈妈坐到饭桌上来，她抬碗的时候看着姐姐面无表情地说："那些没有家教的野孩子，在去厕所的路上挖了陷坑害人，是要被人指他妈妈的脊梁骨的！"

我埋着头吃饭不敢出声，斜眼看姐姐正若无其事地夹着菜。

"女孩子夹菜，手不能伸得那么长。"妈妈用筷子抽打姐姐的筷子。姐姐缩回手时，迅速地恨了妈妈一眼。

就我们家规矩多！姐姐从来就反感妈妈说的那一套。她说妈妈教育我们的那套是北方佬的方式，这让我们在外面总是缩手缩脚矮人一等，她真是受不了。如果有一天她生了孩子，就绝对不会这样教育自己的孩子。我为姐姐总是有大人的想法而羞耻。

我们家的教育，从来就以吃为羞耻的。不能贪吃，更不能偷吃。姐姐偏偏要在过年我们家有糖的时候，跑进妈妈的卧室偷糖。她站在一条凳子上打开柜门，取出糖盒里她想要的那种，所以她的糖纸在我们玩游戏的时候，总是比我们要多要漂亮。我们家的糖是爸爸的战友从城里带来的，且都是上海奶糖。他是"延安商店"的支部书记，当然能够比普通人更能获得这些稀有之物。包了各种各样玻璃纸漂亮得我总是舍不得吃的糖，给了我们关于上海的全部想象。

我通过门缝看着姐姐，我的心总是怦怦地跳。而她的胆子却很大，偷抓了糖又还要站在凳子上照镜子。我们家的柜子跟别家的也有区别，是上了一种新型的叫"轻喷漆"的，喷了花纹和图案，在柜门上还装了镜子，是少有的。姐姐拿了糖还敢照镜子。她的小肿眼泡映在镜子里时，我就会觉得她是个不要脸的人。

家里没人的时候，我也爬上去抓糖。我爬上去总是先照镜子，侧着耳朵听家里没有一点动静时，拿出糖盒胡乱地抓上一把，却一分钟也不敢停留，跳下凳子跑出妈妈的卧室。在外跑了一圈儿之后，我又会把糖悄悄放回去。我不愿失去妈妈对我的信任，而姐姐说她偷糖，就是因为妈妈每次发糖总是会多给我，她受够了妈妈的偏向。

6

疯子围着木工房前面的坝子转，东倒西歪地转，像一只苍蝇那样无头无脑。我们在坝子的另一边玩。疯子来了，她满身都是锯木屑，一只脚光着。她朝着我们奔过来，她一定是陷进了坑里。疯子好像发病了，她咧着嘴恶狠狠地冲过来，我们开始四处逃窜。我们飞快地跑了起来，她也跑得飞快。跑着跑着，我一回头发现所有的人都跑散了，就只剩下我还在跑，疯子在我身后穷追不放。

我爬上高高的石坎，再往前就是家属区了，我希望能遇上一个大人，只有这样事情才会停止下来。可那是正午，前后房子空空的没有一个人。我拐进屋角的巷子，那儿是一前一后的两排房子，中间被一个三米高的坎子隔开，坎子下面是长年不见阳光淤积的泥。

我感到疯子追上我了，带着一股强大的力量朝我席卷而来，并以极快的速度朝我的后背狠狠地拍打！我在一种迅猛的速度里飞了起来，我扑到坎子下面去了。

在我的尖叫声里，疯子并没有停下来，她跑的速度更快了。我伏在地上，她的脚踩踏出来的声音，跟我心脏的声音混在一起，那种硬邦邦的疼痛迅速地扩散到全身，使我无法站起来。

我伏在地上半天才哭出来。爬起来后，我捂着胸口一瘸一拐地顺着屋角的坎子往外走。走出巷子时，我被吓住了。疯子扑在地上脸朝下，她的嘴里吐着白沫身子还在抽搐，衣服上有被人踢过的脚印。我是从人们移动的腿与腿之间的缝隙里看到这一幕的。我在低处，我刚从坎子下绕过来。

爸爸从远处走来，一定是有人向他报告了疯子追打我的事，他手里还拎着一个茶缸，我想他之前一定是在开一个什么会，只有开会的时候，他才会抬着一个茶缸。人群闪出一个空，这时的疯子已经将身体蜷缩起来，仍在不停地抽搐。

有人指着地上的疯子，对着爸爸比手画脚。我远远地站着，爸爸回过头来，他看到我时显出了几分迟疑，转过头去他喝了一口水。那时我已站到屋角，靠在墙上我的身子还在发抖。

铁匠来了。他还像从前那样，还像一块被人从地里刨出来的带着锈迹和泥巴的生铁。铁匠僵硬地走到疯子跟前，然后他蹲下身去，他试图将她从地上抱起来，可是疯子两次从他手里滑了出去。围观的人一个个袖了手站着。疯子比先前抽搐得更厉害了，口里吐出来的白沫从脸上流到了地上。

铁匠站起来，这时他显出了几分不安。他的脸红了，一直红到脖子。他绕过疯子的身体。这一次他拉过疯子的手，想直接将疯子拖拽到背上。疯子就像一袋浸湿了棉布，铁匠显然没有能力将她直接扛到背上，他试了几次显得更加瘦弱和苍老。好几次，铁匠都被疯子带到地上。

没有人出来帮他们。

7

河水涨潮的时候，我会突想起疯子想起那天的情形，不知为什么会有一种不安。她给我的秧鸡还活着。曼霞说那天是她去找的人，她跑开之后看到了疯子追我的样子，她以为我死定了。当时疯子从巷子里跑出来，就有两个男人从斜坡上冲下来，他们将疯子打倒在地。曼霞说她也没想到疯子是那么的不堪一击。

他们打疯子是打给我爸爸看的。曼霞说这是她爸爸说的。曼霞的爸爸是唱京戏的。一个演员，或者他比别人更清楚什么是演戏。我总是不说话，曼霞也会默默地注视我几分钟，她又会说你比你姐姐聪明，这也是我爸爸说的。

远处的山坡上，风一浪一浪地吹过，密集的草在半山腰上弯出一道又一道的波痕。风从河面上过来时，仍然有一股湿湿的腥臊味。牛群扑踏扑踏地从田埂上走来，我又看到了疯子，她顺着河一路走着，我以为她的歌声还会挟裹在风里飘过来。我侧着耳朵认真地听着。曼霞说："疯子又走失了，昨天才回来。铁匠根本不去找她了，他也许巴不得她不要回来了。"

　　我说："又是你爸爸说的?"其实我心里也隐隐地有这样的想法，从来没有人想过疯子去了哪里，过不久她又会自己回来。我不知道为什么会希望她不要回来，因为我不知道在这个世界上，还会不会有另外一种生活。我们的生活就封闭在煤山里，四处除了黑的煤就是山坡。

　　曼霞看了我一眼，她的手还在脖子上捏着，她很享受这种感觉。她把头转向疯子，疯子走到了小路和沙地的交会处，她从那儿插过来，我们就会走在同一条路上，然后越过矿井排锈水的那条沟，再走过唯一的通过茶山的小路，就到煤场了。

　　疯子站在通往煤场的石子路上，她手里拿着一根棍子，是农民插在秧田用来吓唬鸟的棍子，上来还有一块破布，她的手捏的部位正好是淤泥泡过的，她的手背和脸上全是泥。她站在那里，她从来没有如此安静地站过。

　　我不敢看她，她站在那里一动不动。曼霞走过很远了还回过头去看她。曼霞说：疯子好像不疯了。

　　我们最喜欢星期天，可以不用去学校。不到午饭时间曼霞就来找我，她说她发现了一个秘密的树丛全是蕨苔。我跟着她爬上山，穿过我们家挖出来的玉米地，玉米正在抽穗它们太细了，一棵棵只有我的拇指那么粗。曼霞回头来看我，她笑着说："你们家的玉米，跟你一般瘦。"我不理她弯着腰穿过矮树丛，跑到她的前面去了。她停下来，她的手依然在脖子上捏来捏去的。她说你看。我没有理她，把手伸进刺蓬艰难地够到一根蕨苔。

她说："你快看。"她倒着走了几步："疯子是不是死了，铁匠家门口围了很多人。"

我一缩手，一根刺条拉住了我的手腕，刺扎进了我的肉里。我一狠劲手腕上留下了两道血印。

她说："疯子前几天流产了，流了很多血，这会儿可能死了。"

我说："什么是流产？"

她看了我一眼说："就是生娃娃，不到时间……我给你说不清楚。"

我站到曼霞旁边，我们一起朝铁匠家那边看。铁匠住的屋子跟曼霞家住的一样，是用井下废掉的木料搭成的在半山腰，跟我们这会儿站着的山腰平行，只是中间隔着茶山的整个家属区，还能看到晃动的人影，隐约能听到人的声音。一辆矿车哐哐哐哐地挡住了我们，矿车上站着的那个人歪着身子朝铁匠家里看。

"我们快去看。"

曼霞撞了我一下，我没有动。她丢下我跑下山，我站在那里看着她穿过家属区，然后爬上土坡往铁匠家那边跑。爬上那道长满杂草的土坡时，她融进看热闹的人群，他们一起爬上高高的坎子。

树林里鸟飞扑着，整个山里空得只剩下风的声音。

8

透过铁匠家半开着的门缝，我看到铁匠蹲在地上，他正在往锅里放油。我轻脚轻手地靠过去，铁匠的眼睛是通过手腕看过来的。他的眼睛落在我的手上，我手里的秧鸡朝外奔了一下，我的身体也朝前动了一下。

我看到了疯子，她躺在草堆里。铁匠的屋子里到处是瓶子，装过罐头的瓶子横七竖八地丢了一地。疯子就睡在那些瓶子中间的草堆里。她比先前小了一圈，盖在她身上的旧衣服，使她整个人都像陷在一个泥塘里。

我站在那里不动，铁匠将一把面条放进锅里。疯子掉过脸来，她看到了我。她的目光散淡地划过我，停在门框被风吹动着的一绺破布上。

她收回眼光，把脸转向另一边。她的眼光里有一种哀乞，一种我从我们家狗的眼睛里看到过的哀乞。

天开始下雨，是那种几天几夜不停的绵绵小雨。

铁匠住的木屋子，在雨水里显得更黑更沉重毫无生气。他的门大开着，屋子里没有人，黑漆漆得像个散着阴气的洞穴。

我知道疯子已经死了，就在前几天。可是我还是忍不住滚着铁环，从他们住的屋前跑过，忍不住朝黑黑的屋子里看了一眼。

如果天不再亮

1

夜里下了场冻雨，稀稀落落的声音，让人觉得冬天的夜晚是没有边界的，天似乎不再会亮。

吼叫声就是这个时候传来的，黑暗的夜晚被划开成无数的碎片样的东西，落在风里四处飘散。扑哧扑哧的脚步声把黑夜和寒冷填进了我的脑子。这是我在那个寒冷的夜晚，从睡梦中惊醒后一直发抖的原因。混乱的声音和狗的叫声纠扯在一起，像要把夜晚和所有的人一起缠绕进去。

赵阿姨的声音！我从杂乱的声音里辨别出了她的声音。她的声音在黑夜里像一把生锈的刀，尖利里带着锈迹把黑暗腐蚀了。化不开的声音和黑夜搅在一起，然后杂沓的奔跑、揪扯和拖拽的声音，覆盖了整个夜晚和我。

出事了，一定出什么事了，在煤矿除了瓦斯爆炸，不会还有什么事超出瓦斯爆炸，一次瓦斯爆炸要死去多少人？

破鞋！

唔！打死这个不要脸的烂破鞋！

打死她！打死她！

扑哧扑哧的声音铺天盖地地传来。颤栗、发抖，我缩进被子，身体抖动得更厉害了。姐姐起来了，我说我又要发烧。姐姐说我是被吓住了。爸爸妈妈也从里屋慌忙地出来了，他们一前一后地走出来就看到了姐姐。妈妈还没有说话姐姐就先说了，她说那些人从她的窗下跑过了，有人光着身子一丝不挂，他们抓着陈医生。

妈妈出门之前也没忘了呵斥姐姐回屋睡觉。

职工宿舍的灯亮了，球场坝的灯亮了，光亮映在玻璃上，一股力量从房间里涌出来，看热闹的人驱散了黑夜的寒冷和恐怖。所有的声音落在黑暗里变成了一个个出口，像所有的东西都要从那儿挤出去一样。

我蜷缩在黑暗里，脑子里乱糟糟的，我不知道外面发生了什么事情，赵阿姨为什么要带着那么多人抓陈医生？想着白天砸烂了赵阿姨家的门，心又怦怦地跳起来。赵阿姨家生了六个儿子，我们家生了四个姑娘一个儿子。我们两家做邻居像相互的一种补充，妈妈与赵阿姨之间的往来，也像两家隔着一道墙那样，保持着亲密和距离。他们家拼命地生就是想生个姑娘，我们家拼命地生就是想生个儿子。而我们家实现了生了我弟弟，他们家也许绝望了，刘老六还小如果再生个刘老七也是儿子，他们家粮食就更不够吃了，因此妈妈肯定地说他们家不会再生了。

大人们给赵阿姨起了外号叫赵叽叽。她整天叽叽喳喳地说话，人没到声音到处都是。她的丈夫正好是她的反面，整天闷着不说一句话。几个儿子也只有伯林最像她，不同的是他用整天飞檐走壁，把自己挂在篮球架上来代替说那么多话。他像一只猴子自如地翻跟斗，他软得可以把脚抬起来挂在自己的肩膀上。如果他不唱着歌来骂我，我也不会搬着石头去砸他们家的门。他们家的门真是不堪一击，哐啷一声下面就垮掉了。

我砸他们家门的时候我哭了，我放开声音哭着给自己壮胆。

我的声音引来了在大食堂打饭职工的围观，涌动的人头朝着我，我的胆子就又变小了。伯林站在马路对面那排房子的土坡上，他用一只手遮住眼睛朝着他们家看，他居然还在唱123126……

他的声音夹在风中吹过来，比起先前他站在我的面前用手剁菜，迅速地做着在菜板上剁我的样子显然虚弱了。我也虚弱了，他们妈妈不好惹。我蹲在地上哭，脑子里想着他从篮球架上跳下来，跑到我的面前对着我蹩着一只脚唱着：123，126……剁你的咪咪来炒辣角……

我听懂了，我扑着去打他。他翻着跟斗跑，我捡着石头朝着他的脑袋砸，我想把他的脑袋打开花。这个狠毒的小流氓，他从来不会对陈小泥这样，他见着陈小泥就只有讨好卖乖的。

陈小泥站在远处看我，我就止住哭。陈小泥的妈妈就是陈医生，所以她总是高人一等，她和她的姐姐陈小埃，是学校舞台上旋转不停的精灵。呜！呜！她们穿着裙子转啊转，把腿抬得跟天鹅的翅膀一样轻盈。

旋转！旋转！陈小泥和陈小埃一只脚着地不停地转，她们的裙子飘起来，两只细腿绷得紧紧的，然后她们挥动羊鞭，艰难向前，她们在演《草原英雄小姐妹》，她们还要代表学校到市里去演出。她们还翻跟斗，她们的身体柔软得像没有长骨头。而我也参加了这个演出的选拔，只在老师面前比画了两个动作，就被淘汰了。我被淘汰了可是我还不知道，站在一旁等待着下一轮机会，因为第一次我还没有准备好，我不知道老师对我们进行那样的简单训练就是选拔。我如果知道我一定会认真做的。所以我是多么失落多么羡慕她们。

陈小泥倒在地上手伸向空中，陈小埃虽是姐姐个子没有陈小泥高，在草原英雄小姐妹中她们的角色正好互换。老师踩着脚踏风琴，城里来的老师用手打着拍子。我和曼霞头靠头挤在一起。

从我们口里呼出的气给玻璃罩上一层雾，曼霞扯着衣袖在玻璃上来回地擦了几下。从城里请来的舞蹈老师跷着腿坐在紧靠窗子的地方，她说："草原英雄小姐妹，不适合这样表演，她们是在草原上，遇到暴风雪了。"

然后她们满头是汗地站到离老师不远的地方，低了头用手巾擦汗。

老师说："谁教你们这样跳的?"

她们两个人中只有一个人做了回答说："我妈妈。"

老师说："你妈妈是跳舞的吗?"

"不是。她是医生。"

"医生是给病人看病的。"

陈医生不给病人看病，所以她就会跳舞。不给病人看病的医生也是医生吗? 曼霞说也许她的技术太高了，我们的病不值得她看，况且还有两个从刑满就业人员中抽出来的医生。一个姓汪的一个姓田的，感觉是两个装卸工穿着肮脏的白大褂，提着医药箱下到井底下去给受了伤的人包扎伤口，跑在担架的边上给伤员挂吊瓶。白大褂染成了黑墨色，哪里还像个医生。

夏天放假的时候，我们总是满山遍野地跑，挖折耳根采蕨苔捡菌子。刺蓬子围着的那棵树上布满了毛毛虫，它们附在上面颜色跟树一样，不小心身子一歪靠上去，满身满手都是毛刺。细小的如同纤维一样的毛刺有毒，扎进皮肤很快就红肿起来。这已经不是第一次了满手红肿。

我跑到医务室，陈医生坐在那里，她从不轻易抬头看一眼进去的人。她坐在汪医生对面，我把手通过她的身边举过去，她一动不动地坐着，翻开一页的书又露出那个全身做了标记的人体。这让我觉得她整天坐在那里都在看那一页书，无论春夏秋冬。汪医生带我到帘子后面用消毒水时，她起身下班了。她合上书，取下她从来没有用过的听诊器压在书上，听诊器就是她上下班的标志。

汪医生重新坐回桌前，他关上窗子让我坐在他前面，我们同坐在一张椅子上，他从我的身后环抱过来，用针慢慢挑着一根根扎进我手里细小的毛刺。他嘴里呼出的气热烘烘地扑在我的耳朵上和脖子上，带着一股浓茶的酸腐味和臭烟味，真是让人受不了。田医生在下班前提着医药箱进来，他是刚从井下上来，他朝我们看了一眼。我感到有些害臊，尽管我还是个孩子，我和汪医生坐着的这种一前一后的姿势的确让人感到害臊。

妈妈进来的时候，汪医生已经用纱布把我的手缠过了。妈妈问陈医生呢。汪医生说下班了。妈妈就说官太太就是不一样。妈妈的脸色很难看说话也不好听。汪医生不再回妈妈的话。妈妈狠狠地看了我一眼说，谁让你上山那么野的？

汪医生脱下白大褂搭在椅背上，我跟在妈妈的身后往家走。一进门，妈妈就从门后抽出竹条子，那是几根很细小的竹子绑在一起的条子。嗖嗖几下，我的身上就火辣辣地起了几条毛毛虫样的印子。我以为妈妈打我是因为我惹了麻烦。她说："你找死啊，那个姓汪的就是个流氓犯，以后你胆敢再去医务室，我打断你的腿。"

后来汪医生就被调整到井下去了，技术不好的田医生开始坐诊看病。那么陈医生整天坐在医务室里做什么呢？我想起傍晚时，那一抹照在玻璃窗上的夕阳，她就坐在那里。冰冷美丽高不可攀，她让我感觉到医生的世界是那样的神秘和遥不可及。

陈小泥她们从我们身边走过去，天色已经很晚了，这个时候回家如果不跑着走，走到河边天就会全黑下来。我以为她们会因为刚才的事情，或者因为害怕而跟我们一起结伴走回家。可是她们连看都没看我们一眼。她们把自己当公主来骄傲了，就因为有个医生的妈妈。曼霞说更重要的是她们的爸爸是副教导员。我从来没有看到过他，他被外派长年在外面追捕。什么是追捕？就是追逃犯。那么他就是英雄了。不可能，他不可能是英雄，他又没有死，他还活着。

我们跟在她们的身后跑过河时，河水已经昏暗了。

2

下午放学回来，我和曼霞背着书包一前一后地走着，走到赵阿姨家门口，我们一起歪着头朝她家看。柏林蹲在他们家厨房拐角处的一块石头上吃饭，房屋两面的墙形成的阴影正好遮住了他的脸。他看见我们正在看他，就把头昂起朝另外一面扭着。他们家门上的洞还没有堵上，不知道为什么我的心会突然地跳起来。

123，126……剁你的咪咪来炒辣角……

我的脸又红了。他经常这样唱，爬到房子上这样唱我们就笑，爬到树上还这样唱我们还是笑。他骂着的是全部人，骂全部人就不是骂人了就成了笑话。可是昨天他是对着我唱的。他的妈妈也会说这是开玩笑，开个玩笑我就冲去砸了他们家的门，肯定是我不对。这不是玩笑，是下流。他的手比画得很过瘾，就像剁在了我的身上，真是太下流了。曼霞像看出了我的心思，她笑着用手捏着脖颈上的肉瘤，会心地又朝那道破了的门洞看了一眼。这时候我们看见了大堆的人从坡上涌下来，他们一浪一浪地朝前涌动着，从春天开紫花的泡桐树下穿过来。

陈医生头发蓬乱衣襟不整地被人推搡着走在前面。她勾着头脖子上挂着一个纸做的牌子，牌子上歪歪扭扭的写了几行字，还用毛笔画了个大叉。牌子一边吊着药瓶和饭票，另一边吊着一条蓝色的短裤和鞋子。

煤矿几乎所有人穿的短裤都是妈妈做的，妈妈发现了做内裤最省布料的方式，横裁竖裁既省布又好穿的内裤，使得每个人都来找妈妈。有时候为了省布料，通常会一家老小穿一色的花短裤。我们家就是这样，每次去澡堂洗澡，爸爸说他总是连着裤子脱下内裤，无论怎样被别人看见自己穿着花短裤都是丢人的。穿花短裤的男人跟穿蓝布短裤的女人一样丢人，可是赵阿姨却不觉得丢人，每次洗澡她总是理直气壮地穿着蓝布短裤跳进池子。蓝色的布短裤都是男人穿的。所以我知道挂在陈医生牌子上的那条短裤不是陈医生穿的，她肌肤那么白嫩，不可能穿着那样的短裤，这也太粗鲁了一点不符合我对她的想象。

我站在斜坡上看着人群朝另一个方向涌去了，曼霞走过来靠近我，她指给我看陈医生家住的房子。我朝着她指的方向看，我说什么也看不见，除了瓦片。曼霞胸有成竹地让我跟着她走，我就看见了屋顶上那片空出来的洞。昨天夜里，或者更早一些的时间里，赵阿姨她们就已经上房揭瓦了。

屋子揭开了那样一片，陈医生怎么会没有发现。她总要去上班，坐那里对于走进医务室的人从来都不闻不问，像这个世界与她没有关系。傍晚时，太阳总是通过医务室开着的一扇玻璃，最后落到山的那一边去，风把屋后的树叶带到前面的坝子里来。陈医生如同一个摆设那样，穿着白大褂端坐在窗前，翻看一本厚厚的医学书。我每次进医务室，汪医生都在给别人看病拿药，我悄悄地站在陈医生的后面，偷偷地看她正在看着的书。一个骷髅人体站在书上，她总是将时间停在这一页上。

陈医生会不会对她的两个女儿说起那个骷髅？陈小泥呢？她们知道她们的妈妈正在被人游街批斗？她们躲在哪里去了？她们没有去上学，宣传队的老师还到教室里找过她们。想着以后她们就会来跟我们一起玩了，她们会不会滚铁环砸沙包跳弓背？这不可能，她们是公主。可是她们已经不是公主了，她们的妈妈是破鞋，连医生都不是了。

我们跟着人群去看热闹，高高的坡上有一个碉堡。昨天夜里陈医生就是在碉堡里度过的，几个男人折腾了她一个晚上，他们没有让她穿衣服。她该冻死了？他们烧了两盆煤火，让她坐在煤火前用不同的姿势烤火。这太下流了。可是谁让她比他们还下流呢？她白净的皮肤立刻映进我的脑子里，是那种白得耀眼的白，我也不知道怎么会有这样的想法。我们走进路边的半截厕所，站在里面露出大半个头的厕所木板上写满了：×你妈！打倒××的字样。

"他们脱光了她的衣服？"

"不，她就没有穿衣服。"

我的脸又一阵发红。天又开始下小雨了，寒冷的风从山坳上吹过来，天空苍茫而阴冷，看热闹的人站在小雨里，头发上蒙了一层霜。我跟在曼霞背后朝人堆里挤，从开着的窗口我看到了陈医生，她埋着头坐在碉堡的石阶上弓着背。几个男人，他们都是工人不是刑满就业的，是没有历史问题堂堂正正的工人。他们也下井，但是不挖煤干些技术工作。其中一个是妈妈提到过的，他个子高大穿蓝卡其布中山装，衣扣从来没有对齐过。他是个势利的电工说起话来张牙舞爪，随时都有唾沫飞到别人脸上。妈妈不喜欢一个男人那样说话，所以妈妈对他总是避之唯恐不及。记忆中他站在我们家门口说过话，他的手臂抬得很高，几乎抬上了我们家偏斜的厨房屋顶，说话声音像劈柴乱七八糟没有头绪。妈妈说歪戴帽子歪穿衣的人不是好东西，说的就是他。

他半坐在另一扇窗台上，粗大的拳头压在大腿上，感觉那是一只熊的爪子，肮脏而不安地撑起某一个时机。他在等待什么？他急急地吸完了最后一截烟，扔在地上站起来，使足了劲踩在烟蒂上。他身体里那股平时说话做事就带着的烧焦了的气味，危险地弥漫开来。他的腿是那样粗大，像要将地踩踏下陷了一般。我是第一次这么近距离地看着他，他给了我前所未有的惧怕和厌恶。天色已经暗了，屋子里的火光映在他的腿上，把影子重重地投向墙壁，浓重的影子覆盖了屋子。与那声无比重大的巨响相比，我更愿看到影子遮蔽天空。陈医生应声倒在他的脚下，他给了她一个耳光。

抽搐。寂静！为什么他等待着她抬起头来，他像一个挺立的猎人那样，冷酷地等待枪下的猎物重新苏醒。陈医生慢慢地竖直她的身体，她娇弱颤栗，火光模糊了她身体弯曲的线条。

我想到了《草原英雄小姐妹》。她们跳这个舞的时候，是多么幸福。她们的妈妈那时候，也会这样趴在地上教她们舞蹈。柔软的轻盈的夜晚，伴随着歌声的夜晚就这样一去不返。

3

停电了，黑暗中疯跑的声音显得更寂静，风把它们送得很远。他们的脚步把黑夜拉向更为寒冷的深渊。打马马鸡他们在打马马鸡，这种疯法我已经感到害怕了。想着一个人从对面横冲过来，若不迎战就会被冲倒，我会打一个寒战。我曾经被这样的冲撞弄得鼻口出血，牙险些没有掉，吃饭都成问题。

我们家点燃了两盏马灯，马灯总是比蜡烛要亮，更重要的是比它更气派，显出我们爸爸的地位比普通家庭高。爸爸总是在职工们不学习的时间里，在家督促我们写作业。他坐在距马灯最近的地方看报纸，我们装模作样地写作业。算术题已经很难，磨破了脑壳我也不会。爸爸拿过我的算术书，看着一道一道的文字题，他用他的方式教我填满了空白的本子。第二天去到学校，本子发了下来，一拿到本子我的脸就红了。我迅速地将本子折了胡乱地装进书包，生怕有同学看见那些带着老师愤怒而不假思索的大叉叉。我的爸爸，我心目中无所不能的爸爸，竟然连小学高年级的算术题都不会。

爸爸看了一眼我的本子，他张了张嘴巴带了几分羞涩和歉意，叫我把那些算术题拿去找胡老师那个戴着深度近视眼镜，住在缝纫房边上的女人。她是大学老师，是右派分子，大家都叫她老师，她的儿子跟我同班，脸色苍白得有点弱不禁风，跟他的妈妈一样整天不跟人说一句话，坐在半开着的门缝里看书。

我站在缝纫房与他们家之间的走廊上，缝纫房的门大开着，妈妈在裁剪衣服，她用尺子在一块布上比画。胡老师开门出来，我就看见陈小泥，她苍白着脸哭红了眼睛，看到我时想躲进什么地方去似的闪烁了一下，知道是无处可逃的，只迟疑了一下就走出来了。

我本来是来找胡老师问作业的，我们四目相对时，我就打消了这个念头。胡老师轻轻掩上门，留了一条缝隙可以让我看到她的儿子坐在那里。骄傲的陈小泥可怜的陈小泥，如果她肯叫我一声，我一定会跟她走在一起。尽管已经有比我大的同伴警告过我们，不准跟陈小泥她们玩，要彻底孤立她们。之前是她们孤立我们，现在事情发生了变化，主动权和选择权落在了我们手里。真是一个笑话。陈小泥与胡老师他们才是一类人，所以他们才会往来。

爸爸派人把赵阿姨家的门修了一下，在破洞上加块木板，然后用两条长方子交叉钉死。他们家门怎么看都像牢房，伯林依旧翻着跟斗，唱着各种各样他编出来的歌。可是他看到陈小泥就不再那样唱歌了，他只不停地翻跟斗让陈小泥高兴。那次他的头就是连翻跟斗，讨陈小泥一笑磕在石头上的，出血了，他捂着头跑到医务室，陈医生看都没有看他一眼，是汪医生给他处理的，还在他的头上包了纱布。本来也可以不用包纱布的，他为了像一个战场上的英雄那样，对了，他说是像王成那样。英雄王成是电影《英雄儿女》里的人物，上次看这个电影时，伯林给了陈小泥很多毛栗，陈小泥接过毛栗的时候，她冲着伯林笑了。所以伯林可以对着我们唱那些下流歌，却只会讨好陈小泥。

现在好了，他的妈妈赵阿姨带着人把陈小泥的妈妈抓了出来，他的妈妈想要把她的妈妈置于死地，她怎么可以原谅他。可恨的伯林异想天开，癞蛤蟆想吃天鹅肉，想吃天鹅肉的伯林活该。只会翻跟斗唱下流歌曲上房揭瓦的无赖，说不准陈小泥家屋上的瓦还是他揭开的呢？大人爬上房子会踩碎一片瓦，而只有他身轻如燕。一定是他了，这个无耻的帮凶，这种时候了，居然还敢对陈小泥心怀妄想。我一定要告诉陈小泥，一定要让她恨他，我们大家一起恨他。

下过几场冻雨，道路冻上了。出去拖菜的马车轮胎上捆绑了稻草，歪歪扭扭地回来了。买菜的人早已经排着长队等候，胡萝卜和白菜上全是凝冰。游斗还在继续，我们已经习以为常。看热闹的人也越来越少，揪斗陈医生的队伍单调乏味。比起陈医生，人们更愿意看卖菜的人砸掉白菜上的凝冰，这样白菜的重量会轻一些，数量就会多一些。负责记账的人用笔一个一个地勾画着，他说："还有陈医生家没有来。"

称秤的人说："她来得了吗？"

两个人就笑起来。记账的人说："要不还是叫她们家小泥来吧。"

称秤的人说："不来更好，我们把它分了。"

4

天亮前又下了场冻雨，水管被凝冻住了，已经停了三天水。煤矿处在深山里，几乎所有的水源都被污染成锈水不能饮用。没有水怎么办？水管被我们摇了又摇，用烫水烫了又烫。

赵阿姨的声音，我一睁开眼睛就听到她的声音。她站在通往他们家的石坎上，叽叽喳喳地叫伯林和他哥哥去挑水。伯林的哥哥像牛一样强头倔脑，任凭他妈妈怎样叫他，他都像没有听见。

难怪那天他爸爸在水管边当着很多人，举起手里的锅朝着他砸去。一口钢种锅当即就砸扁了，这让我们认定他与众不同，至少也有一头牛的气力。

我们沿着青冈树叶铺满的小路到山脚下取水。这股山泉水是伯林和他哥哥发现的，水源本来就浅，来取水的人多了，每用瓢舀一次，就要站在那里等上几分钟，等水澄清了才能再舀。山路泥湿，不断地有人提着水桶来取水。淅沥沥的冻雨下起来，天就要黑了。有人用手电照路，我们挑着桶一路歪歪扭扭地走着，拣一片枯了的梧桐树叶放进桶里，这样水就会浪泼得少一些。伯林从我们身后插过来，他故意走我的身边，然后他说："有本事不要来取水啊，水是我发现的。"

"水是你发现的，可是水不是你家的，你管不了我。"

他们走了过去，雨雾笼罩下的天色更暗了，说话的声音渐渐消散了。陈小泥和陈小埃提着桶走了过来，她们没有顺着山路走，而是绕开小路，从山上的草丛里斜着走了过来。她们也要去取水，天已经黑了，最后山上就剩下她们两个人，她们不怕吗？从取水的地方走回来，还有好长一段路，她们就得摸着黑走。昔日的公主变成了地主的丫鬟，她们身体里那股骄傲的气息消散了，变成了另外一种让人伤感的东西。

学校里，她们还在跳《草原英雄小姐妹》，每天下课之后，站在老师们住的那个庙一样的院子里面。风雪把寒冷带进我们的身体里，她们面无表情地跳着。挥舞羊鞭把手举过头顶，趴在地上匍匐前行。这个动作她们在家里是不是经常这样练习？她们的脸黯淡下去，陷进一片暮色里。朝着家奔跑的过程会不会让她们更加伤心？

天已经黑了，天真的完全黑了。整个煤矿沉陷在黑暗之中，死寂一般的黑暗伴着山风吹过来。夜鸟的叫声从山谷中传来，我们打开手电，远远近近的手电，是黑夜身上划开的一道又一道的口子。

我们放慢了脚步，曼霞问我是不是想等陈小泥。我说是。她朝黑暗的山坡看过去，远处忽明忽暗地闪着一缕光。她们走来了，我把手电举起来朝着她们走来的方向晃晃。曼霞问我为什么要这样想跟她们玩。我没有想跟她们玩，可是我为什么要这样，我也不知道。

伯林呼哧呼哧跑过我们身边，他举着稻草扎的火把，烟雾缭乱了寒冷的山风。他一直跑到她们跟前，火光在风中摇晃。我们看不见了火光，夜鸟扑打着翅膀顺着山崖飞翔的声音，盖住风和雨的声音。她们为什么熄灭了手电和火把？曼霞说她们根本不想看到伯林。接着我们听到了哭声，尖厉如刀子一样的声音，使得我们每迈动一步，都如同被声音抛起来，抛进不知名的深渊。

寒冷和黑暗堆积在哭声里，像永远也走不出去的迷宫一样让人感到窒息。也许她们早就该这样哭一场了，她们始终没有找到这样的时机。现在时机到了，她们可以把黑夜和自己混淆在一起。

5

陈小泥的爸爸回来了。她的爸爸回来了，这个消息使停了几天几夜水电的煤矿，有了新鲜的空气一样。副教导员在外追捕的时间过分地久了点，他从拖煤的车上下来，就带着一股陌生的风尘，他那个时候还不知道自己的家已经被人撬破了。人们跟他打招呼，带着异样的眼光和声调，像要逃避开什么。

我们跟在他身后跑跑停停。他走过锯木工房，电锯的声音盖过了我们。食堂打饭的人也都停下来，大家看着副教导员。他一定感受到了什么，他显得有点不适，回过头来看了我们几次。他的眼光慌乱而温和，这个副教导员跟下巴颏留有土匪子弹的教导员相比和蔼多了。他们是正副职关系，在这里统领了千百余人口。他是多么的荣耀，他的老婆陈医生多么漂亮。可是现在他在知道事情之前，就已经显示出一种前所未有的灰头土脸来了。

什么叫忠于？这是他说的。去年冬天过年的时候，我们在大晒房里舂米面，所有的人都要在那里舂糯米面，赵阿姨来舂米的时候，陈医生已经走了，晒房里只剩下了几个人。副教导员进来取陈医生落下的簸箕，赵阿姨正在用他家簸箕筛着米。我和曼霞钻到晒板下面的几个装着苞谷糊的箩筐里，米面的气味扑进鼻子里，真香啊。

晒房里的人走完了，赵阿姨用脚踩着碓杆，她筛出来的碎米放在碓窝里舂。哐哧哐哧的声音驱散了寒风，明亮的灯光照射在晒房里。赵阿姨说话的声音是那样轻柔，柔得像要化开寒冷和夜晚。副教导员蹲下身帮赵阿姨装米面，他接过赵阿姨手里拉着的绳子，将碓脑壳上的碎米面用手刮下来，然后踩住碓杆用绳子挂住它。赵阿姨的身子歪了一下，就倒在副教导员的身上，她是故意倒过去的，我们看得清清楚楚。副教导员满脸通红地向外推开她，她的声音消融了夜晚的一切。她像天边流淌而来的水那样，显出一种粗拙的妩媚。她低声细气地说着什么，副教导员用了劲抽开身体，这样他们就又分开了。他们分开了我们就听见了赵阿姨的声音，她红着脸说出的那个为什么还是轻柔的。

副教导员拿着他家的簸箕走了，天开始飘雪花。我和曼霞从晒板下钻出来，突然出现在赵阿姨面前，她的声音又开始变得焦躁起来。我们和夜晚被她恼羞成怒的声音活活淹没了。她问我们躲在那里干什么，我不敢说话，因为我在等她用我们家泡米的盆。盆就在她的脚边，我想伸手取盆，几次都被她的声音吓得缩回来。她说我们家盆是个破盆，说妈妈没有把我教育好，大晚上还在外面疯。

回到家爸爸正在做甜酒，热腾腾的糯米刚刚出锅，他用一双筷子将煮熟的糯米扒开，往上面洒着水。每年过年爸爸做甜酒我们都要守在一边，吃着他捏给我们的糯米团，直到他往上面洒了酒曲，装进盆里用纱布包裹了盖上稻草，外面还有厚厚的棉袄捂上，紧靠铁炉子烤着。想着几天之后就会酿出酒水，用来煮糯米面做成的粑粑，心里暖和起来。要不要把刚才的事告诉妈妈？副教导员还说了忠于妻子，这是什么意思？赵阿姨靠在他身上时，他就这样说了。赵阿姨是故意靠上去的，我和曼霞看得很清楚，就因为这样她才那样骂骂咧咧地离开晒房。

妈妈不说话，脸拉得很长。上床后我睡不着，我听见妈妈在里屋和爸爸说话，他们的声音占据了黑暗中的另一个空间，有一种密度加深了黑夜的密集，而留出来的空间，形成大片的空白让我感到害怕。

我总是害怕。现在依然害怕，害怕跟着人群围绕在陈医生家门口，听着屋子里的哭声传出来，时断时续地传出来，像受到了什么阻滞。有人趴在他们家玻璃上往屋里看。看到了吗？看到了。陈小泥在哭，陈医生躺在床上。副教导员呢？他坐在炉子边。他准备干什么？什么也没有准备干。人们离开的时候都很沮丧，他为什么没有打她？竟然连一根指头也不准备动她。

下雪了，寒风飕飕地灌进我们的脖子。再过几天就过年了，黑暗里响起了零星的鞭炮声，稀落落的狗的叫声传来，让人觉得夜晚的空寂被寒风带来的和带走的都是没有边际的。同伴们疯打的声音渐渐消退了。这个冷寂空洞的夜晚和无数的夜晚一样，让我窒息难以入睡。风从黑暗的山顶吹过，带来了树枝摇动的声音和狗的叫声。碉堡那边的狗在黑暗里像受到惊吓，传出来一种破了的狂吠。妈妈说话的声音一直缠绕在脑子里，无法驱散。

我想要风吹散妈妈的声音，我的头很重，像破了个洞。

6

清早，给陈医生家搬家的马车从斜坡上下来，嘎吱嘎吱的声音，是通过马车夫拉住缰绳车轮在地面上与刹车咬死了发出来的。地上扣了桐油凝，马又被缰绳死死地拽着，马蹄落在地上踩不稳，走得东倒西歪。

陈医生坐在马车的最后面。她的手横过一张桌子，紧紧地抓住打了捆的棉被。陈小泥和陈小埃坐在马车的中间，她们的脸被倒放着的凳子隔开，看上去像被丢弃在杂乱的废品堆里。这两个不可一世的女孩，失去了往日的光彩。她们就这样搬走了，坐着马车在寒冷冬天料峭的风中。

伯林在山坡上跟着马车跑，他跳过山梁翻着跟斗。他唱着歌，他没有唱平时那些自己编造的歌，而不停地唱：岭上开遍哟，映山红……

有人看到他从山坡上的小路一直跑到河边，他顺着山坡与马车保持着平行的速度。下坡时，马车的速度变快了，他跑到高高的山上，已经无路可跑。也许连他自己也不知道会跑到哪里去，所以当天晚上他没有跑回来。

伯林没有回来，赵阿姨的声音只是在天黑前叽叽喳喳地吵了一阵，说伯林这个该死的短命儿不知道跑到哪里去了。

第三天，队里派了人到山坡上四处寻找，到树林子里找了两天，没有看到他。等到他自己回来的时候，他已经长成了一个野人的样子。拖着一双受伤的腿，血流过的地方全都现出一股腐气。他从山坡上走下来的时候，在一缕暗影里晃动，像一只着了魔的影子映在微暗的火光里。我们正用手做轿子抬着弟弟满球场跑，我唱着：

我们要娶一个人啊！你们要娶什么人啊？我们要
娶××啊！什么人来充大戏？……

他就那样倒下去，在有人看到他的时候倒了下去。有人把他
送到医务室，我们跑过去看热闹，看着他脸色铁青长发如泥。他
的妈妈还在配电房工作，围着棕色的塑料围腰，上下地取矿灯的
充电器。一想起那股带着硫酸气味的阴湿，就会想起那些来来往
往上下井的人，头戴安全帽，矿灯就置于帽顶上。我的爸爸偶尔
下井时，妈妈整夜不能睡觉，我的脑子里整夜充斥着的就是那股
味道。与危险不安和死亡联结的味道让我有一种本能的抵抗和厌
恶。

我们趴在医务室的窗子上，伯林的一只脚被高高地抬起来吊
在绳子上。他已经死了，我们看到他眼睛翻白，然后再也没有睁
开过。他被毒蛇咬了，要截肢。医务室哪里有本事做截肢的事。
他的爸爸在井下汪医生在井下。汪医生自从抱着我挑毛毛虫的刺
之后，调到井下工作，医务室的事全都由田医生一个人来做。田
医生手忙脚乱地处理他的伤口。

截肢？就是把他受伤的腿锯掉。天哪！多么可怕的想法，他
怎么可以没有了一条腿？单腿怎么可以翻跟斗？那些下流的声
音，还会不会从他的嘴巴里面飞出来？如果不截肢，他真的就会
死去。他就要死去了，一个活蹦乱跳的人怎么就会死去？

春天就这样来了，满山遍野地开满了花，我们又开始四处奔
跑。夜里拉熄照明的所有灯，敲开职工学习的大门朝着黑暗里躲
藏疯跑。磕破了手脚跑进医务室，自己冲到医务柜子上用棉签蘸
上红药水往伤口上一抹，还没有等田医生说话，我们就又跑得无
影无踪了。偶尔碰上汪医生下井回来，我们就绕开他跑。他总是
要先进医务室，他的衣服和鞋都挂在医务室的门后，按理他可以

先回医务室放下医药箱，然后回宿舍。他却固执地放下药箱后，换上干净的衣服，站在医务柜后面磨磨蹭蹭，有人来换药或看病，见到他总会找他而不找田医生。他固执的态度里面有一种愤恨的拒绝。拒绝离开医务室，拒绝一切不利于己的方式和态度。他到底是军人出身骨头强硬。

我和曼霞在木工房附近转悠，木工房的电锯依然整天响不停，新倒出来的锯木屑发出一种木腥味，比泥的腥味更让人难以接受。那种气味搅得我的胃一阵难受让我想呕吐。我们的厕所是用木板钉在山脚的废水沟上的，曼霞每次上厕所，都喜欢将架空的木板踏得砰砰响。人蹲在架空的木板上方便，下面是流动的废水，有阳光的天气，如果男厕所有人，两边的人都能通过下面的水，清楚地看到相互的倒影。这是曼霞发现的。所以后来厕所封掉了男的，只留做女厕所。

曼霞又在用粉笔描着原先留在木板墙上的下流话：×你妈！她在旁边画个太阳，在中间打上个点。

曼霞问我知不知道副教导员最后对赵阿姨说了什么？我看着她。我不知道他为什么要说谢谢她。他真的会谢谢赵阿姨抓破了他们家的脸皮吗？曼霞摇头。她第一次也有不知道的事情，或者她的爸爸这次没有对这件事情进行评说。

7

雨在深夜时停了。

敲门声骤然响起，急促的声音，将黑暗搅成了一片。我的爸爸听到声音从卧室出来，还没有将衣服完全穿到身上，他趿着鞋边走边往里蹭，手忙脚乱地经过我们的房间。不用问他就知道发生了什么事。在煤矿，塌方和瓦斯爆炸，是不可避免的。

我不知道什么是瓦斯爆炸，却知道它比塌方更可怕，死伤的人数更多。我的脑子里有时会突然闪过瓦斯爆炸的情形，就在一瞬间，在黑暗的煤缝里有一道光，所有的一切便陷进了比黑暗更黑的深渊。我的这种想法，源于曼霞爸爸手里举起的灯泡。他经常让我们看那个已经烧坏了的灯泡，问我们看到灯里的钨丝没有，好的钨丝是直的，烧坏了的钨丝就软软地耷拉了。他说煤井里的瓦斯就如这灯丝。

无论怎样我是不会听懂的。煤井的神秘，如同一个看不见的陷坑，每天都在吞噬着我们对这个世界的恐怖。它的深不见底的神秘里，包藏着我对这个世界无知的想象。我曾经无数次尝试过下到地底下去，跑到井口顺着煤井通道的坎子往下走，阴湿的空气，棚顶上渗下来的水，这一切都让我惊慌。在妈妈的故事里，上天入地总是那么简单。小人国在我们的脚下。天边或地底下，藏着的秘密永远都存在着一个边界，或许就在地底下，不断地深入下去，就能到达那个边界，世间的一切就都会在那里交会。总以为通过煤井的最深处，一定有个隐秘的地方，在那里我与我的另外两个的会合变得极合情理，我和另外两个我，来自于妈妈的故事，我始终坚信在我们的头上的天空里，有另一个我，地底下还有一个我。

通往煤井的灯昏黄地悬在井壁上，由于下井的路总是蜿蜒，那些灯就东倒西歪地悬在黑暗里，越往深里走空气越稀薄。井沿上还有锈水滴答下来，冷不丁地打在朽木桩子上，会让我觉得另一个世界的入口，有一种难以把握的恐惧，然后反转身拼命地向回跑。

充电房门口的坝子里横七竖八停满了人，都是刚从井下抬上来的，还没有来得及用东西盖住他们的脸，抢救和寻找的工作还在继续。工人正在坝子周围打桩，四周加挂了上千瓦的大灯泡，将黑暗照射得如同白昼。工人们打完桩，用席子围住那些死尸，看热闹的孩子跑来跑去的故意贴近围席跑，故意撞掉工人手里的东西，一次次疯笑着跑远去。

汪医生也在这次瓦斯爆炸里死了。

太阳每天照常将最后一抹光，划过医务室的那扇玻璃，我们跑进医务室还能看到，紧靠医务柜的那个角落里，汪医生的鞋还在那儿。那是他每次从煤井上来洗完澡后必穿的鞋。

陷坑

1

看热闹的人渐渐散去，我蹲在家门口的斜坡上，身体还在发抖。

十月过后，天开始转凉。早晨，刚刚下过一阵小雨，空气里有一种湿乎乎的刺鼻的煤尘味。我冲着远处的人群喊出那样的声音的时候，山里来卖菜的农民才刚刚将菜箩放下摆好。他们将鸡蛋、白菜，还有折耳根，捋着木工房前面那条路，一条直线排过去。倘若还有别的村民来，他们会顺着一路摆开，形成一个小小的街市样的阵势。这个要不了十分钟就走完的街市，让我们感觉异常兴奋。特别是周日我们跟在大人后面，挤在人群里挨个儿地看过去，然后又看回来，在逼仄的拥挤里故意打逗，从山民的菜摊上跳过癫狂地跑向远处。越是被人责骂越是疯得起劲。

救命啊！救命！

我的声音一发出来，斜坡下面卖菜的和买菜的，都一齐停下来，他们回过头来朝我这边看。我就又喊出了第二声。接着我听到了自己的哭声，在雨后的空气里如沙子一样漫天飞舞。

坡下的人停顿了片刻，然后他们朝着我走来。

我声嘶力竭的哭叫，声音把我的肺点燃了，形成的火球从胸腔底处往外扩散，灼痛了我的五脏。

老龚来我们家，不同的是我们两家很久没有往来了，我只是在心里觉得奇怪，并没有多想。他站在我们家门口，我把煮红薯的锅抬到一边，就跑出去了。我跟着曼霞去树林里逮鸟，十月的山林比起之前显得空旷了许多，也许是因为植物的叶子快掉光了的原因。所以鸟们只在树枝间飞来飞去，我们全无有逮住它们的机会。尽管如此，我们还是会在它们出没的地方，挖坑设伏来"安"它们。

我从理发室后面的山林里跑回家，走过斜对着我们家的锅炉房，那两个炉子的火烧得很旺。锅炉工还在往炉子里添煤，洗澡堂的屋顶和窗口飘出来的蒸汽里，有一股浓浓的肥皂味，让人觉得空气里有一种化不开的让人恶心的雾气。

我们家厨房的门，跟我离开时一样半掩着，我撞开门跑进屋，希望以最快的速度完成往灶里添煤一事。不出我所料，火快要燃过了。我拿着铁铲跑到锅炉房的煤堆上，来回地寻着"粗花煤"。在煤矿"粗花煤"属于下等煤品，而乌煤才是上等的煤，可是火要烬时，如果加入乌煤火就不可能接上来，且满屋会有呛人的煤烟。

我刚揭开炉盖，我就听见了那个呻哇的声音。我抖擞着停下来，那个声音再次传了出来。我听清了，是妈妈的声音。声音是从我们家里屋发出来的。她的声音喑哑，听上去跟平时不一样。那显然是一种哭声，一种被人用手捂住嘴巴后发出来的，所以那个声音是被堵在嘴里的。

我放下盖子就朝外跑，跑到马路上，声嘶力竭地喊救命。

很多人在我家进进出出，我依旧蹲在坡上，我被吓坏了，生怕一站起来自己就会垮掉。我看到爸爸沿着山上那条小路，快步走下来。那时太阳从云层里透了出来，它的光芒是通过树枝反射到爸爸身子的，他穿着白色的民警制服，红色领章标志与太阳光的照射映成一片，在老远就看得很清楚。爸爸一大早就出门了，他是顺着家属区的大路往煤场去搭车的。他走的时候，龚家人如果坐在门口，或通过窗子一定看到了他。老龚那个该死的男人，会有怎样的下场呢？

2

我们两家关系还好的时候，他老婆为了用牛奶糖来魅惑我，让我叫老龚爸爸。为了得到多余奖赏的糖，我叫过一次，就感觉到了羞耻。当时两家关系打得火热，两家还玩笑让龚家三妹跟我互换。

老龚的老婆徐会是上海人，上海有多大有多繁荣与我们并无关系。我们对上海的想象和崇拜仅仅停留在奶糖上，能有上海奶糖的人家就是不一般。上海奶糖除了好吃，还有各种各样的糖纸，被我们收藏起来相互比对。拥有多少上海糖纸，特别是玻璃糖纸，都是富有的标志。徐会除了长得又白又胖，她是唯一留着长发的女人，经常借洗头的理由，让头发披散在肩上故意不扎起来。这使得没有脖子的她，头几乎是垛在肩膀上的，走在她的后面，会让人觉得那是个麻布袋子。她的眼睛里有一种漂浮的东西让我不安。

徐会跟另一个留场就业的上海男人有一腿，谁都知道。就连我们小孩子都知道，只有老龚不知道。老龚是井下的技术人员，他下井作业的时候，那个上海男人就会公然地在他们家进出。戴眼镜的上海男人在煤矿是个绘图员，虽刑满留场就业却没有丝毫低下的样子，穿着也与别人不同，依旧保持着大上海不可一世的架势，进出龚家如入无人之境。

上海男人住的那排房子，在一个高高的坎上。冬青树沿着石坎两边修剪得整整齐齐。树的根部刷满白石灰，一绿一白的显出一种格外的清冷。房子的前后的梧桐树籽，从树上掉到地上，我们就会去捡起来吃。有时候，我们玩藏猫猫躲到冬青树下，透过树枝在那些太阳西下的黄昏里，我们会看到上海男人站在屋檐下，他慢慢悠悠地抽着烟。坐在坝子里的男人们高声地说着话，而他却从来不说一句话。上海男人的神秘，不在于他每次会给龚家带来许多的上海奶糖，最重要的是我从来没有听到他说过一句话，无法想象上海话从他的口里出来是个什么样子。

龚家对门住着吴家，两家在有阳光的午后，坐在屋檐下晒太阳。两家门对着门，虽然跟我们家住一排房子，我们家处在坡上，所以建房时，两家的屋基就只有靠石头垒起来，他们进出都要爬垒得老高的石坎。有时候，上海男人去送图表给老龚，他总在老龚下井时去，这样一切都变得名正言顺，在屋檐下小坐一会，也是情理之中的，都是上海人嘛。

吴家女人患有结核病，长期坐在屋角晒太阳，脸青面黑地坐在那儿，给人一种一半在阴一半在阳的感觉。她的身上弥漫着一股晦涩的，我们看不见却能感知的阴湿之气。她的丈夫老吴之前是国民党部队的士兵，被煤矿的人骂为"兵痞"。个子高到背都弯下来了，声音也极高，整天穿一双大黑水胶鞋，感觉他们一家人生活在黑洞里似的。

徐会也爱坐在屋檐下，两个女人一白一黑、一胖一瘦地坐着。吴家女人每说几句话就会停下来咳，咳得面红耳赤也不能停下来，像要将整个肺吐出来一样。而徐会只是稳稳地坐着，不说话看吴家大姑娘，用一个大木盆接了水放在小院中央，倒入刚熬好的肥皂水，然后将被单泡进去在太阳光下搓洗。他们家原本白色的被子，现出被煤染过一般的颜色。

吴家女人用手绢擦去嘴鼻上的痰，上气不接下气地冲着她的女儿说："你要先把单子上有血的地方，打上肥皂把血濯去。"

那血一定是她咳出来。我蹲在徐家门口突然想起了传染，就用手捂住鼻子。这个时候，老龚的侄儿长生走到了院子里，手里提了个黑色的帆布包，在自来水龙头边停下来站着，他弯身拧开自来水将脸凑近水，哗哗啦啦地将水捧到脸上。然后他转过来，他的身体挡住了阳光。

　　他喊了一声婶婶。徐会就像没有听见。长生也不在意徐会是否应声了，站在那里摇来甩去的，试图将脸上的水和头发上的水，用这种方式甩净。

　　在龚家进出，我们自然要叫长生哥哥，十八岁的长生脸上长满了胡子浓眉大眼，却毫无一点小伙子的帅气。说起话来莽声肿气，每天除了去煤场挑几筐煤回来，几乎总是蹲在自来水龙头的那个洗衣石板上，像一只秃鹫那样，虎视眈眈地看着过路的人。有时候他也帮着往我们家挑煤。

　　我们喜欢去老龚家跟龚三妹一起做作业。长生总是转来转去，想方设法把我拉进屋子里，用刚刚刮过胡子的脸来贴我，扎得我的脸生痛。我被他用一条腿压着动弹不得，然后他喷着气呼呼地睡去。对门吴家女人在午后阳光下，不停地咳嗽，咳得跟要断气似的。在那样的中午，让我感觉世界被她的声音和长生堵住了。我也喘不过气来了，被一个刚刚成年的男人死死地压着。我本能地感到羞耻，使劲挣脱他，跑到外间站在龚三妹的后面看她做作业，他走到我的身后，生拉硬拽地将我扯进屋里，他说哥哥有话跟你说。我就以为他真有什么话要说，那年我十一岁，我不知道一个刚刚成年的男人，从乡下来到亲戚家，整天游手好闲的，他心里到底在想什么。

　　就在几天后的夜里，吴家女人就死了。抬她的两人用白被单把她裹着，也就是她常年盖的那床被单才洗过不久。他们把脸憋得通红，也许是不想闻到他们家里那股气味。长生两手相抱，蹲在自来水龙头的那块石板上。看热闹的人从石坎下一直挤上来，然后闪在两边让道。

长生看见我时，他像笑了一下，他的眼睛里留出来的大量的眼白，让我感到了与死亡一般的颜色和空白。一股凉气自脚底下蹿上来，到达我的头顶时，我打了个寒噤身体哆嗦起来。长生鲜红的嘴里露出来的牙，像将那股寒气弥漫开了。我掉转头，就看见老龚从人群里走过来，他边走边回头去看顺着坡路往下走的两个抬尸的人。长生见了他叔叔老龚，即刻从石板上站了起来，他站起来的时候伸了个懒腰，迅速地看了我一眼。

3

办公室里的响声，我们在很远都能听到。老龚被抓到办公室，几个男人关了门一顿拳脚，就把他放倒在地上，他爬起来蹲在门后面。徐会从外面风尘扑面地赶过来，她冲进办公室，一冲进去就抓住了我爸爸，她抓的不是别处，而是他的下身。爸爸动弹不得面色发青。教导员说你如果不住手，两口子一起关进大牢。徐会才气极败坏地住了手。事情已经超过了煤矿领导能处理的范围。

徐会说，强奸，可能吗？她又不是黄花大姑娘。教导员是个转业军人，从部队下来脸上还带着战争留下的伤疤，解放当地时，土匪的一颗子弹还在他的下颌里骨碌碌转。他说起话来脸部还会不停地抽搐。他说那就交法院吧。那个时候还没有检察院，法院和公安是一家。

我们所属区法院来了一男一女两个人。我和三妹被传讯了。我当然不知道那是被传讯。在法官面前我浑身发抖，抖得我坐着的那个长条红漆木凳，都瑟瑟地响起来。我为我的发抖感到不安和羞耻。

所有的话都是女法官问的，男法官只做记录。女法官边问边记。我努力想从法官的眼睛里或脸上看到一丝他们的友好，我不知道事情的严重性，更不会知道你死我活的真正含义。我以为这只是问问，我只要如实地说出看到的和听到的就行了，我不知道我的话也具有法律效应。

我的喉咙被我的声音撕坏了，或者是被我用劲撕裂了，烟熏火燎地痛，如同卡着一根坚硬的刺。在两个法官的逼视下，当然男法官更和善一些，不知道是不是他年轻的原因。我吞吞吐吐地将声音挤出来。我听见我的声音像沙子一样散乱，并且不断地划破我的咽喉。我说我看到老龚时，他正好从我们家内屋跑出来，脸色发白，他一边向后梳理他额前的头发，一边将掉下来的皮带扎好。他从我的身边横过去，气势汹汹地穿过从斜坡下涌上来看热闹的人群。

女法官说："老龚进你们家时，你在做什么？"

我的嗓子要燃起来了，我不知道怎样回答这句话，才不至于陷我们家于不利。我努力回想着老龚走进我们家时的情形。那是早上，刚下过一阵雨空气湿乎乎的，爸爸跟往常出门时一样，提着他的黑色牛皮公文包，姐姐和小英为此还专门争论过牛皮这个问题。所以那个包在我的心里是非同一般的。他走过锯木工房，拐个弯往煤场方向去了。

老龚来到我们家门口，在约距离爸爸走了二十分钟后。他站在半开着的门口，那时我正在灶台上拣头天夜里烤干了的红薯。而灶火上刚刚煮熟的一锅红薯，被我使足劲磨到一边冒着热气。看到老龚我有点意外，因为我们两家在进入夏天前，不知道为什么就不往来了。至于两家大人之间发生了什么，整天忙于在外面疯跑的我们，根本不会知道。

我愣头愣脑地看着他，他嘴里叼着一根只剩下半截的火柴棍。看见我那样看他，他就笑了，笑得脸青面黑的，因为他一向面色发青，刚刚刮过的胡子从面皮下冒出来。他从嘴里吐出那根火柴棍说："你爸爸在家吗？"

我茫然地摇头，其实并不是回答他的问话。然后他又说："那你妈妈呢？"

我继续看着他，觉得他说的话全是假装说出来的，我想不清楚他来我们家到底是为什么。我就赌气地说："他们都不在。"

他不理我，直接走了进来说："你妈妈生病了，我听你徐姨说的。"

他说的徐姨是他的老婆徐会，整个煤矿唯一把辫子扯开，故意披散在肩上的女人。这样她的头跟身体便全然地连成了一片。老龚的脸在瞬间拉了下来，他蹩进门时，身体撞到了门上。他生气地看了我一眼，径直朝我们家里屋走。然后"砰"地关上门。我的心在那一刻猛跳了几下，红薯锅里的热气已散尽，我猫着腰将身体贴到门上，透过门缝我不可能看到屋内的情形，因为妈妈的房间在我们的房间里面，也就是我看到只是我们自己的房间，而妈妈的房间，在再通过我们的房间后拐了一个弯。

我贴在那静静地听了一会儿，里面什么声音也没有，觉得没事了，也许我们两家真的又和好如初了，就跑到外面满山遍野地玩。

"那么你怎么又跑回家了呢？是不是你妈妈事先给你交代过？"

我埋下头说是。法官就往记录本上迅速地写着。我全身抖动得更厉害了，上牙跟下牙不停地碰撞震得我的头发昏。我想哭。阳光从身后的玻璃窗子透进来，我的影子投射在地上，那道光亮里有很细小的灰尘在涌动。

"她什么时候交代你的，怎么说的？"

不上学时，不管我怎样疯给煤灶添煤，是我必须做的事。如果火熄了，就会挨打。我们家的灶跟别人家的不一样，别人家烟囱只有一根管子，而我们家有两根，这样火力会更大些。因为我们家打灶台时，专门打了热水池，这样在冬天我们家随时都有热水用。如果火熄了，生火就比别人家麻烦。每次生火时，因为要两根且是很厚的钢管遇热，烟才能抽得出去，所以一生火我们家就满屋烟尘。架在炉灶上的钢管冷了，烟抽不上去就回流进屋子里。有时我们还要把烟管抽出来，用火钳或者铁锤使劲敲打钢管，将那些积在钢管内里的烟尘抖掉。

我张了张嘴，就又将头埋下去。我看见女法官的眼睛里，流露出一种我不熟悉的，让我更加害怕的冷若冰霜的东西。我埋下头，我听到了自己的心脏跳动，来来回回地撞击在胸腔上的声音，我感到我的胸腔很快就要被撞裂了。我咬住嘴唇，生怕一不小心，我的心脏就突然从嘴里跳出来了。

"你妈说她煮了红薯，然后特意喊老龚来吃。"女法官继续看着我，然后她停了片刻，补充了后面这一句："你妈妈这么给我们说的。"

女法官说话的时候，她的眼光里像藏着一把刀，不仅能划破我的皮肉，就连内脏也划破了，让我感觉到那把刀穿过了我身体。

那种莫名的痛感连成一片，一直蔓延到我的每一根手指，还有我的头皮神经。我不知道怎样回答她的话，不知道是该顺着她的话说是，还是逆着她的话说不是。我说我不知道。我的确不知道。她就更进一步地逼视我，如同猫蹲守在老鼠洞前，用一种看不见的光芒将老鼠从洞里胆战心惊地逼出来，无处可逃束手就擒。

女法官就是用了这种方法逼迫三妹就范，说出与事实相反的话。

"他们是在诱供。"

爸爸的脸气得通红。他一生气脸就通地一下红了，他的脸一红说明他有不要命的可能。我从小见过他脸一红，我们家的炉子就翻个底朝天，这个时候如果碰上是人，跟炉子的情况绝无二样。他将茶缸重重地拍在桌子上，茶缸里的水就泼了出来。坐在我们家的人将手抱到胸前，他们相互看了一眼都不说话。家里又来了几个人，他们你一言我一语地说着话，爸爸反而闷沉沉地坐在那一言不发。

老龚被带走了。调查案子的人总是来了又去。每次来问话的人都不是先前的人，问的话却都大同小异。我在这些不同的人的反复讯问中变得麻木，心里的畏怯和羞耻感慢慢平息。

那之后的每个夜晚变得更长了。风把声音从远处带来，又把它带走藏进陌生里，带着永远也不会停下来的速度，无休无止地去了来，来了又去，经过每一个角落每一片树林和树叶。想着万物都跟我一样，它们也都在风中醒着，我原本空了的身体就慢慢又被填满。我不知道什么时候，这个世界和风才会停下来。世界停下来了，发生的一切就停下来了。如果天不再会亮，如果没有了白天，所有的就在黑暗里消失了，黑暗对于我来说是最好的依靠。

4

那口破钟被人用一块石头敲响时，教室里的所有声音，是一下子涌出来的。知道放学了，我从校门外那条岔道上的皂角树上跳下来。长了几百年的皂角树，我们可以从它裂开的树身中间穿过来穿过去，而裂开的树身又各自生长，盘根错节地伸向天空。

站在皂角树下，就能看清紧邻小学的那片树林前面的中学。这会儿中学也放学了，中学下课的敲钟声隐藏在那片树林里，朦胧而绵远。

我看了那个姓张的男同学，那个多少次跟着他的妈妈屁颠颠地来我们家，请我妈妈做衣服的男生面色苍白，整个脸像被车轮挤压过一般。每次我从他身边走过，他总是埋着头只用眼睛斜视我。他身上穿的所有衣服，都是我妈妈用休息时间给他做的。也许他的妈妈去我们家，就是为了可以省下做衣服的钱。我从来没有跟他说过话，只知道他妈妈在公社医院做护理，肯走两个小时的路来我们家做衣服，妈妈说如果不是因为困难，她也不必这样。他的妈妈是通过徐会认识我们家的。我们家跟徐会家的事发生后，她去看过徐会，然后请人传了话说有非常重要的话要告诉妈妈。

她在我们上学的田间小路上等着，妈妈犹豫了一下就叫了我。我跟在妈妈身后，跳过经过煤场之后的锈水沟，拐上沙路之前我们就看到了她。这个精瘦的女人，站在一堆稻草的后面，大概觉得那样更隐秘些吧。妈妈回过头来看我，我放慢脚步，然后停在刺蓬跟前。天气已经转冷，风阴湿地吹过田野，稻草经过雨水之后，透出来的气味里有一股浓郁的稻谷正在腐败时的香味，从四面八方随着风而来。

我一面弓着身子在刺蓬里，翻找着藏在刺蓬深处的刺梨，一面竖着耳朵听她们在说什么，风把她们的声音带过来。

妈妈说："不可能。是徐会要设计陷害我。"

"徐会说一切全是一场误会，她要我来求你收回状告。你们两家还会和好如初。她也是硬着头皮让我来求你，她知道自己做了很多对不起你们家的事。"

女人说话的速度很快，所以她的声音在风里显得杂乱无章。这个时候，我看见她放下手里的提篮，她站直了身体将两只手抱在胸前。

"一个人的名声难道是用来开玩笑的吗？"

妈妈的声音从风里飘过来，像被拆解了扔在地上。

"徐会说她知道错了。"女人的身体前倾，更靠近妈妈。

"错了？是的，她挖了个陷坑，目的是想害我。错了？自己陷进去就错了，如果是我陷进去就对了，是吧？"

妈妈转过身，朝着回去的路飞快地走，我一路小跑跟在她的身后。知道了经常来我们家的这个女人，已经成了我们家的敌人。她拾起篮子快速向山崖下的小路走去。

她的儿子，也就是那个男生飞快地跳过一片麦地，那是一块中间穿种着胡豆的麦地。他背上的书包，在他的奔跑和跳动里一上一下地起伏。他朝着我这边跑了过来，小学生正从房屋背面涌出来，路上扬起一片喧闹声。

他越过他们，他朝着我跑来。我看着他。他看见我时，他的眼睛突然就有了一种亮光。然后他举起弹弓瞄准我。他把弹弓上的橡皮筋拉得直直的，我以为他只是朝着我瞄瞄而已，他的身上还穿着我妈妈给他做的蓝色的卡其布褂子。他的手一松，弹弓上的石头就"嗖"地弹到我的腿上。在那种钻心的痛里，我还没有来得及躲闪，第二颗石子就又飞过来了，接着是第三颗第四颗。我没有哭，我痛得蹲到了地上。他的手高高地举起，如果他一松弹弓，石子就会直接打在我的头上。

曼霞背着书包跑了过来，她停下来搡了一把那个男生，他歪斜了一下，就放下了弹弓，朝着公社的街面上走，离我站的那棵树很近的时候，他仰起头突然大声地对着天喊出了两个字：孤奸。

孤奸！他边喊边跑，背上的书包滑落下来，他用一只手将书包提着搭在肩上。曼霞扶起满脸眼泪的我。我忍住痛，一瘸一拐地走向回家的路。穿过树林的时候，我心里知道他说的孤奸，是土话是强奸之意，却故意问曼霞孤奸是什么意思。其实我不问也猜出其中的意思，我只是希望不是我想象的意思，或者曼霞也不知道是什么意思。

曼霞沉思了一会儿说："不要理他，他是个小流氓。"

我们走过烧砖的窑子，窑子里正冒出浓烟。我们捂着鼻子冲过浓烟，很快就跑到了井边的小路上。初冬的田埂上开出来的紫色花朵，透出清冷与残败随着风轻轻摇摆。我们刚跨过井边的水沟，几个男同学就等在岔路口的槐树后面，他们举着弹弓一齐对准我们。

那些日子成为男同学弹弓的靶子，让我们每天放学的时候胆战心惊。曼霞总是把书包一撂，撵着那些男同学四处逃窜，他们从中似乎获得了无限的乐趣，高声地笑着跳进麦地，喘着气边跑边回头用弹弓瞄我们，当然因为没有将弹弓拉紧，发出来的"子弹"都只在半空中便软软地落下来。

曼霞似乎也很喜欢这样追打男同学，她满头是汗地跑回来，歪歪扭扭地从我手里拿过她的书包，大大咧咧地摇晃着身体。

5

我是从高高的坡上直接栽到沟底的头朝下。所以我的头破了个大血口，我当即昏了过去。那天有阳光，我听到三妹叫我的声音，还有哭声都隔得很远。

三妹以为我就那样死了，她坐在那座土坡上哭喊着。将我置于沟中的龚家三妹若无其事，她若不要我们的命，那才是怪。

即使是她要送掉我的命，也是我们请她来的。我和三妹从树林子里，穿过来就看到了悬崖上的蕨菜，我让她拉着我的手，然后我探下去，怎么也够不着，就差了那么一点点距离，如果再多一双手，如同猴子捞月亮，就可以采着了。

龚家三妹当时坐在一块石头上晒太阳，她一边吃着刺苔，一边看我们采不着蕨苔的笑话。她是恨我们的恨之入骨，可是我们并不会知道得那么深。三妹转过脸去看她，她变得友好起来。两家还没有出事以前，三妹跟她关系非常好，三妹天真地说，你能不能来帮个忙？她就走了过来。三妹觉得让她在最上面拉着我们两个并不放心，万一她一松手，我们两个就都会坠入沟底。于是三妹就说让她在中间三妹在最上面。她一只手拉着树枝，另一只手拉着龚家三妹，龚家三妹再拉着我。她以为这样就万无一失了，我也以为万无一失了。拉着敌人的手，奋力将整个身子朝下把自己悬空。

龚家三妹松开我的手，她完全想象得到结果。我从半山腰上坠了下去，她就是想我送我性命的。我醒来太阳已经快下山了，我狼狈地从沟底，爬到另一条路上，通过密集的矮树丛再攀上一道石坎。三妹从高高的山上绕过来，她飞快地跑过小路，老远我就听到了她喘息的声音。

我们去到医务室，天地还在旋转，我手扶桌子，哀哀泣泣地告诉田医生事情的经过。田医生第一次如此娴熟地为我处理了伤口。他将我的头发挽成一个小结，然后扎起来。他给伤口缝针略施了一点麻药，药性还没有出来，他就开始缝合，痛得我将三妹的衣服紧紧地拽着，三妹的身体在我用力过猛的拉拽中移动。

太阳的光芒陷到了山的那一面，我坐在两排房子后面，那是一条通往另一座土坡的路。三妹去找姐姐去了，我有一种欲哭无泪的感觉。心里既悔恨又害怕，只能在我们回家之前将头发梳好，做出什么事也没有发生过的样子。姐姐会扎一种头发，扎一次可以管七天。七天不用梳头，妈妈就不会知道这件事，如果妈妈知道了我们以敌为友，落到险些送命的地步，我们一定会遭一顿乱棍。

我给了姐姐两毛钱，为的是堵上她的嘴巴。她站在几根朽木搭出来的拱桥上，穿一件红色的灯芯绒外衣，我第一次从她的眼睛里，看到了她跟我是一家人的表情。她走过来，显出一种不知所措的沉重，然后她解开我的头发轻轻地理着，吩咐三妹用湿手巾水，擦去黏在我头发上的血。

我坐在已经暗沉下去的天光里眼冒金星。我甚至以为，到了晚上自己就会死去。

6

我们走进煤场时，天已经麻黑了。我们都不说话，加快了速度。在坡下我们就看到了许多人，围在锯木工房前的自来水管边。我是透过人闪出来的缝隙，看到那具发白的尸体的。有人拧开水龙头，管子里的水就直接冲到他的头上。那个人脸朝下，身体反匐着。他的身体僵硬，已现出腐烂的蜡色，双手朝一边举着，保持着手握锄头的姿势。

死去的人是从我家门前的那条暗沟里抬出来的，所以他满身污泥。暗沟是用来排洗澡堂的脏水的，它与我们家隔着马路，高高的石坎挡住的是一间"反省室"，用来关押反抗干部的危险分子。"反省"那时是"禁闭"的另一替代语，听上去要柔软文明许多，他们总将"省"不读着"xǐng"而读作"shěng"，倒是有了几分与词的本义相反的意味来，行为上的意思也更清晰几分。

禁闭室就在我们家的斜对面隔着马路，我们能时时看见被"反省"的人，脸苍白的印在玻璃窗里有些浮肿。隔壁是一个小卖部和一个理发室，禁闭室正好夹在中间。"反省室"整排房子比马路要低，进出踏上四五道石坎。禁闭室里很黑，关在里面的人，总喜欢站在窗口向外看，从那经过我们偶尔也会听见他在唱歌。我对那扇黑暗窗口的恐惧感，到了无以复加的地步，每次一个人经过都要埋着头拼命地跑。

现在禁闭室里的人死了，死在水沟里好几天。他是放风时进去掏沟死的。他脱下上衣光着膀子，手里拿着锄头钻进暗沟，然后他就死了。也许就在他举起锄头的那一瞬间。送饭的发现他不见了，报告了此事，队部把他当成逃跑处理，还派了人四处追捕。

从我们家往下走的整条路上，死去的人相隔不到百米。晚上出门，我会溺着头一口气跑出很远。有时候，猛然一抬头，长生站在老龚门口的洗衣台上，他叉着腰站在上面在黑暗里如同巨大的影子。要不是在白天就见惯了他站着的样子，我会误以为是吴家女人现身。有时候，他是蹲着的，见我从路上跑来，就站起来发出一声嗨哟。他的声音使得凝重的夜晚，突然飘浮起来。尽管明知是他，我依然被吓得惊叫一声。

我从他脚下跑过，他高高地站立于上。路灯隐约的照射下，他静静地看着我，然后放声大笑。他的笑声在黑暗里滚来滚去，我想他都快要疯了。

白天长生拿一把菜刀，在门口洗衣台上的磨刀石上，霍霍地来回晃动身体。他看见我或我们家人的时候，（我总是忍不住要往上看一眼）就把刀举在太阳光下，用眼睛来回地瞄刀刃，不时用拇指在锋口上试来试去。有时候，他会突然举着菜刀，一只手扶住另一只手，马步挪动双脚在空中挥舞菜刀，眼睛不停地朝我斜睨。手中的刀上下左右地砍伐，像已经寻着了目标，只需挥刀砍下定将人头落地。

爸爸说长生是纸老虎不必怕。妈妈却说狗急了要跳墙，让我们躲开他一点，他是个架犯（打架犯）。

7

爸爸调离的调令是劳改局下的。我爸爸如期去新单位报到上班，允许我的妈妈留下来暂缓不走。

我们家一直等到孩子们放了暑假，才开始搬。爸爸提前几个月去了新的单位，那是另一个农场一个叫高炮营的地方。家里的东西都打了捆。东一堆西一堆，像一个正在休整的战场。晚上妈妈和姐姐轻描淡写地说了高炮营是部队驻地,那儿有个机场,部队有一个营。我没有多想就睡觉了,梦里全是高射炮。第二天醒来还是没有多想,知道是因为新去的地方与部队有关,而地名中又有高炮,自然梦里就会出现高炮。

我只想快快离开这个地方。

搬家的车是我们要去的农场派来的,据说路途中还要经过另外一个农场,才能到达我们家住的地方,还听说去贵阳可以坐火车,只需要六毛钱就可以进城了。放假前曼霞带我到公社的一家私人相馆照相。我不知道她也要离开,只想着我们家就要搬走了。我是第一次自己做主照相,除了跟曼霞照了,还跟一个自己始终叫不出名字的女同学照了。她家住在深山老林里。取相片时才问自己为什么跟她照相?发问时已经晚了,相片洗出来了,就得付钱。一人一半,她说她不要相片。我说你都照了,她说是我叫她照的。我就硬着头皮自己全部付了。

离开茶山的那个夜晚,我绕过家里打好捆的行李和鸡圈,跑到黑暗里。从前的畏惧突然间消失了。黑夜变得空空荡荡,远处房屋下的灯光,也变得迷离而不真实。

已经是夏天,空气里的燥热依然夹着锅炉房煤烟味。我从家里慢慢地走出来,对于禁闭室,还有吴家女人已然没有了惧怕。脑子里出现他们死去后的情形,并不再害怕。

走过锯木工房,屋子里灯光从半掩着的门缝里射出来,知道里面坐着的几个人,正在照例学习报纸上的社论。想起无数的夜晚,我们疯跑过去将屋内的灯拉熄,用脚踢开木门然后转身朝着黑暗跑去,听见身后的怒骂声心里充满了快乐和惬意。所有的时间仿佛都没有存在过,或者就在某个夜晚突然间隐陷了。

洗澡堂的水顺着我们家门前的水沟一直淌下来,拐一道弯被引向通往厕所的水沟里。那股气味散在风里,是一股浓浓的肥皂味。

明天早上，我就要永远地离开这一切。沿着去往厕所的路，由锯木屑铺成的路踩上去软软的。无数的日子，我们在这条路上奔跑躲藏、挖陷坑，可是明天我就要离开了。

我知道紧靠水沟的地方有一个很深的陷坑，是我和曼霞挖的。曼霞离开茶山的前几天，她非常用心地挖了这个坑。我说挖在这边上能陷到谁呢？再往边上走，就进水沟里了。曼霞是知道的，可是她执意将陷坑挖在边上。我到山上折来树枝，捡来树叶。曼霞将自己的脚放进陷坑里，坑沿已经能没过膝盖了，我们就将树枝一根根插在陷坑的面上，盖上树叶和锯木屑掩好陷坑。

曼霞走的时候，她来到我们家。我不知道那将是我们最后一次见面，更不知道她是去嫁人。她嫁的那个人比她大六岁，跟我们同学不同班，也才小学毕业，他准备在深山里开个私人煤窑。曼霞站在我们家门口，手仍然在脖子上捏来捏去，说话跟平时没有什么不一样。她就那么平静地去嫁人去了。十四岁，本该去上中学的，可是她注定要在这个年龄嫁人，也许这就是她什么都比我知道得多的命运。

我故意沿着水沟边上走，我也忘了那个陷坑的具体位置，风吹动着山上的树叶，带来了青草被太阳炙烤后的香味，天空中稀稀拉拉地闪烁着的星星，在高而远的夜色里黯淡而无光。

我一脚踏进陷坑，一个趔趄扑下去。我不知道这样是不是我心里希望的。

第二天，搬家的汽车来了。教导员派来搬家的人，几下就把东西丢上车了。妈妈抱着弟弟坐进驾驶室，驾驶室里已经坐着司机的两个女儿，妈妈上车的时候很不高兴，她是蹩着身体挤上去的。当汽车的排挡被挂上，我爬上汽车。

没有人送行。整个球场坝空空荡荡的。知道这是离开，永远不会回来了，眼泪还是掉下来了。

车子经过老龚家门前时，长生从洗衣台后面站起来，他把手举过头顶，他的手上拿着一只缺口的白瓷碗。他朝着车上坐着的我们，然后他狠狠地扔出了那个破碗。

汽车已经离开煤矿，朝着大路开出很远了，我的耳朵里依然响着车轮碾压过破碗时的碎裂声。

再见河流！再见满山开着的野百合！

段爱松、姜东霞对话：它的忧伤，来自它的久远

　　"我喜欢流水从高处飞扑下来时，落在石头上或曲折迂回之后，再向前流淌的那种叙事的阻滞感……"（段爱松）。他说的是一种"异质"感。于是，我们的对话似乎从这里开始。或者更早一些，不同的夜晚，不同的雨天和时间，如同梦呓，好在有一个类似于参照这样的物体——交谈中的彼此照应。自由而散漫的对话记录下来，更多的是瞬间对文学的感悟。也是我在写作《崖上花》和另外几个中短篇时和他对话的感触。

　　段爱松：普鲁斯特的《追忆似水年华》，有份浓郁的气息，让小说哪怕是最细微的场景和细节，都呈现出强大的原生力，也让个体命运与人生际遇，在单纯与繁复的时代扭结中，衍生出光辉的挣脱感与追忆感。这是可以直接从作品内部打动人心的力量。《崖上花》是不是也在追求类似的气息？

　　姜东霞：这个"原生力"，是不是可以理解成属于自己的再创造的能力。或者是只属于"此"的独特的自由想象力，一种与生俱来的禀性的自然呈现。

　　普鲁斯特是我最喜欢的作家之一。我喜欢他作品中久远年代中扑面而来的现代感。有人称他的小说为"贵族"叙述，除却他小说呈现的内在力量，也许跟他对每一个事物的描述有关。或者

每一个事物都弥散着他带来的气息。

我想每个作家都有自身的气息，或优雅或鲁莽。

忧伤的记忆是属于那个特别的时代、特别的场景的，这是《崖上花》久久萦绕在心头的东西。如果时间、田野、山林、水流……都有记忆的话，它们一定与我同心。

段爱松：你说得让我感动！

姜东霞：普鲁斯特寻找到了一种特别的"改变了事物的符号"。他笔下的事物发出的光，与作家内心把握着的世界的想象有关。

段爱松：是的，就像《崖上花》里的所有事物，也是你可以把握住的想象。

姜东霞：我不敢说你说的那种把握，我只是如实地呈现了——我想应该是我对那片土地的另一次投射。或者恰好相反，不是原本的土地和记忆，是全新的事和物的一次重构。

我一直在想现实与虚构的关系，或者说怎样才能将现实的事物变成虚构？

段爱松：其实你已经回答了这个问题，或者你已经在《崖上花》中这么做了。有一种东西它可以不存在，但是当你找到了一种平衡感，那么，所有的东西都可以存在了，哪怕是一个烂句子。道理是一样的，重塑一个自己想象的世界，使之与现实形成交错和攀援，能让轻的变重，让重的再变轻。

姜东霞：卡尔维诺说尽量减轻小说结构与语言的分量。保尔·瓦莱里也说，应该轻得像鸟，而不是像羽毛。他们谈及的都是重量。这种举重若轻的写作，滴水漾动的轻，就诗歌或小说的质感而言，都是难以到达的。我常想"轻"到底是指外在"技术"，还是作品的内在结构。

段爱松：无关乎内外吧。我想这或许是一种深思熟虑，可以触摸的有生命力的轻。薄如蝉翼，既是语言的，又是作品内部的，也是趋于透明的。

姜东霞：透明的语言，透明的叙述，这个太高了。可是我们往往如石头滚动，既笨拙又坚硬。

段爱松：那是一种写作追求。不过，作品总是语言先行。我发现你对语言有点"洁癖"。

姜东霞：语言"洁癖"，好像诗性的生命状态。我只是想有一种诗性的准确表达。这个很难做到。我惧怕挑葱卖蒜一样的方式和表达，感觉整个还没有脱离"生存"状态。一个写作者可以处在生存状态，这个无可厚非、无法选择，但是文字是可以选择的，是要远离"生存"的。试想如果文字处在"生存"状态，我们能够从中获取什么。无论对小说或是对读者，都是一种极大的伤害，几乎是破坏性的。

段爱松：《崖上花》穿插了歌谣和许多地方谣曲，开篇："猫三哥哥，快来救我，狐狸拖着我，已经翻过了第三座山坡……"这些复沓忧伤且意味深长的谣曲，融合在整部小说素朴轻盈的基调中，共同构筑了一种叙述语言的新美学风格，为这部长篇小说涂上了别样的色彩。小说的语感似乎被带动，有了一种自然而然的诗性流动。

姜东霞：是的，好忧伤。当我写下这些句子的时候，过去的时光重回我的生命，那些温暖而忧伤的日子，仿佛还在昨天。可是讲故事的人早已不在人世。我的母亲，可以说是我最早的文学启蒙者，她开启了一条宽阔的、供我产生无尽想象的生命之河。

母亲的故事来自她的母亲，这样口口相传的故事，构成了我们的家庭文化形态。它的忧伤，来自它的久远，来自它的即将消亡。

谣曲记录了一代人甚至两代人的时光。我们的欢乐，我们的想象，我们单一的文化背景，都是从那里获取和展开的。这些地方谣曲，现在已经成为非物质文化遗产。

段爱松："夜里我梦见自己变成一颗透明的石头，河流、沙地、树木凝结成我的肢体，晶莹剔透……"这个出现在《崖上花》第二部《虱子》第4小节里的开篇，是不是有点接近"神性"的表达，有点类似于兰波："我哭，我看见黄金，竟不能一饮。"

姜东霞："神性"不是我可以到达的。以上文字，也许只是灵光一现的神来之笔。这一部分写我们家的狗要被打死了，打死它的原因，其中一条是给我补身体，这让我感到了一种绝望无奈的痛。

我倒是喜欢"通灵"这个词，所有的天才诗人的写作都是"通灵"的。通灵才能够轻盈，才会有神性的光芒四射。特朗斯特罗姆"一首诗是我让它醒着的梦"，就是这样高度的诗意描述。

段爱松：《崖上花》中许多段落的语言很精彩，类似狄兰·托马斯语言的细致、细腻，就像血在血管里面那种颤动，太好了。

姜东霞：作为小说家的写作和阅读，是需要诗性的，也是需要气息对应的类似气质和表达。我们内心的精神渴望，或者对于诗意可以到达的境界向往，与诗人在某个层面上的追求重合。

段爱松：在写作中，我们常常会遇到一些难以逾越的障碍。有时候，这种困难甚至会让我们怀疑自己的创作，尤其是长篇小说，这样的情况会更多。

姜东霞：2015年7月17日，这一天我很痛苦，因为《崖上花》第二部的第一节，被我写坏了。如同一捧珠子，捧在手里散落下来，各自掉各自的，彼此毫无牵连。既然都掉到不同的地方，相互没有关系，那么它是不成立的。女儿告诉我，好的小说家，一定会让珠子与珠子之间有一种关联，无论掉到哪里，都是联结的，所以我开始重新思考和找寻。

段爱松：这个非常重要。这种关联，除了事件，还关乎时间。时间可以是一切联结的隐形之线，却是有着千万差别的线。

姜东霞：我也发现你小说叙述的时间不是直接的方式，而是从旁边借助物体来表达时间的方向或跨度。

段爱松：是的，在写作中，可以借物打物。在你的中短篇小说写作中，还有另外一种让人惊异的叙述力，比如《长草的街》《好吧，再见》《女赌徒》《四月花开》等作品，有一种特别的女性写作气息，但又有别于普通的女性视角。这些作品中还多了些神秘主义诱因。像《女赌徒》中结尾"生死赌场"那段，冷静叙述中极尽玄味，有种埋葬在地底下的惊心动魄之感。看得出你总是在寻找。

姜东霞：我总是想找到故事的另一面，也许是事物的背面阴影处的东西，而不是站在它的对面，按照先后顺序或大小去描述它。如果讲一个简单或复杂的故事，只是将发生的讲出来，天花乱坠的"故事会"不管怎样离奇、炫目、跌宕，都只是在一个事物的平面上画几道波纹。

段爱松：这涉及小说的立体感和多向度。很多时候，我可能更看重小说的这种"复调"性。

姜东霞：我一直无法将你说的"复调"与小说联系起来。虽然也知道其中所指涉的诸如结构、节奏上的丰富饱满与错落，却总觉得还有别样的隐含。因为你是从音乐的角度来谈小说的。

记得在2014年10月，国家大剧院，晚会开场时，北京艺术学校合唱团的孩子们都站整齐了，身着黑衣黑裤的指挥在演出开始前的静穆中手一起，声音一点一点散布出来。唱的都是我们熟悉的歌。我第一次现场听到合唱的声音，能有如此轻盈的光泽和质感，真是让我感动不已。那种"轻"是从不同生命体里流出来形成的一种织体。它们的力量就在于"轻轻地"掠过之后不着痕迹地穿透。在倾听整台晚会的演唱过程中，我似乎明白了你所说的小说的"复调"，也许如台上的合声一样，其中包含着那些织体透出的缜密感和错落感形成的主题。

这让我又想起卡尔维诺在谈小说创作的"轻"时，他用了"轻逸"这样的词。而舞台上的指挥，为了整台合唱能达到天籁一般的效果，他同样也选择了"轻"。指挥家在整台演出中寻找到了一种"通往"的特殊关系，这就好比一个高明的作家，在写作中找到了与世界的关系一样。

段爱松：你说得对。"复调"指涉的是内部和外部的各种关联。外部多声部各种声音的发音、共鸣，产生了一加一远大于二的效果。因为和声规则进行多层次构建，就会形成立体的冲击力。正如你在剧场里感知到的一切那样，不管它用怎样的方式，缓慢的、激烈的、阔大的，还是逼仄的……目的已经达到了。

姜东霞：我好像明白了。那么"复调"的内部，就应该是精神世界的复杂性、想象和思维的多向度。很多时候，我都在想那个旋转着的物体的各个面。这个说起来似乎要容易得多，做起来有点难。如同人的经脉是个有机的整体，相互制约相互拓展，牵一发而动全身，构成生命体的复调。这个也许我一生都难以到达的，而我愿意成为一个静穆的仰望者。

段爱松：还有就是，怎样才能让我们的写作变得更有意义？这个问题作为一个作家不得不思考和面对。如果我们的写作只是一种重复，重复自己，重复他人，重复现实，写一百篇跟写一篇没有什么实质上的区别，除了数量。这样的写作彼此消解着文学前进的原生力，不得不警惕。

姜东霞：你说的应该是作品的意义。这就如同一个人站在黑暗中，是要通过所站立的角度来获取世界之间彼此的关联。用耳朵辨识声音并不难，难的是获得声音中那些细微的质感。而一些声音是被雨水打湿了的，一些则含有太阳的光泽。这个可能也是一个作家获取词语准确度的能力。从繁复的声音里离析出丝质一样的东西，与一个作家心灵的向度息息相关。

至于"重复"，应该会让作家们如履薄冰。更多的时候，我并不知道，我的写作有没有意义。重复是不可避免的，重复别人说过的话，重复别人的故事或观点。有时候，我会感到自己正在进行的写作毫无意义。所有的事、所有的人都被那些大作家写尽了，无论从故事、思想、精神都无法超越他们。我们到底还有写作的必要没有？

段爱松：应该有，毕竟每个时代，都会有每个时代的独特之处。读你十多年前发表的《无水之泳》，跟《崖上花》相比，变化就很大，从这点上看，就没有重复，起码没有重复自己。同样是以农场宽阔的土地为背景，可是在《崖上花》里的土地却充满着温情，甚至可以说《崖上花》的土地是忧伤的。《崖上花》不仅对于你过去写作是一种内质提升，也为当下文坛带来一股清爽之力，它存在的价值和意义因此有了闪亮的理由。

姜东霞：你说得很准确，《崖上花》里的土地是绵延、逶迤而忧伤的。它带着时光和记忆，像河流一样盘绕弯曲，绵亘在我的生命里。而一切又是被重新虚构和想象了的。在一片被时间虚构出来的土地上，或风中奔跑，或默默经受，是生命的一次重返。明丽的花草、阳光、河流，缓慢地经过人的一生，自然就有了忧伤的东西。

我曾经一度纠缠人们对托马斯·曼的评语：他让事物发光。相对语是：事物自然发光。这是两种完全不同的表达方式和结果。孰高孰低各执一端，对我而言是没有结果的。让事物发光是带入了作家的情感气息和生命表达的，自然发光是另外一种呈现，与老子的道法自然，还是保持了一定的距离的。这是小说中事物的道法自然吧。土地依然是土地，农场依然是农场，只因为面对的时间和人群不同，就有了两种完全不同的记忆和表达。

段爱松：让事物发光是带有属性的，甚至带有对词语的"触摸感"，这是作家的属性和物的属性的一次重组。只有了不起的作家才能完成这样的重组。落在我们手里，有可能就成粗鄙的事物了。不过，当下中国文坛，女性作家的写作，呈现出越来越阔达和丰盈的气象，特别在题材的选择和处理上，女性作家似乎显得更为真切和用心。你的《崖上花》也特别用心，创造了新的写法，你是下了功夫的。

姜东霞：阔达和丰盈是文学的气象，我想应该没有男女性别之分。作品的视野与一个人的内心宽阔程度有关，与性别无关。我只是就写作追求和写作理想而言。

我不是很明白你说的创造新的写法是指什么？是不是相对于"同质"而言的。我对"同质"的理解首先来源于感官。这种感官冲击是叙述的语言方式带来的，很密集类似于集团军万箭齐发的声音。

《崖上花》经过那么长时间的写作，反复修改全盘否定，从头开始。每一次都让我心灰意冷。就像我们多次谈到的，怎样才能使写作，或者小说变得更有意义。在每一次否定中，我真的找不到一点意义。

这个意义到底是什么，在哪里？别人凭什么要读你的东西？这些问题不是一下子能说尽的。

我很赞同你说的关于词语的"触摸感"。很多人只是"握住"词语。这种说法几近刁钻。"词语"本身被"触摸"，或被"握住"是全然不同的。我喜欢词语间的缝隙。

段爱松：我记得你的长篇小说《无水之泳》，2003年发表在《中国作家》杂志上，并很快由中国文联出版社出版了单行本，但一直到14年后的今天，你的第二部长篇小说《崖上花》，才由《十月》杂志发表出来，按照一个作家的写作进度和逻辑来看，这很不合常理。通常情况下，写作是一项持续训练，而其间，你用了很多时间跑去做另外的田野调查。

姜东霞：这样的时间跨度一直让我深感羞愧不安。人们常常谈到的写作，是就发表而言的。其实没有发表，并不代表一个写作者已经不再写作。

写作既是一种训练，又是一个漫长的寻找过程。寻找事件或自身或时间隐蔽的那一部分，好比一个人在黑暗中静默而立，靠内心来辨识声音和方向，其间需要填充的东西很多。广泛地阅读思考，同样是必不可少的训练。我喜欢那种开阔的自我审视、自我考量和完成。这是一个写作者应该具有的素质。

记得我们曾经谈到过，现实的东西如何让它成为虚构，超越经验和期待。在感知现实的基础上，发现时间的复杂性和荒诞性，同样是一种寻找。凡是要抵达的，都是漫长的。

14年来，除了陪着孩子成长，我将一切由外转向了内。无论是做人或是做文，只有向内的才是有力量的。很多年前跋山涉水的田野调查，虽然与《崖上花》写作无关，但那些坚实的工作经历，夯实了我的生命力量，使我与自然、与人处在了另一端。一个人的生命意志，某种时候可以确立他的写作意志、淡然处理世俗成败得失的意志。

段爱松：2015年10月21日，我曾在微信朋友圈里发出对你的写作期待——冰山下的浩瀚与静美。现在，《崖上花》证明和实现了我的预感。这部小说给了我一种奇妙感受。这种感受里有蒲宁《阿尔谢尼耶夫的一生》那种纯净曼妙隐含的无限伤感；也有安妮·普鲁《船讯》简练明快下的凝重思索；甚至还有乔伊斯《死者》看似漫不经心下的极切缅怀。我觉得这部作品似乎还未完成，特别是当我读到小说最后一章节《陷坑》结尾"再见河流！再见满山开着的野百合！"时，这种体会便越来越强烈了，不知道这感觉对不对？

姜东霞：其实《崖上花》写到此，并没有完成全部的创作。接下来的部分应该怎样写，让我感到畏缩。

段爱松：除了作家身份，其实你还有一个更为重要的身份。你在贵阳创办和开设了一家在全国可能是独一无二的"私人书坊"。我曾有幸参加"私人书坊"一次文学讲座与交流活动。在座的青少年，也就是你的学生们，阅读能力之强、提问题之深刻、思维之活跃、文学氛围之浓郁，超出了他们的年龄，令人吃惊。中国自古便有"文以载道"之说，在文学和教育之间，应该也有一种内在联系吧！

姜东霞：是的，你说的内在联系就是"育"。用什么来"育"，也就是用什么来滋养、怎样滋养的问题。国家提倡"素质"教育多年，其实素质教育说到底就是心灵的教育。不解决心灵的问题，一切就浮在表面。那么心灵的教育靠什么来完成呢？只有靠文学艺术。

文学艺术有提升我们生命质量和内在动力的功能，和风细雨般洒落在孩子们的心里，可以拓展他们的生命视野。"育"的过程中还有一个更重要的意义，那就是培养一个人感同身受的能力。这个只有通过文学艺术才能完成。

在这个"育"的过程中，我也获得了一种润物细无声的自我完善、生命的跨越和升腾。这对我的写作非常重要，"育"对我的写作可以说是另一种推动；而写作，也让"育"变得更具体、生动、宽阔，更富有创造性。

前不久，一位国外的大学教授来贵阳时，参观了"私人书坊"，赞叹之余他问我，如果在教育和写作之间，只能选择一个，我选择谁？这是一个难以回答的问题，因为写作是我内心的需要；而教育，是我的理想，更是一份社会承担。

段爱松，诗人，作家。

图书在版编目（CIP）数据

崖上花 / 姜东霞著. -- 北京：作家出版社，2019.9
ISBN 978-7-5212-0710-1

Ⅰ.①崖… Ⅱ.①姜… Ⅲ.①长篇小说 – 中国 – 当代
Ⅳ.①I247.5

中国版本图书馆CIP数据核字（2019）第202803号

崖上花

作　　者：姜东霞
责任编辑：兴　安
封面绘画：安巢冈
装帧设计：意匠文化·丁奔亮
出版发行：作家出版社有限公司
社　　址：北京农展馆南里10号　　　邮　　编：100125
电话传真：86-10-65067186（发行中心及邮购部）
　　　　　86-10-65004079（总编室）
E-mail:zuojia@zuojia.net.cn
http://www.zuojiachubanshe.com
印　　刷：天津中印联印务有限公司
成品尺寸：142×210
字　　数：200千
印　　张：9.75
版　　次：2020年4月第1版
印　　次：2020年4月第1次印刷
ISBN　978-7-5212-0710-1
定　　价：46.00元